DER AGENT DES CHAOS

GIANCARLO DE CATALDO

DER AGENT DES CHAOS

ROMAN

AUS DEM ITALIENISCHEN VON KARIN FLEISCHANDERL

FOLIO VERLAG
WIEN • BOZEN

Rom, heute

– Tot? Jay Dark? Haha! Meiner Meinung nach ist der Hurensohn noch immer quicklebendig. Wie immer richtet er irgendwo Schaden an.

Anwalt Flint hatte eine heitere, wohlklingende Stimme. Er war ein großer, hagerer älterer Herr, trug einen eleganten grauen Anzug und eine gestreifte Regimentskrawatte, hatte dichte schneeweiße Haare und blaue Augen, sein Blick war abwechselnd kalt und spöttisch. Er war entweder sechzig und schon etwas gebrechlich oder fünfundsiebzig und in Hochform. Behände lief er über die Wege des Monumentalfriedhofs Verano und rauchte eine lange kubanische Zigarre. In der Hand hielt er die englische Ausgabe meines letzten Romans: *Blue Moon.* Wir trafen uns zum ersten Mal persönlich.

Einige Zeit davor war ich zufällig auf die Geschichte von „Jay Dark" gestoßen. Über sein abenteuerliches Leben gab es zwar zahlreiche Geschichten und Gerüchte, doch sehr wenige Aussagen aus unmittelbarer Kenntnis. Die Quellen, wenn man sie überhaupt so nennen wollte, waren zumeist zweifelhaft und aus dritter Hand, sie bestanden fast ausschließlich aus Blogs, die von Anhängern der wildesten Verschwörungstheorien betrieben wurden. Von Leuten, die glaubten, Neil Armstrongs Mondlandung sei ein von der NASA inszenierter Betrug, oder der Mossad habe den Terroranschlag 9/11 in Auftrag gegeben, um Osama Bin Laden, einem Unschuldslamm, das Verbrechen in die Schuhe zu schieben.

Allerdings gab es zu „Jay Dark" auch seriösere Dokumente. Amtliche Feststellungen. Gerichtsprotokolle. Ermittlungsprotokolle. Ermittlungen der Behörde zur Bekämpfung des Terrorismus. Publikationen von Experten für nationalen und internationalen Terrorismus.

Doch auch die waren mit Vorsicht zu genießen. Die offiziellen Quellen schienen zirkulär zu sein: Eine Information, die von drei oder vier unterschiedlichen Autoren bestätigt wurde, stammte aus ein und derselben Quelle.

Irgendwann hatte die italienische Polizei diesen Typ festgenommen, der mit einem Koffer voller Drogen herumlief und die Telefonnummern hoher Tiere vom Geheimdienst, den Freimaurern und der Politik in der Tasche hatte. Einige Tage nach seiner Festnahme stellte sich heraus, dass sein Pass weder gestohlen noch gefälscht, er in Wirklichkeit jedoch Amerikaner war. Demnach hieß er „Jay Dark" und sprach elf Sprachen.

Seine Herkunft war ungewiss, bis zu seiner Festnahme hatte er mehr als zwanzig verschiedene Identitäten benutzt. Die DEA, die amerikanische Drogenbehörde, hatte ein Kopfgeld von zweihunderttausend Dollar auf ihn ausgesetzt, sie hielt ihn für den größten LSD-Dealer des Westens. Dennoch hatten die Amerikaner nie seine Auslieferung beantragt. Im Gegenteil. Während seiner vierjährigen Haft in Italien hatte ihm das amerikanische Konsulat Unterstützung, Zuspruch und Geld zukommen lassen. Er war wegen Drogenbesitzes zu einer langen Haftstrafe verurteilt worden, dann war ein neuer Haftbefehl wegen Bildung einer terroristischen Vereinigung gegen ihn erlassen worden. Als der Untersuchungsrichter erkannt hatte, dass der „Terrorist" einem verbündeten Geheimdienst angehörte, hatte man ihn freigelassen. Sobald er frei war, war er verduftet und, wie mir schien, bald darauf gestorben.

Nun, ich hielt das für eine sehr interessante Geschichte und schrieb einen Roman darüber. Mit dem Titel *Blue Moon,* das war der Name einer Geheimdienstoperation, von der mir ein paar junge Journalisten erzählt hatten.

Das Ziel der Operation soll darin bestanden haben, die Straßen Italiens mit Heroin zu überschwemmen und so den revolutionären Furor einer ganzen Generation zu brechen. Mit dieser Aufgabe habe das System, wie man in den Sechzigerjahren zu sagen pflegte, Figuren wie eben diesen „Jay Dark" betraut.

Als mir die jungen Journalisten von dieser These erzählten, war ich skeptisch. Drogen waren zweifellos die große Geißel meiner Generation, doch meiner Meinung nach hatte es keiner Verschwörung bedurft. Heroin war schnell zu einer Mode geworden, zu einem „Must", wie man in den Jahren darauf sagte.

In Wirklichkeit glaubten die armen Teufel einfach daran. Im Klima dieser Jahre glaubte man an Rauschgift wie an viele andere Utopien: an den bewaffneten Kampf, die bevorstehende Revolution, dass es keine psychischen Krankheiten gab, dass die Kriminellen unsere Brüder waren, blablabla. Unmöglich, dass ein derart verbreitetes Phänomen die schmutzige Idee einer Truppe kaltschnäuziger Spione gewesen sein sollte.

Aber dieser ominöse „Jay Dark" war irgendwie spannend, und die Idee einer weltumspannenden Geheimdienstoperation kam mir mehr und mehr wie ein guter Plot für einen Roman vor.

Blue Moon

In meinem Roman *Blue Moon* hatte ich einen jungen mutigen, natürlich von demokratischen Idealen beseelten Polizisten namens Paco Durante erfunden, der hinter dem unaufhaltsamen Siegeszug des Heroins die Handschrift von Spionen erkannt hatte. Paco macht einen geheimnisvollen Großdealer ausfindig, den ich der Einfachheit halber JD nannte (ein kleines Spiel mit der Wirklichkeit schadet nie der Auflage) und mithilfe eines alten, genauso mutigen, wenn auch etwas zynischen Richters gelingt es ihm, den Dealer festzunageln. Als er ihn festnimmt, sind sie einander sympathisch. Als ob sie ein merkwürdiger Einklang einte. Als Aldo Moro entführt wird, bittet der Polizist JD um Hilfe. Der gibt ihm einen Tipp, warnt ihn aber auch: Wenn man bei gewissen Geschichten zu sehr nachforsche, riskiere man Kopf und Kragen. Prompt stoppt jemand Durantes Untersuchungen. Und da der Kriminalist nicht klein beigibt, wird er mit der bewährten Methode des Verkehrsunfalls beseitigt. JD wird aus der Haft entlassen. In der Folge ist er noch in andere dunkle Geschichten involviert. Die italienischen Staatsanwälte suchen ihn und wenden sich an die Amerikaner um Unterstützung. Die Antwort ist kurz und bündig: ein Totenschein. Adieu. JD. Finis.

Damit wir uns recht verstehen: Ich hatte mich zwar auf einige wenige Fakten gestützt, doch *Blue Moon* war ein Roman mit sehr dünnen Wurzeln in der Wirklichkeit. Einen Paco Durante hat es nie gegeben. Doch ein Polizist war bei seinen Untersuchungen tatsächlich durch einen geheimnisvollen Verkehrsunfall umgekommen. Verkehrsunfälle waren jahrzehntelang tatsächlich das Erkennungszeichen unserer Geheimdienste.

Einige Tage nach Erscheinen der englischen Ausgabe hatte ich eine Mail von einer Anwaltskanzlei in Los Angeles erhalten. Beziehungsweise von Anwalt Flint. Er hatte das Buch gelesen und fragte mich, ob ich die Absicht hätte, mich noch einmal mit Jay Darks Geschichte zu beschäftigen.

Mit einen schnellen Blick auf die Website der kalifornischen *Bar Association* stellte ich fest, dass es eine Kanzlei Flint & Loewenstein tatsächlich gab, sie hatte ihren Sitz in einer Suite der Lonegan Apartments am Wilshire Boulevard. Ich wählte die in der Website angegebene Nummer, und nachdem ich auf unzählige Anrufbeantworter gesprochen hatte, war endlich Anwalt Alwyn Flint am anderen Ende der Leitung. Flint sprach hervorragend Italienisch, er verteidigte nämlich viele Landsleute von mir – wie er mir nach den einleitenden Floskeln sagte. Zu meiner nicht geringen Verwunderung erklärte er mir, seine Kanzlei kümmere sich um die Interessen der *Fire-of-Chaos-Foundation*, die vor Jahren von Jay Dark höchstpersönlich gegründet worden war. Unternehmenszweck der Stiftung sei unter anderem, die Berichte über Mr. Darks Aktivitäten, egal in welcher Form, zu kontrollieren. Laut Flint durfte also keine TV-Sendung, kein Film, kein Theaterstück und kein Roman Darks Leben und Wirken zum Thema haben, sofern die Stiftung, also Flint, nicht ihren Segen dazu gab. Ich sagte zu ihm, er solle sich an meinen Anwalt wenden, gab ihm jedoch auch entschieden zu verstehen, dass mein Jay Dark, also JD, eine fiktive Figur und jedwede Forderung somit absurd sei.

Flint hatte meine Aussage hingenommen und wir hatten uns verabschiedet.

Nach zweimonatigem Schweigen rief er mich wieder an. Er sei in Rom und wolle mich kennenlernen.

Ich sagte ihm klipp und klar, dass die Frage der Rechte geklärt sei und ich ihm gegenüber überhaupt keine Verpflichtungen habe. Ich duldete keine Einflussnahme auf meine Arbeit, wenn er anderer Meinung sei, solle er wieder meinen Anwalt kontaktieren.

Ich höre noch immer das Echo des sonoren Lachens, mit dem Flint auf meinen entrüsteten Tonfall reagierte.

– Sie verstehen nicht. Ich möchte, dass Sie die wahre Geschichte Jay Darks erzählen. True Crime statt romantischem Noir.

Nun standen wir einander im ägyptischen Tempel auf dem Friedhof Verano gegenüber, wo die verabschiedet werden, die nicht ans Jenseits glauben. Flint offenbarte mir, warum er sich für diesen ungewöhnlichen Ort entschieden hatte: An einem Sommernachmittag vor dreißig Jahren hatte Jay Dark auf einem anderen römischen Friedhof das Privileg genossen, dem eigenen Begräbnis beizuwohnen.

– Ihrer Erzählung fehlt es an Niedertracht. Sie sind sogar etwas zu sentimental …

– Sagen Sie das meinem Verleger. Er wirft mir genau das Gegenteil vor. Seiner Meinung nach gibt es in *Blue Moon* zu viel Politik und zu wenig Gefühl.

– Wirklich? Das tut mir leid. Aber darum geht es nicht. Ihre Erzählung ist seelenlos.

– Ich habe schon schlimmere Kritiken gehört, glauben Sie mir.

– Leblos, weil ihr das wichtigste Element fehlt, fuhr Flint unbeirrt fort.

– Und worin bestünde das wichtigste Element?, fragte ich ihn sarkastisch. Schön langsam verlor ich die Geduld.

Flint schaute belustigt drein.

– Das Chaos. Es fehlt das Chaos.

Gut. Ich hatte es offensichtlich mit einem originellen Typ zu tun. Vielleicht einem echten Verrückten. Wenn ich klug gewesen wäre, hätte ich ihm in genau diesem Augenblick den Rücken zugekehrt. Aber kennen Sie einen klugen Schriftsteller? Ich bin es jedenfalls nicht. Flint machte einen langen Zug an seiner Zigarre.

– Ist Ihnen niemals der Zweifel gekommen, jemand, der elf Sprachen spricht, könnte etwas anderes sein als ein Amerikaner, der die schlimmsten Alpträume seiner demokratischen Landsleute bevölkert? Glauben Sie wirklich, dass die Geschichte so banal ist?

– Ich habe mich an meine Quellen gehalten, protestierte ich.

Trotz allem ließ es mich nicht kalt, wie Flint über die Dinge sprach.

– Die Quellen! Sie dürfen nicht alle Informationen glauben, die Tag für Tag verbreitet werden. Vertrauen sie sich lieber glaubwürdigen Zeugen an. Wenn man schon das Glück hat, einem zu begegnen.

– Wie Ihnen?

– Natürlich.

– Und warum sollte ich das tun?

Flint zuckte mit den Achseln.

– Weil ich dabei war.

DIE WAHRE GESCHICHTE JAY DARKS, VON ANWALT FLINT ERZÄHLT

WIE JAY DARK ZUR WELT KAM

1.

1960 hieß Jay Dark noch nicht Jay Dark. Sein Name war Jaroslav Darenski, genannt Jaro, er war zwanzig Jahre alt und ein Dieb. Er brach in die Wohnungen der Reichen in Manhattan ein, raffte ein wenig Zeug an sich, Halsketten, Uhren, goldene Krawattennadeln, und verscherbelte die Beute an Avram den Hinkenden, einen armenischen Hehler, der ihn immer wieder über den Tisch zog, dem er jedoch trotz allem vertraute. In seiner Gegend hatte er keine andere Wahl. Williamsburg war damals ein desolater Stadtteil, Banden und rebellische ethnische Minderheiten lieferten einander wilde Straßenkämpfe, ein Vorort, in dem das „Volk" zu Hause war und von dem sich anständige Leute tunlichst fernhielten, sogar die Bullen steckten dort nicht gern die Nase hinein. Ein Niemandsland, das sich hervorragend für die Raubzüge eines Jungen wie Jaro eignete: ein idealer Ort, um im Trüben zu fischen, in Erwartung …

Tja: in Erwartung wovon?

Wahrscheinlich wusste oder ahnte er zumindest schon damals, dass er „anders" war. Fürs Erste war er ein Einzelgänger. Er hatte keine Freunde. Wollte auch keine haben. Seine Einsamkeit war ihm Freundin, Gefährtin, Schwester, Mutter. Doch er war nicht nur anders. Er war anders und besonders. Seine Besonderheit äußerte sich auf dem Gebiet der Sprache. Beziehungsweise der Sprachen.

Es begann mit einem Zufall. Da war diese Buchhandlung auf der Sixth Street, die Bombengeschäfte machte. Der Besitzer, ein kleiner Mann um die fünfzig, nahm einmal pro Woche die Einnahmen aus der Kasse, zwischendurch füllte sich diese mit Bargeld. Eines Abends ließ Jaro sich einsperren, wartete, bis der Angestellte den Rollladen herunterließ, wartete noch eine Stunde, bis der Nachtwächter vorbeikam, und als er sich sicher fühlte, verließ er sein Versteck und ging zur Kasse. Er wollte schon den Dietrich ansetzen, als sein Blick auf ein Englisch-Spanisch-Wörterbuch fiel. Auch Jaro habe es sich nicht erklären können, doch plötzlich waren ihm die Kasse und das Geld – der einzige Grund, warum er überhaupt eine Buchhandlung betreten hatte – völlig egal, stattdessen war er fasziniert von dem Wörterbuch. Bei den Jungs einer puerto-ricanischen Gang, die sich in der Nähe der Bruchbude, in der er wohnte, herumtrieben, hatte er bereits ein paar spanische Vokabeln aufgeschnappt. Schüchtern und mit beinahe religiöser Ehrfurcht durchblätterte er das Wörterbuch, er versuchte die wenigen Wörter zu finden, die er kannte, und sie nachzusprechen. Er stellte fest, dass er sogar schwierige Sätze mit Leichtigkeit bilden konnte. Es war eine Offenbarung. Er las, las, las und eignete sich die Sprache so konzentriert an, dass er gar nicht bemerkte, wie die Zeit verging. Als am Morgen der Rollladen hochgezogen wurde, schreckte er hoch, er war gerade beim Buchstaben P angelangt. Er flüchtete sich in einen Winkel zwischen zwei riesigen Regalen und mischte sich dann unter die ersten Kunden, mit dem kostbaren Schatz unter der Jacke verließ er den Laden.

In diesem Augenblick ahnte er es noch nicht, doch das waren seine ersten Schritte in Richtung eines neuen Lebens.

Von nun an klaute er fremdsprachige Bücher. Er las begierig, wiederholte laut Sätze. Er bemächtigte sich sogar feinster Akzente und Tonfälle, bis er sie beherrschte. Er lief durch das Viertel und versuchte jeden einzelnen exotischen Laut aufzuschnappen, er nahm jede Gelegenheit wahr, um mit Menschen aller möglichen Ethnien ein paar Wörter auszutauschen, er versuchte, Sinn und Bedeutung ihrer Worte zu erraten. Um zu überleben, klaute er Uhren und Schmuck, um sich lebendig zu fühlen, nährte er sich mit fremden Sprachen.

Es war ihm zuteilgeworden, was er später als „die Gabe" bezeichnete.

2.

Am 8. November 1960 wurde Jaroslav Darenski wegen Einbruchs festgenommen. Er hatte zu lange in einem Luxusapartment auf der Fifth Avenue herumgetrödelt und war von der Rückkehr des Hausherrn überrascht worden. Doch diesmal war keines seiner geliebten fremdsprachigen Bücher schuld, sondern ein Foto. Stundenlang hatte er über dem gerahmten Bild sinniert: Darauf war ein sechzigjähriger Mann mit dem typischen markanten Kiefer zu sehen – der Besitzer des Apartments –, wie er gerade Präsident Kennedy und seiner hübschen kleinen Frau die Hand drückte. Eigentlich war JFK damals noch nicht Präsident, doch er hatte das Zeug dazu, es bald zu werden. Tatsächlich wurde er zu dem Zeitpunkt gewählt, als Jay festgenommen wurde. Jays Gefühle den Brüdern Kennedy gegenüber waren ambivalent. Er hielt sie abwechselnd für die Hoffnung Amerikas und dann wieder für zwei arrogante Herren, deren riesige Macht ihn gleichgültig ließ. Hin und wieder dachte er, er solle sich von ihrem jugendlichen Überschwang inspirieren lassen, und er versuchte, JFKs unwiderstehliches Lächeln zu imitieren. Dann empfand er wieder eine unbändige Wut: Warum hatten sie es derart einfach im Leben, und warum war sein Leben so erbärmlich? Jaro hatte überhaupt nichts Rebellisches an sich, er war frei von jeglichem politischen Bewusstsein, er würde nie zu einer Wahl gehen und einem Kandidaten seine Stimme geben. Er fühlte einfach den tiefen Wunsch, dass etwas passierte. Irgendetwas, das ihn von seinem Schicksal erlöste, in dem er hockte wie in einem engen Käfig. An diesem Abend dachte er: Tauschen wir, JFK: Ein Jahr, ein Monat, eine Woche oder einen Tag lang bist du ich und ich bin du. Du brichst in die Wohnungen deiner Geldgeber in Manhattan ein und ich ficke Jackie, ich setze mich an deinen Schreibtisch und gebe den Befehl, eine Bombe auf Moskau fallen zu lassen.

Man könnte sagen, dass Jay bereits das Bedürfnis nach Chaos in sich spürte. Er war bereit. Auch wenn er noch nichts davon wusste.

Als der Besitzer der Wohnung die Pistole zückte, hob Jay instinktiv die Hände. Eine Stunde später war er auf der Polizeiwache, man steckte ihn vorübergehend in eine Sicherheitszelle, er teilte sie sich mit zwei Latinos, in deren Gesichtern sich hässliche Narben von Messerschnitten befanden.

– Ich will keine Probleme in meinem Revier, sagte der fette Sergeant warnend, als er ihn in die Zelle sperrte.

Von Jaro war in dieser Hinsicht nichts zu befürchten. Er war zwar auf der Straße aufgewachsen, jedoch nie ein Raufbold gewesen, und das Messer benutzte er allenfalls, um Fleisch zu schneiden. Die Latinos waren das Problem. In ihren Augen war der dünne, bleiche und verängstigte Junge ein leichtes Opfer. Eine Zeit lang gaben sie Ruhe. Solange der Sergeant in Blickweite war. Doch dann stand er auf, verkündete, dass er dringend ein Bier brauche: Ihr könnt ja nicht davonlaufen, oder? Keine Faxen, oder ich schlage euch die Schädel ein, wenn ich zurückkomme. Und Jay blieb im Vorzimmer der Polizeiwache allein mit den beiden Ganoven.

– Hier stinkt es, Pepe.

– Ja, ich rieche es auch, Sancho.

Sie sprachen Spanisch, mit dem Akzent der *Chicanos,* der mexikanischen Einwanderer.

– Es stinkt nach weißem Fleisch, Sancho.

– Ja, ich rieche es auch, Pepe.

Als sie mit glänzenden Augen und bösartigem Grinsen näher kamen, hob Jaro wie kapitulierend die Arme und sagte:

– *Yo también, hermanos. Es quel poli. Huele a muerto. Ich auch. Der Polizist stinkt wie ein Kadaver.*

Die beiden blieben verdutzt stehen.

Der Typ sprach nicht nur ihre Sprache, er sprach sogar die Sprache der Straße. Sehr seltsam.

– Blödsinn. Was für ein Name ist Darenski? Bist du ein Scheißrusse?

– Eigentlich Pole.

15

– Pole, Russe, derselbe Scheiß. Bist du ein verdammter Kommunist?

– Meine Mutter war Mexikanerin, aus Tijuana, Gott hab sie selig. Bei der Erwähnung von Jaros toter Mutter hob Pepe die Arme, bereit klein beizugeben. Sancho, der Argwöhnischere der beiden, fluchte im Dialekt. Jaro erwiderte im selben Tonfall. Die beiden Brüder blickten einander an, nickten, und gleich darauf umarmten sie ihren neuen Freund.

Der Gott der Sprachen hatte zum ersten Mal seine Macht offenbart.

Der Sergeant kam zurück und schwang den Knüppel, bereit, eine Lektion zu erteilen. Als er sah, dass sich die drei Jungs hervorragend verstanden, war er enttäuscht. Als Jaro am Tag darauf abgeholt wurde, flüsterte ihm Sancho einen Rat zu, der sein Leben verändern würde.

– Bei dem, was sie dir vorwerfen, riskierst du, ein bis drei Jahre in einem Gefängnis der mittleren Sicherheitsstufe zu bekommen. Ein Scheißort. Lass dich ins Bellevue Hospital schicken. Dort geben sie dir Pillen, und wenn du sie nimmst, bekommst du Straferlass.

– Und wie komme ich dort hin?

– Tu, als ob du verrückt wärst.

– Aber ich bin nicht verrückt.

– Lass dir was einfallen. Reden kannst du ja, *hermano!*

Jaro befolgte den Rat. Beim Prozess sprach er Griechisch und Polnisch, versuchte den riesigen schwarzen Wärter auf den Mund zu küssen, und zum krönenden Abschluss ließ er die Hose runter, zog den Schwanz raus und drohte, Euer Ehren zu besprenkeln. Er steckte ein paar Ohrfeigen ein, doch der Prozess wurde verschoben und Jay wurde ins Bellevue Hospital eingewiesen.

Dort forderte man ihn auf, am „Programm" teilzunehmen.

3.

Der Insasse verpflichtete sich, ein halbes Jahr lang bei einem medizinischen Experiment mitzumachen, danach wurde das Urteil aufgehoben oder widerrufen, oder es würde, wie in seinem Fall, einfach keinen Prozess mehr geben. Sancho hatte nicht gelogen: eine Handvoll Pillen im Tausch gegen Freiheit. Nachdem er die ersten zwei Tage mit verschiedenen medizinischen Untersuchungen zugebracht hatte, erklärte ihm die Leiterin des Bellevue, Frau Doktor Mary Lou Di Caro, eine steife Italo-Amerikanerin, die von den Krankenpflegern zärtlich „Besenstiel" genannt wurde, was Sache war.

– Die Teilnahme am Programm ist freiwillig, Sie müssen die Zustimmungserklärung im Beisein zweier Zeugen und in meinem Beisein unterschreiben. Sie können den Vertrag jederzeit auflösen, also aufhören, wann immer es Ihnen beliebt. In diesem Fall tritt jedoch das Strafgesetz wieder in Kraft und Sie wandern zurück ins Gefängnis. Außerdem müssen Sie bezüglich der Angelegenheit Stillschweigen wahren. Das heißt, sobald Sie wieder in Freiheit sind, dürfen Sie mit niemandem über die Experimente sprechen, an denen Sie teilgenommen haben, sonst werden Ihnen die Vergünstigungen wieder aberkannt. Anders gesagt, wenn Sie auch nur eine winzige Bemerkung über das fallen lassen, was wir hier im Bellevue tun …

– Wandere ich wieder ins Gefängnis, Frau Doktor.

Jaro unterschrieb hastig im Beisein zweier Zeugen, bevor er es sich anders überlegte. Damit war er offiziell ins Programm aufgenommen.

Ein Krankenpfleger namens Wojcech, ein Pole wie Jaros Mutter (seine echte Mutter), führte ihn in Zimmer 25 der Abteilung P (P für Programm, die Institution war nicht sehr einfallsreich), das er mit zwei Leidensgenossen teilen würde. Auf dem Weg dorthin sang Jaro. Wojcech schüttelte verärgert den Kopf.

– Ich wäre an deiner Stelle nicht so euphorisch, Junge.

– Was redest du? In sechs Monaten bin ich draußen, frei wie ein Vogel!

– Wenn du überlebst.

– Was soll das heißen?

– Ein paar sind nicht zurückgekommen. Du wirst sehen, Junge, das Programm ist mörderisch.

Was wollte Wojcech damit sagen? Wovor wollte er ihn warnen? Die zwei neuen Zimmergenossen waren wirklich zum Fürchten. Einer war groß und knochig und hatte eine Glatze, er saß im Lotussitz auf dem Bett und starrte auf die makellos weiße Wand, wobei er mit dem Kopf rhythmisch vor und zurück wippte. Er hieß Jürgen, war Deutscher und hätte sechs Jahre wegen Steuerbetrugs absitzen sollen. Ein Spekulant, der Pech gehabt hatte, einer von den Doofen, die sich hatten erwischen lassen. Der andere war ein halber Ire mit kurzen, weißlichen Haaren, Joel McKenna, er erzählte, seitdem er die Pillen nahm, würde er von einer Meute schwarzer Hunde verfolgt, die ihn in den Arsch beißen wollten. Was für ein Teufelszeug wurde einem im Bellevue verabreicht? McKenna, eine Seele von einem Menschen, solange er nicht seine eingebildeten Tiere knurren hörte, sagte zu Jaro, er habe sich für das Programm entschieden, um einer vierjährigen Haft wegen Betrugs zu entgehen.

– Sie nehmen nur friedliche Menschen wie mich und dich in das Programm auf, erklärte er ihm, – keine gewalttätigen Kriminellen. Weißt du auch, warum, Darenski? Weil das Zeug dich gewalttätig macht …

Doch bei Jaro lief es anders.

– McKenna?

– Hunde, Frau Doktor. Heute Nacht haben sie versucht, die Tür niederzutreten, doch ich habe mich verbarrikadiert und habe sie nicht hereingelassen.

– Sehr gut. Galassi?

– Ich bin geflogen, Frau Doktor, ich schwöre es Ihnen. Über ein riesiges Lilienfeld.

– Haben Sie sie gerochen?

– Sehr intensiv.

– Sehr gut. Wie war die Wahrnehmung?

– Ich war wie in Ekstase, Frau Doktor.

– Darenski?

– Ich? Nun … da war ein Hof und ich habe mit ein paar Jungs Baseball gespielt.

– Ach ja. Und wie waren diese Jungs?

– Wei… Weiß und schwarz, Frau Doktor.

– Und wie war der Hof?

– Ganz normal, würde ich sagen, ein ganz normaler Hof.

– Sind Sie sich sicher?

– Wenn ich darüber nachdenke, war die Form etwas … unregelmäßig.

– Wie unregelmäßig?

– Nun, keine Ahnung, alles war verzogen … genauer gesagt, die Form hat sich ständig verändert, ich fühlte eine Art …

– Beklemmung?

– Genau, Frau Doktor.

– Hmm. Duvalier, ihre Kängurus?

– Heute Nacht keine Kängurus, Frau Doktor. Ich weiß nicht, wie ich es Ihnen sagen soll …

– Nur zu.

– Ich habe mit jemandem geschlafen …

– Mit wem?

– Mit einer wunderschönen Frau. Aber sie hatte kein Gesicht. Anstelle des Gesichts trug sie … eine Art Maske, eine weiße Maske …

Es war offensichtlich, dass im Bellevue im großen Stil Drogen verabreicht wurden und man ihre Reaktionen untersuchte. Und diese Drogen hatten nichts mit dem Rauschgift zu tun, das man auf der Straße kaufen konnte. In Williamsburg bekam man so gut wie alles, von Gras bis Heroin, und wie jeder anständige Straßenjunge hatte Jaro alles probiert.

Jaro simulierte also.

So vergingen ein paar Monate. Eines Abends, nach dem Essen – Truthahn mit Bratkartoffeln –, rief Di Caro ihn zu sich und reichte ihm einen Zuckerwürfel.

– Schlucken Sie das, Darenski.

– Was ist das?

– Ein neues Medikament. Sie sind auserwählt worden, es auszuprobieren.

– Das heißt, die anderen …

– Nur Sie. Die anderen wissen nichts davon. Und sie dürfen auch nichts davon erfahren, haben Sie verstanden? Wir sehen uns morgen.

Jaro nahm den Würfel und drehte und wendete ihn in den Händen. Er sah aus wie ein ganz normaler Zuckerwürfel. Oben lagen zwei braune Kügelchen.

– Ist das das Medikament, Frau Doktor?

– Ich beglückwünsche Sie zu Ihrem Scharfsinn und erinnere Sie daran, dass Sie einen Vertrag unterschrieben haben. Sie können zurücktreten, wann immer Sie wollen.

Er legte sich den Würfel auf die Zunge und spürte sofort etwas Bitteres im Vergleich zur Süße des Zuckers. Je mehr sich der Zucker auflöste, desto intensiver wurde der bittere Geschmack, schließlich übertönte er die Süße.

– Ich habe einen scheußlichen Geschmack im Mund, Frau Doktor.

– Gute Nacht, Darenski.

Auf dem Rückweg in Zimmer 25 dachte Jaro an die düstere Warnung des Krankenpflegers Wojcech. Er beschloss, nicht zu schlafen. Er hatte eine Heidenangst, nicht mehr aufzuwachen. Er suchte etwas zum Lesen, doch das einzige Buch war wie immer die Bibel. Besser als nichts. Er schlug eine beliebige Seite auf, legte sich auf die Pritsche und begann das Buch des Propheten Hosea zu lesen.

Nach fünf Wörtern schlief er schon tief und fest.

Als er aufwachte, war er noch immer da. Er lebte noch. Man hatte ihn nicht vergiftet. Und wie immer war nichts geschehen. Er erzählte Di Caro, er sei in einen wunderbaren, von Elfen und Riesen bevölkerten Garten eingedrungen, und sie machte kommentarlos Notizen.

Die Sache mit dem Zuckerwürfel wiederholte sich eine Woche lang: Die dunklen Körnchen wurden immer zahlreicher, der Geschmack wurde immer bitterer und er schlief wie immer tief und fest.

Am Morgen des achten Tages traf Jaroslav Darenski zum ersten Mal Doktor Kirk.

4.

Wojcech und ein anderer Krankenpfleger brachten Jay in den Gemeinschaftsraum und fesselten ihn an eine Art Zahnarztstuhl. Er wurde an Armen und Beinen festgebunden, konnte jedoch die Hände bewegen. An seinem Kopf wurden mehrere Elektroden befestigt, die Kabel daran mündeten in eine Art Monitor, und dahinter saß Doktor Di Caro in weißem Kittel. Neben ihr saß ein kleiner, dünner, ungefähr sechzigjähriger Mann, er hatte einen kurzen grau melierten Bart und trug eine Brille mit Goldrand. Wojcech stellte einen Kübel neben den Stuhl.

– Heb die rechte Hand, wenn dir schlecht wird. Dann bringe ich dir den Kübel.

– Warum zum Teufel sollte ich kotzen, Wojcech?

Der Krankenpfleger gab keine Antwort und stellte sich auf eine Geste der Ärztin hin links neben Jaro auf. Der kleine Mann mit der Brille ergriff das Wort.

– Mister Darenski, darf ich mich vorstellen. Ich bin Doktor Harry Kirk. Wir unterziehen Sie einem Test namens Pneumoenzephalografie. Auf diese Weise erhalten wir ein eindeutigeres Bild von Ihrem Hirn …

– Ist mit meinem Hirn etwas nicht in Ordnung?

„Besenstiel" mischte sich ein.

– Unterbrechen Sie Doktor Kirk nicht!

– Ich bitte dich, Mary Lou.

Kirks Tonfall war ruhig. Sein Englisch wies einen starken deutschen Akzent auf.

– Die Neugier unseres jungen Patienten ist mehr als berechtigt. Nein, Mister Darenski, ich würde nicht sagen, dass mit Ihrem Hirn etwas nicht in Ordnung ist, schon gar nicht im engeren klinischen Sinn. Wir wollen Sie nur beobachten. Der Stuhl, auf dem Sie sitzen, wird sich mehrmals im Uhrzeigersinn und dagegen drehen und auf und ab kippen. Die jähen Lageänderungen, denen Sie unterzogen sind, gestatten uns, die Bewegungen der Hirnflüssigkeit zu verfolgen, so erhalten wir ein aussagekräftiges Bild Ihres Hirns. Solange uns die Wissenschaft keine anderen Hilfsmittel zur Verfügung stellt, sind wir leider gezwungen, einen relativ invasiven Eingriff durchzuführen …

– Was meinen Sie damit?

– Möglicherweise, seufzte Kirk, – werden Sie Kopfweh, Herzrasen, Panik, Übelkeit verspüren …

Plötzlich kam sich Jaro vor wie eine Maus in der Falle. Er begann zu zappeln, schrie, er wolle an keinem verdammten Experiment teilnehmen, versuchte sich von den Fesseln zu befreien. Wojcech und der schwarze Krankenpfleger packten ihn. Doktor Kirk wandte sich in einem nahezu herzlichen Tonfall an ihn.

– Ich weiß, wir verlangen viel von Ihnen, Mister Darenski, doch die Ergebnisse dieser Untersuchung und deren Ausgang könnten für Sie sehr erfreuliche Folgen haben …

– Ich pfeife auf eure Folgen! Bindet mich los. Der Vertrag ist eindeutig. Ich kann jederzeit zurücktreten. Also bindet mich los!

Jaro sprach deutsch. Als ob er unbewusst den Gott der Sprachen heraufbeschworen hätte. Kirk warf Doktor Di Caro einen verdutzten Blick zu.

– Er spricht Deutsch? Dieser junge Mann spricht auch Deutsch?

– Ja, gab „Besenstiel" finster zu und fügte hinzu: – Beim Prozess Griechisch und Polnisch, seine Muttersprache. Englisch natürlich. Danach zu schließen, wie er mich ansieht, wenn ich ein paar Worte in meiner Muttersprache fallen lasse, versteht er leider auch Italienisch. Ein Patient sagt, er spricht auch Spanisch.

– Du hast mir nachgeschnüffelt, du Idiotin!, protestierte Jay auf Italienisch.

– Mister Darenksi, Sie sprechen also … fünf, sechs Sprachen?

– Ich spreche alle Scheißsprachen, die ich sprechen will. Bindet mich los, ihr Arschlöcher!

– *Wunderbar!*, sagte Kirk strahlend. – Wir müssen das Experiment unbedingt durchführen.

– Das dürfen wir nicht, unterbrach ihn Di Caro. – Nicht ohne seine Zustimmung. Das Programm ist …

– Meine liebe Freundin, sagte Kirk mit honigsüßer Stimme, – bei allem Respekt, aber ich habe das Programm erfunden, ich darf diese Untersuchung auch ohne die Zustimmung des Patienten anordnen.

– So war das nicht abgemacht!, schrie Jaro, doch „Besenstiel" drückte nahezu erleichtert auf einen Knopf.

Um Jaro begann sich alles zu drehen.

5.

Die Sitzung dauerte eine Stunde, doch abgesehen von einem leichten Schwindel hinterließ sie keine Spuren am Körper des Versuchskaninchens. Als alles vorbei war, band Wojcech Jaro los, gab ihm einen freundschaftlichen Klaps auf die Schulter und führte ihn unter Kirks mitleidigem Blick in Di Caros Untersuchungszimmer.

– Was darf ich Ihnen anbieten, junger Mann?

– Eine Tasse heiße Schokolade.

Er saß wieder vor Kirk und seinen Unterlagen. Di Caro durfte am Gespräch nicht teilnehmen. Kirk strich sich den Bart glatt und lächelte ihn aufmunternd an. In diesem Augenblick verspürte Jaro zum ersten Mal Wärme. Das Gefühl, von jemandem anerkannt und sogar geschätzt zu werden. Als würde man zur Familie gehören. Als hätte man eine Familie und käme nach einem langen Arbeitstag nach Hause oder, noch schlimmer, aus dem Krieg, den man aufgrund einer glücklichen Fügung überlebt hatte. Kirk lächelte und Jaro ließ sich von diesem Lächeln einlullen, allmählich löste sich das Eis, das er in sich trug, das Eis der Straßen von Williamsburg.

– Das große Interesse für Fremdsprachen … Können Sie mir sagen, wann das begonnen hat, Mister Darenski?

– Nein. Es ist einfach passiert. So was passiert halt. Und aus.

– Erzählen Sie mir etwas von sich, Mister Darenski.

– Da gibt es nicht viel zu erzählen …

Das stimmte nicht. Jaro sprach lange über sich. Ausnahmsweise log er nicht und er war auch nicht widerspenstig. Er erzählte von seiner Mutter, die er eines Tages tot in der Wohnung aufgefunden hatte, mit der Wodkaflasche in der Hand.

– Und Ihr Vater?

– Den habe ich nicht kennengelernt. Aber als meine Mutter einmal …

– Ihre Mutter? Los, nur zu … Ihre Mutter?

– Meine Mutter … hatte wie immer getrunken. Aber im Rausch wurde sie melancholisch, wenn Sie wissen, was ich meine.

– Natürlich, reden Sie weiter …

– Nun, für gewöhnlich wechselte sie das Thema, wenn ich mich nach meinem Vater erkundigte, sie begann zu schreien oder drohte, mich zu verprügeln. Doch diesmal … diesmal passierte etwas Seltsames. Sie erzählte mir von ihm.

– Und was sagte Sie?

– Dass mein Vater ein schöner Mann war. Ein Fremder, der übers Meer gekommen war.

Kirk rieb sich die Hände.

– Dem berühmten Doktor Freud zufolge erklärt das alles. Haben Sie jemals von Doktor Freud gehört?

– Ich habe sogar etwas gelesen. Aber nur flüchtig.

– Interessant, sehr interessant … Welche Sprache lernen Sie im Augenblick?

– Arabisch.

– Soweit ich verstanden habe, reproduzieren Sie Laute mit großer Leichtigkeit, kann man das so sagen?

– Ja, das kann man so sagen. Das ist das richtige Wort.

Kirk dachte eine Zeit lang nach, dann zog er eine kleine Pfeife und einen Tabakbeutel heraus, stopfte die Pfeife, machte ein Streichholz an und bot Jaro an, ihm eine Zigarette zu besorgen, sofern er eine wollte. Der junge Mann war perplex. Im Bellevue galt Tabak als Gottseibeiuns. Den Patienten wurden zwar alle möglichen Drogen verabreicht, doch Tabak war strengstens verboten.

– Ein weiterer Widerspruch unseres Systems, kicherte Kirk, – und typisch für die protestantische Mentalität. Genauso verlogen, wie alkoholische Getränke in einer Papiertüte zu verstecken … Prohibition und insgeheime, private Laster. Darüber sprechen wir später. Jetzt machen wir weiter. Die Pneumoenzephalografie hat eine deutliche Ausbildung … eine abnorme Ausbildung des sogenannten Broca-Areals ergeben. Wir nehmen an, dass in diesem Areal das Sprachzentrum liegt. Das ist ein Hinweis, warum Sie so leicht Sprachen lernen. Gleichzeitig stammen Sie aus einem ethnisch und linguistisch gemischten Milieu, was ebenfalls den Spracherwerb fördert. Ihre Mutter war Polin, Ihr Vater ein Fremder, der über das Meer gekommen war, vielleicht ein Grieche oder Italiener, Sie sind in Williamsburg aufgewachsen, hatten Umgang mit Italienern und … All das erklärt das Phänomen zum Teil. Ansonsten …

– Ansonsten?

– Ich nehme mir vor, Ihren Fall äußerst sorgfältig zu prüfen. Ich habe noch keine wirkliche Erklärung. Aber ich kann Ihnen versichern,

Mister Darenski, dass es sich um einen sehr anregenden Fall handelt. Von höchstem Interesse! Und vielleicht hat Doktor Freud ausnahmsweise noch etwas zu sagen …

– Ich habe mich immer anders gefühlt, Herr Doktor.

– In diesem Zimmer sind zumindest zwei Menschen, die anders sind, wie Sie es nennen.

In einem Tonfall, den Jaro nie vergessen würde, fügte er dann *mein Junge* hinzu. Noch nie hatte ihn jemand so genannt. Jaro empfand so etwas Ähnliches wie tiefe Rührung. Am liebsten hätte er geweint wie ein Kind. Er schluckte die Tränen hinunter, er war ja ein Junge aus Williamsburg. In Williamsburg galt: Wenn du heulst, bist du schwul. Und Schwulen zerschneidet man das Gesicht.

Dann veränderte sich Kirks Tonfall. Seine Stimme wurde plötzlich schneidend.

– Sie sind ein Simulant. Die Untersuchungen sind eindeutig, die Ergebnisse unwiderlegbar. Man hat Ihnen immer größere Dosen Psilocin und Psilocybin verabreicht, Ihr Körper hat sie resorbiert, doch sie haben bei Ihnen überhaupt keine psychische Reaktion hervorgerufen. Aus meiner Sicht ist das nicht nur abnormal, sondern unglaublich. Jetzt antworten Sie ehrlich: Warum haben Sie gelogen?

– Weil ich Angst hatte, dass Sie mich wieder in den Knast schicken, wenn Sie herausfinden, dass das Zeug bei mir nicht wirkt.

Kirk lachte. Sein Lächeln war warm und väterlich, dachte Jaro, doch aufgrund seines Lachens, einer Art Hyänenlachen, wirkte er gleichzeitig kalt und abweisend.

– Irrtum, Mister Darenski, schwerer Irrtum. Die Experimente sind genau dazu gut. Um eine Theorie zu beweisen oder, wie es mir persönlich lieber ist, um sie zu widerlegen. Aber wir werden uns später noch darüber unterhalten … sofern wir uns, was ich sehr hoffe, wiedersehen. Sagen Sie mir noch etwas: Nehmen wir an, Sie schließen das Programm positiv ab … Welche Pläne haben Sie für die Zukunft, Mister Darenski?

– Wenn ich hier rauskomme, meinen Sie?

– Genau.

Auf diese Frage hatte er keine Antwort. Bis jetzt hatte er gedacht, sobald er wieder in Freiheit war, würde er sein übliches Leben wieder aufnehmen. Die Diebstähle und alles andere. Kirk hatte ihn mit dieser einfachen Frage und mit seinem Charisma völlig aus der Fassung gebracht. Jetzt wusste er gar nichts mehr. Weder über sich noch über die Zukunft.

– Keine Ahnung, Herr Doktor.

Kirk antwortete nicht. Er schaute ihn nur lange an und nickte kurz, dann stand er auf und ging, ohne ihn eines Grußes zu würdigen.

Mitten in der Nacht, als Jaro schlaflos im Bett lag, was für ihn sehr ungewöhnlich war, tauchten zwei Männer in grauen Anzügen auf, befahlen ihm, sich anzuziehen, und setzten ihn in einen Ford Galaxy Mayberry, eine Limousine, wie sie amerikanische Polizisten fuhren.

Doch diese hatte weder einen Schriftzug noch ein Blaulicht.

6.

Im Morgengrauen gelangte Jaro ins Schloss: So bezeichnete Kirk sein weder bescheidenes noch übermäßig luxuriöses, sondern allenfalls würdevolles Anwesen am Rande von River Wells, New Jersey, sechzig Meilen südlich von Manhattan. Kirk stellte ihm seine Frau Gretchen vor, eine pausbäckige und ständig lächelnde Blondine, die aus einem Märchen der Brüder Grimm zu stammen schien. Beide trugen weite Nachthemden aus grober Wolle und Sandalen: Offensichtlich machte ihnen die intensive Kälte des frühen Morgens nichts aus. Jaro folgte beiden zu einem kleinen Stall, wo eine Ziege sie mit freudigem Meckern begrüßte.

– Das ist Lotte, mein Sohn. Unsere liebe Charlotte. Aber im Gegensatz zu der, die von unserem großen Goethe verewigt worden ist, hat die da keine Launen, nicht wahr, Lotte?

Kirk betrat das Gehege, ging zu der Ziege, streichelte ihr über die Stirn (was dem Tier eindeutig gefiel), dann nahm er einen Kübel und begann sie zu melken.

– Glaubst du an Gott, mein Sohn?, fragte er, ohne mit dem Melken aufzuhören. Er duzte ihn jetzt. Jaro durchflutete wieder Wärme.

– Ehrlich gesagt, das habe ich mich noch nie gefragt.

Gretchen nickte und kicherte dabei genauso freudig wie die Ziege.

In all den Jahren, in denen sie und Kirk ihn wie den Sohn behandelten, der ihnen nicht geschenkt worden war, hörte Jay Dark – nun nicht mehr Jaroslav Darenski – sie niemals sprechen. Doch sie war nicht stumm. Kirk sagte, sie spräche nicht, außer hin und wieder mit ihm und Lotte, denn sie habe es nicht notwendig, ihre Gefühle verbal zu äußern: allem voran ihre Freude, wenn wieder ein neuer Tag anbrach, an dem die Sonne schien, Regen oder Schnee fiel oder sich dunkle Schatten bewegten.

– Ich hingegen, sagte Kirk, habe mir wie viele andere vor mir jahrelang immer wieder die Frage gestellt, ob es Gott gibt. Und am Ende des vielen Nachdenkens bin ich zu demselben Schluss gekommen wie du: Man braucht sich die Frage gar nicht zu stellen. Eines Tages wird die Wissenschaft vielleicht eine adäquate Antwort auf die einfachsten Fragen liefern. Warum gibt uns Lotte die viele gute Milch, von der wir uns nähren? Um ihr Zicklein zu säugen, wirst du sagen. Einverstanden. Aber warum produziert sie nach wie vor Milch, obwohl sie kein Zicklein mehr hat? Um im Training zu bleiben? Warum verlangt die Natur ihr das ab? Warum hat Gott das so verfügt? Oder ist sie einfach ein unschuldiges Tier, dem es gefällt, uns seine Milch zu schenken? Wir werden es nie erfahren. Doch wir werden uns immer Fragen stellen. Genau. Was ich damit sagen will: Es ist unsere Pflicht, uns Fragen zum Sinn des Lebens zu stellen, doch genauso ist es unsere Pflicht, den Dingen ihren Lauf zu lassen. Im Grunde sind Wissen und Nichtwissen dasselbe, es ist in gleicher Weise würdig und anerkennenswert, sich den Kopf zu zerbrechen, wie sich nicht darum zu kümmern … Bei allen Gläubigen, und zwar jeglicher Religion, irritiert mich jedoch diese obsessive Suche nach dem sogenannten Ordnungsprinzip … ich meine, nach dem Motor, nach dem Urgrund, mit einem Wort, nach dem Prinzip, das die Aufgabe hat, für die Ordnung des Universums zu sorgen … Wenn es aber gar keine Ordnung gäbe? Wenn hingegen unsere ganze Existenz auf einem entgegengesetzten Prinzip beziehungsweise auf dem absoluten Fehlen eines Prinzips beruhte … Wenn wir, jeder Einzelne und alle miteinander, die organische Synthese einer unkontrollierbaren Urkraft … des Chaos … wären? Was sagst du dazu, Jaroslav?

– Du weißt nicht, was du dazu sagen sollst, stimmt's? Also sag nichts: schweig. Das ist die beste Option. Lass es auf dich wirken und schweige. Wenn du bereit bist, wirst du das Wort ergreifen. Brav, Lotte, brav. Wie immer.

Als Kirk mit dem Melken fertig war, zog er eine Handvoll Salz aus der Tasche und die Ziege leckte es von seiner Handfläche. Dann streichelte er sie ein letztes Mal, reichte Gretchen den vollen Kübel und forderte Jaro auf, mit ihm ins Haus zu gehen.

In einer gemütlichen Bauernstube nahmen sie das Frühstück zu sich: Milch, Roggenbrot, von Gretchen selbstgemachte Blaubeermarmelade. Bis zuletzt rühmte Kirk sich seiner vegetarischen Ernährungsweise.

Während Gretchen den Tisch abräumte, sperrte der Doktor ein Mahagonimöbel auf, unter dem Deckel kam ein moderner Plattenspieler zum Vorschein. Auf mehreren Regalen standen zahlreiche Platten. Der Doktor wählte eine aus, machte den Apparat an und suchte eine Nummer. Die Klänge erfüllten das Zimmer. Eine machtvolle Musik verbreitete sich. Jaro hatte noch nie etwas Derartiges gehört. Gegen seinen Willen überlief ihn ein Schauer.

– Gewaltig, was? Die *Carmina Burana* … Eines Tages werde ich sie dir erklären, aber im Augenblick genügt es, um dir eine Vorstellung zu vermitteln …

– Wovon? Von Unordnung?, antwortete der Junge, kalt erwischt.

– Versuch es aus einer anderen Perspektive zu sehen. Chaos als Ordnung. Oder besser gesagt: Gleichgewicht. Aufgrund von Chaos erlangtes Gleichgewicht.

– Ich fürchte, das ist mir ein wenig zu hoch, Herr Doktor.

Kirk lächelte.

– Lass es wirken und denke nach. Du wirst es schon verstehen. Aber inzwischen ist mir das Wort wieder eingefallen.

– Welches Wort, Herr Doktor?

– Das deinen … Zustand beschreibt, mein Sohn.

– Und das wäre?

– Gabe.

– Eine Gabe, ein Geschenk?

– Genau. Eine Gabe, eine außergewöhnliche, einzigartige, unverwechselbare Gabe!

Kirk fügte hinzu, Jaro solle die wissenschaftlichen Erklärungen einfach vergessen, die er ihm am Tag davor nach ihrer Sitzung gegeben hatte.

– Das Broca-Areal, die Bewegungen der Hirnflüssigkeit, deine Sozialisation in einem ungewöhnlichen Milieu … vergiss das alles, vergiss es. Gewöhn dich an den Gedanken, dass du das Gefäß dieser speziellen Gabe bist … Du besitzt Fähigkeiten, die dich einzigartig machen, und du beginnst erst langsam, dir dessen bewusst zu werden. Du bist unempfindlich gegenüber Substanzen, die sogar sehr ausgeglichene Menschen in den Wahnsinn treiben würden. Hast du eine Ahnung, was die Zuckerwürfel enthielten?

– Natürlich nicht!

– Dann sage ich es dir. Die Würfel waren voller LSD. Hast du jemals davon gehört?

– Nein.

– Natürlich nicht. LSD ist im Augenblick eine Sache für ein paar wenige Eingeweihte. Es handelt sich um eine sehr starke halluzinogene Droge. Doktor Di Caro hat dir in Erwartung einer Reaktion immer stärkere Dosen verabreicht. Sie konnte es gar nicht glauben. Du hast das Zeug vor ihren Augen geschluckt, und keine Reaktion! Es war wirklich ein Glück, dass sie beschlossen hat, mich hinzuzuziehen … Außerdem kommst du von der Straße. Du hast eine Art Naturinstinkt, der in Gefahrensituationen auftaucht … Als du mich zum Beispiel auf dem Stuhl auf Deutsch angesprochen hast … das war einfach genial! Natürlich in meinem Sinn. Ja, mein Sohn, ich glaube wirklich, du bist bereit.

– Bereit?

Kirk bat Gretchen, Tee zu machen, und stopfte seine Pfeife.

– Du hast eine Gabe, aber du weißt noch nicht, wie damit umgehen, und ich fürchte, ohne eine weise und umsichtige Führung wirst du das auch nie wissen! Bis jetzt hast du diese Gabe vergeudet, indem du ein unwürdiges Leben geführt hast. Aber von heute an könnte sich dein Leben verändern!

Das war ein Angebot. Eindeutig. Irgendetwas passierte gerade. Irgendetwas, das Jaros Leben tatsächlich verändern würde. Der Instinkt, den Kirk ihm eben bescheinigt hatte, brüllte: Nimm an! Was auch immer es ist, sag ja!

– Ja, ich bin bereit, Herr Doktor!

– Gemach, gemach, mein Sohn … Zuerst musst du auf eine Frage antworten … Sagen wir, ich biete dir nicht irgendeine Arbeit, sondern ein neues, wunderbares Leben an … Was würdest du tun, um es zu erreichen?

– Alles.

Kirk sah ihn lange an. Dann, nach einem halbherzigen Lächeln, sagte er:

– Du musst Jaroslaw Darenski beerdigen und ein anderer Mensch werden.

– Ein anderer … Mensch?

– Ein Agent!

Kirks Stimme wurde verträumt, sein Blick glühte.

Der Doktor trug die Uniform des Verführers, er konnte verdammt überzeugend sein.

– Ich werde einen Engel und einen Krieger aus dir machen, meinen rechten Arm im großen Universum des Chaos. Seite an Seite werden wir viele Schlachten kämpfen, und wenn wir uns des Sieges sicher sind, werden wir die Niederlage kennenlernen, und aus der Niederlage werden wir uns zum endgültigen Triumph emporschwingen! Leben, irren, fallen, triumphieren, Leben aus Leben schaffen … Vertrau dich mir an, Jay Dark!

Gretchen servierte Tee und strich sanft über Jaros Haare. In ihrem Blick lag ein absolutes, uneingeschränktes Vertrauen zu Kirk. Gretchen forderte Jaro auf, dieses Vertrauen zu teilen. Sich seinem neuen Mentor zu überantworten.

– Aber warum nennen Sie mich Jay Dark?, fragte der junge Mann.

Kirk machte einen langen Zug von seiner Pfeife.

– Weil das von nun an dein Name sein wird!

Verdammt, sagte sich Jaro. Was auch immer passiert, es ist besser als die Bruchbude, in der ich wohne, besser als der armenische Hehler, besser als Williamsburg, das Krankenhaus und der Knast. Was habe ich zu verlieren? Nichts. Was habe ich zu gewinnen? Alles.

Gretchen blickte ihn erwartungsvoll an. Kirk nippte scheinbar gleichgültig an seinem Tee. Jaro nahm die Pfeife, die der Doktor auf den Tisch gelegt hatte, und machte einen langen Zug. Der Tabak hatte einen süßen Nachgeschmack, wie von Waldbeeren.

– Dark. Wie dunkel. Das gefällt mir.

So wurde aus Jaroslav Darenski Jay Dark, und es begann seine Karriere als Agent des Chaos.

Rom, heute

Flint behauptete, er habe Jay Dark Anfang der Siebzigerjahre kennengelernt. Zum ersten Mal seien sie einander in Los Angeles im Anwaltsbüro Graheme & Porter begegnet. Flint sei damals der Juniorpartner der Firma gewesen. Mit Jay Dark hatte er sich augenblicklich verstanden. Jay sei wirklich ein sympathischer, freundlicher Typ, ein begnadeter, sprühender Gesprächspartner gewesen. Der Gleichklang habe sich bald in so etwas Ähnliches wie Freundschaft verwandelt. Als Flint sich selbständig gemacht habe, sei Jay sein erster Klient geworden. Flint habe tatsächlich eine Stiftung gegründet, zu deren Präsident er sich selbst ernannt habe. Es habe schon damals Gerüchte über Jay Dark gegeben, doch zu dem Zeitpunkt, als sie zusammengearbeitet hätten, habe Flint von keiner illegalen Tätigkeit gewusst.

Erst nach seinem „Verschwinden" habe Jay ihm die Wahrheit gesagt. Beziehungsweise das, was Flint mir als Wahrheit verkaufen wollte.

Als Flint sich nach unserer ersten Begegnung von mir verabschiedete, bezeichnete er Jays Verschwinden als „angeblichen Tod". Als ob er den Eindruck erwecken wollte, dass Jay Dark noch quicklebendig war. Aber als ich ihn fragte, ob er eine Begegnung einfädeln konnte, wich er plötzlich aus.

– Ich könnte mich erkundigen, sagte er kurz angebunden.

Als wir uns nach einem regnerischen und gesprächsintensiven Nachmittag verabschiedeten, sagte der Anwalt, er bliebe ein paar Tage in Rom. Er sei in dem entzückenden *Hotel Locarno* abgestiegen, ein paar Schritte von der Piazza del Popolo entfernt, und stünde mir für Klärungen, Informationen, Offenbarungen und Ähnliches zur Verfügung.

Doch auch ich hatte ein wenig nachgeforscht.

In den frühen Sechzigerjahren hatte man im Bellevue Hospital tatsächlich Drogenexperimente durchgeführt, anders als in Flints

Erzählungen jedoch auch mit ahnungslosen Versuchskaninchen. Unter dem Namen Harry Kirk waren damals einige Publikationen erschienen, die sich mit der Wirkung psychotroper Substanzen auf das menschliche Verhalten beschäftigten. Das von Flint entworfene Szenario schien also durchaus plausibel. Doch seine Erzählung war nicht restlos überzeugend. Einerseits handelte es sich um allgemein zugängliche Informationen, doch was die Verwandlung Jaroslav Darenskis in Jay Dark anbelangte, hatte sich Flint auf problematisches Gelände begeben. Es gab überhaupt keine verlässlichen biografischen Daten zu Jay Dark. Er selbst hatte uneindeutige und widersprüchliche Spuren hinterlassen. Die ersten mehr oder weniger offiziellen Dokumente, in denen er erwähnt wurde, und die ersten Zeugenaussagen von mehr oder weniger vertrauenswürdigen Personen, die behaupteten, ihn gekannt zu haben, stammten aus den Jahren 1966/67. Zwischen 1960 und 1966 war ein Loch von sechs Jahren. Ein Loch, das die Verschwörungstheoretiker in ihren Blogs mit drei Thesen zu füllen versuchten: a) Jay Dark war der Sohn eines Nazioffiziers; b) Jay Dark war der Erbe eines skrupellosen amerikanischen Spekulanten, der sein Vermögen dank seiner Nazibeziehungen aufgebaut hatte; c) Jay Dark war ein kleiner Verbrecher, der während seines Aufenthalts im Bellevue Hospital auf sich aufmerksam gemacht hatte.

Flint vertrat die letzte Version. Aber wer garantierte mir, dass er ein Historiker war und sich nicht als Schriftsteller aufspielte? Dass er sich nicht für eine Variante entschieden hatte, die „seiner" Wahrheit am meisten entsprach?

Einerseits hatte Flint mir keinen konkreten Beweis dafür geliefert, tatsächlich mit den Umständen vertraut zu sein, ich wusste nicht, ob der Satz „Ich war dabei" nicht doch eine leere Behauptung war, andererseits erregte die Dramaturgie, für die der Anwalt sich entschieden hatte, meine Neugier als Schriftsteller. Flint erzählte von einem armen Teufel, der aus Zufall in ein Spiel geraten war, das ein paar Nummern zu groß für ihn war.

Um es in der zynischen Sprache von uns Schriftstellern zu sagen, so „funktionierte" die Geschichte besser.

Ich gab meiner Neugier nach und beschloss schließlich, mich noch einmal mit ihm zu treffen. Unser zweites Treffen fand an einem merkwürdigen Ort statt. Flint führte mich ins Museum Kircherianum im letzten Stockwerk des historischen Gebäudes auf der Piazza del Collegio Romano, in dem auch das Visconti-Gymnasium untergebracht ist, die traditionelle Kaderschmiede der Politiker am Kapitol.

– Das ist eine seltsame Wahl für jemanden, der angeblich nur auf Durchreise in Rom ist, Herr Anwalt.

– Pah, ich liebe Ihre Stadt. Ich dachte, das hätte ich schon erwähnt. Aber ich denke, wenn Sie mich in New York besuchten, würden Sie mir ebenfalls ein paar verborgene Winkel meiner Stadt zeigen, von denen ich keine Ahnung habe …

– New York?, stellte ich fest, plötzlich argwöhnisch. – Ich dachte, Sie sind aus Los Angeles?

Flint lachte herzlich, als hätte ich ihm einen guten Witz erzählt.

– Mein Lieber, ich lebe in Los Angeles, bin aber in New York zur Welt gekommen. Wir Amerikaner sind nämlich sehr mobil.

Die Wahl des Museums im Collegio Romano war auf jeden Fall genauso wenig zufällig wie die des Friedhofs. Athanasius Kircher war Mathematiker, Philosoph, Denker, Erfinder, Künstler gewesen. Ein sehr exzentrischer Mann, der sogar ein Katzenklavier erfunden hatte, das mithilfe unterschiedlich langer, an Tasten festgebundener Katzenschwänze verschiedene Harmonien erzeugte.

Doktor Kirk war ein direkter Nachfahre von Pater Kircher.

DIE WAHRE GESCHICHTE JAY DARKS, VON ANWALT FLINT ERZÄHLT

DOKTOR KIRK UND DIE THEORIE DES CHAOS

1.

Doktor Heinrich von Kircher, einundvierzig Jahre alt, ein brillanter Psychiater, der bahnbrechende Experimente im Bereich der Bewusstseinskontrolle unter Einsatz von Drogen durchgeführt hatte, wurde kurz vor dem Zusammenbruch des Dritten Reichs vom OSS rekrutiert, dem *Office of Strategic Services*. Das war der amerikanische Geheimdienst, bevor er den allseits bekannten Namen CIA, *Central Intelligence Agency*, annahm. Aus von Kircher wurde Harry Kirk. Kirk gehörte zu einer Gruppe von Wissenschaftlern, die das Dritte Reich hinter sich gelassen und sich für Amerika entschieden hatten. Berühmte Mitglieder dieser Gruppe waren der bedeutende Physiker Wernher von Braun und Hubertus Strughold, der Erfinder der modernen Raumfahrtmedizin. Kirk nannte seine berühmten Kollegen übrigens „die Verspäteten", anders als bei ihm sei ihre Liebe zur Demokratie nämlich ganz plötzlich, nach dem Sieg der Alliierten und dem Zusammenbruch des Dritten Reichs, erwacht und nicht davor. Amerika unterstützte Kirk großzügig bei seinen Forschungen zur Bewusstseinskontrolle. In einem Artikel, der nach Kirks Tod in einer akademischen Zeitschrift erschien, behauptete ein junger Forscher aus Berkeley, Kirk sei im Grunde seiner Seele ein Nazi geblieben. Er sei nach wie vor überzeugt davon gewesen, dass die Welt nichts anderes als ein von Unordnung beherrschtes Terrain sei und von wenigen, auserwählten Geistern regiert werden müsse, er habe bloß den Reichsadler gegen das Stars-and-Stripes-Banner eingetauscht. Doch dieser Forscher hatte nichts verstanden. Im Gegensatz zu den anderen Männern der Ordnung, mit denen er ihn verglich, fürchtete Kirk die Unordnung nicht, sondern er bewunderte sie. Hitlers Untergang hatte ihn überzeugt, dass die menschliche Natur ein Zuviel an Ordnung nicht aushielt und das friedliche Zusammenleben der Völker eine Utopie war – woran auch alle Adepten des Dritten Reichs glaubten –, und vor allem und in erster Linie, dass sogar der Begriff „Herrschaft" eine noch viel gefährlichere Utopie war.

– Jeder Herrscher versucht das Chaos zu beseitigen, doch das ist völlig unmöglich. Ganz im Gegenteil, mein Sohn, wir müssen dem Chaos unter die Arme greifen, es fördern und stimulieren. Wir müssen ihm die Zügel locker lassen. Nur so können wir das Überleben der menschlichen Rasse sichern.

Aus der Perspektive des Establishments waren solche Ideen nicht nur inakzeptabel, sondern sogar schädlich. Wenn die Mitglieder des Establishments nur im Entferntesten darüber nachgedacht hätten, worin das Denken des Doktor Kirk bestand, wären sie draufgekommen, was für einer Illusion sie sich hingaben: Was, wir haben einen wackeren Nazi engagiert und jetzt stellt sich heraus, dass er ein Verrückter oder gar ein Anarchist ist?

Aber Kirk war nicht nur gut darin, zu tarnen und zu täuschen.

Kirk war nicht nur ein großer Verführer, sondern auch ein sehr guter Verkäufer. Er formulierte seine Ideen so, dass seine Auftraggeber nicht im Entferntesten argwöhnten, sie könnten subversiven Inhalts sein. Seine Thesen waren sogar Honig in den Ohren von Senatoren, Spionen, Lobbyisten und Meinungsmachern: Meine Herrschaften, die Welt befindet sich in den Fängen des Chaos, deshalb brauchen wir eine solide Herrschaft, um über sie zu regieren, und diese Herrschaft ist in den Händen Amerikas. Wenn ihm ein wacher Geist die Frage stellte, „warum" ausgerechnet Amerika zur Weltherrschaft bestimmt sei, gab er – je nachdem, mit was für einem Gegenüber er es zu tun hatte – eine der beiden Antworten, die er für diesen Fall vorbereitet hatte. Den dumpfen Konservativen, den Law-&-Order-Hardlinern erklärte er, Amerikas Herrschaft sei gottgewollt, und kramte ein paar Zitate aus dem Alten Testament hervor, um die Neuauflage des Nazispruchs *Gott mit uns* zu rechtfertigen. Den flexibleren Fortschrittlichen erklärte er unter Berufung auf Gibbon, Machiavelli und

Konsorten, dass die Geschichte im Augenblick dem Weißen Haus die Führungsrolle auferlegte. In diesem „im Augenblick" verbarg sich Kirks Sarkasmus, sein Genie. Heute bist du noch da, großes Amerika, doch schon morgen wirst du vom unerbittlichen Gesetz des Chaos hinweggefegt werden. Wie Theben, Athen, Babylon, Rom, Berlin und so weiter. Und alle wurden dem Chaos untertan gemacht und bewunderten es, denn im Grunde verstanden sie nichts davon.

2.

Um Jay Dark mit seiner persönlichen Theorie bekanntzumachen, erwähnte Kirk eine ganz konkrete Religion.

– Die Trimurti, die hinduistische Dreiheit des Göttlichen, kommt der geheimnisvollen Wahrheit der Dinge am nächsten. Brahma ist der Ursprung alles Seienden, er schläft einen komatösen Schlaf. Hin und wieder wälzt er sich in seinem ewigen Bett, und auf der Erde ereignet sich mindestens ein Erdbeben. Dann weint er wieder, und eine einzige Träne kann eine Überschwemmung bewirken. Es ist also besser für uns alle, wenn er ruhig ist, nicht wahr, mein Sohn?

– Wahrscheinlich, Herr Doktor.

– Vishnu hingegen ist der bewahrende Retter, er leitet das Schicksal der Menschen. Er ist eine Art Richter, Schiedsrichter, Gesetzgeber. Mit einem Wort, der Mann der Ordnung. Doch wie ich dir zu zeigen versuche, mein Sohn, verursacht ein Übermaß an Ordnung zuerst Langeweile, dann Unzufriedenheit, schließlich Panik und Widerwillen. Die Menschen, wir Menschen, haben ein verdammtes Bedürfnis nach Unordnung. Und nun tritt Shiva, der Zerstörer, auf den Plan, er bewegt und verrückt, der wütende, aber auch der seltsame Shiva. Shiva verwüstet. Ich wünsche dir, du mögest ihn nie in seiner Wut erleben.

– Ich werde aufpassen.

– Ich habe dir schon gesagt, dass mir die Ironie gefällt, die du dir auf der Straße zugelegt hast. Du musst jedoch lernen, sie im Zaum zu halten … Shiva zerstört und wir sind gezwungen wiederaufzubauen. Es gibt keinen besseren Zustand für uns Menschen: Vor dir liegen die Ruinen der Vergangenheit und du musst daraus eine Zukunft bauen. Aufregend, nicht wahr? Wenn du weise wärst, wüsstest du auch, dass alles, was neu gebaut wird, unausweichlich auch wieder einer neuen Zerstörung zum Opfer fallen wird …

– Wenn ich das wüsste, würde ich mich überhaupt nicht anstrengen.

– Sehr gut. Zum Glück sind wir nicht weise, und wir machen uns immer wieder aufs Neue vor, dass es keine Kriege, Katastrophen, Trauerfälle, Gemetzel, Massaker und so weiter geben wird. Doch es wird sie geben. Es wird sie immer wieder geben. Sie kehren pünktlich wieder. Und das ist das Schöne daran. Das rechtfertigt auch, dass Brahma plötzlich aufwacht. Es ist nicht richtig, dass er auf immer und ewig schlummert. Auch er muss seinen Beitrag leisten. Es ist ein ewiger Kreislauf.

– Den niemand beherrschen kann.

– Aber man kann und muss sich arrangieren. Sich mit dem Chaos arrangieren. Das ist unsere Mission, mein Sohn. Die Mission von uns Agenten des Chaos.

– Wenn ich recht verstanden habe, sollen wir es nicht als Unglück betrachten, wenn ein Erdbeben eine Stadt zerstört, sondern als Chance.

– Etwas vereinfacht, doch im Wesentlichen ja. Wir müssen augenblicklich für den Wiederaufbau sorgen, dann den nächsten Zusammenbruch vorbereiten, sodass erneut ein Wiederaufbau nötig wird, und so jahrhundertelang. Sag nicht „amen", mein Sohn, das mache ich schon selbst.

Dann wechselte Kirk unvermittelt das Thema und fragte Jay, ob ihm Lotte in letzter Zeit nicht ein wenig unruhig vorgekommen war.

– Ehrlich gesagt, antwortete der junge Mann überrascht, habe ich nichts davon bemerkt.

– Hmmmm, murmelte Kirk, – das überzeugt mich nicht ... zu viel Unruhe ... Ich muss Abhilfe schaffen, ja, Abhilfe schaffen. Die Natur, mein Sohn, hat ihre Bedürfnisse. Auch die Ziegen.

3.

„Ich heiße J. Dark, aber mein wahrer Name ist Jürgen von Drakich. Als mein Vater beschloss, den Führer zu verraten, dem er davor treu gedient hatte, und ein Mitarbeiter, ein wertvoller Mitarbeiter des amerikanischen Geheimdienstes zu werden, änderte er seinen und meinen Namen. Meine Mutter war eine arabische Prinzessin, Tochter von Emiren. Meine Mutter und mein Großvater starben während des Afrikafeldzugs, als ich noch ein Säugling war. Mein Vater war ein Hauptmann von Hitlers Geheimdienst, der Abwehr, aber die Brutalität der Faschisten enttäuschte ihn und er wechselte ins gegnerische Lager. Er hat mich den Respekt vor den heiligen Werten der Ordnung, der Familie, der Heimat, seiner neuen Heimat gelehrt. Unnachgiebig und mit eiserner Disziplin hat er mich gezwungen, Fremdsprachen zu lernen und Wissenschaften zu studieren, er hat mich fechten, schießen, reiten und Klavier spielen gelehrt. Er hat sich der Illusion hingegeben, er könne aus mir einen perfekten preußischen Offizier amerikanischer Prägung machen. Er hatte nichts begriffen. Keine Ahnung, vielleicht verdanke ich meinen rebellischen Geist meiner Mutter. Der Gedanke gefällt mir. Ich weiß so wenig über sie ... Kurz vor dem Tode meines Vaters sagte ich ihm offen ins Gesicht, was ich von ihm und seinen Ideen hielt. Ich sagte zu ihm, ich hielte die Welt, so wie sie war, die Welt der Ordnung, an die er blind glaubte, von der er sogar glaubte, er könne sie von Nazideutschland ins aktuelle Amerika verpflanzen, für eine schreckliche Welt, sie ekelte und widerte mich an. Diese Welt

müsse man zerstören, niederbrennen, vernichten. Und sie dann von Grund auf neu aufbauen. Nach unserem Streit verließ ich New York und trieb mich einige Monate in Asien herum. Ich war neunzehn Jahre alt und fühlte mich allein, ich war aufgeregt, rebellisch und glücklich. Ich probierte alle möglichen Drogen aus und machte alle möglichen Erfahrungen und hatte Visionen, doch ich verstand auch, dass das Davonlaufen sinnlos war. Wenn ich die Welt verändern wollte, musste ich kämpfen. So kehrte ich nach Hause zurück, gerade rechtzeitig zum Begräbnis meines Vaters. Er hatte mir eine schöne Wohnung in Manhattan und ein kleines Vermögen hinterlassen. Es liegt an mir, es zu nutzen."

Das war, kurz zusammengefasst, Jay Darks Biografie. Eine von Kirk und seinen Mitarbeitern konstruierte „Legende", die wie alle von Spionageprofis konstruierten Legenden fest in der Wirklichkeit verankert war. Es hatte tatsächlich einen von Drakich gegeben, einen Nazioffizier, der später zu den Alliierten übergelaufen war. Er hatte tatsächlich einen Sohn und eine Frau aus einer reichen arabischen Familie. In Wirklichkeit waren Kind und Mutter allerdings unter den Bomben der „Guten" gestorben. Auch von Drakich, der angebliche Vater, war gestorben, konnte also keine Probleme mehr machen. Dem Kind hatte man einen Reichsadler auf die linke Schulter tätowiert, und da Jay Dark dieses Kind sein sollte, wurde auch er tätowiert. Ein Bonus: Der echte von Drakich war einer der besten Freunde Kirks gewesen. Sie hatten den Wachtelsprung, also das Überlaufen zu den Cowboys, gemeinsam geplant, doch der arme Drakich hatte sich mit dem Abschied zu sehr Zeit gelassen und seine zukünftigen Freunde nicht mehr kennenlernen dürfen.

– Denk daran, Jaroslav Darenski ist tot, jetzt gibt es nur noch Jay Dark, und so wird es immer sein. Aber bewahre deine Aura, mein Sohn.

Mit „Aura" bezeichnete Kirk den Geruch nach Straße, der Jay Dark zusammen mit der neuen gefälschten „Herkunft" zu seinem idealen Agenten des Chaos machen würde.

Sechs Monate lang wurde Jay Dark einem harten Training unterzogen. Er lernte reiten, fechten, Klavier spielen, man brachte ihm Tischsitten bei und wie man die Kleidung farblich aufeinander abstimmte. Man brachte ihm bei, lässig vom Anzug in den Smoking zu schlüpfen, man lehrte ihn Tennis spielen, Walzer und Tango tanzen, und außerdem viele andere „Eigenschaften", die ein junger Adeliger europäischer Abstammung wohl besitzen musste. Dazwischen perfektionierte er seine Sprachkenntnisse. Jay Dark war nicht nur ein idealer, sondern sogar ein überraschender Schüler. Ein Schwamm: Er saugte Kenntnisse und Benimmregeln auf und konnte sie bei Bedarf perfekt abrufen. Er vergaß sie nie. Kirk war begeistert.

Jemand anderer war nicht so begeistert.

Er hieß Garreth Senn, war im richtigen Alter und besaß das richtige Ausmaß an Ehrgeiz, er hoffte, eines Tages selbst die Nummer eins zu werden.

Als er Jay Dark zum ersten Mal traf, reichte er ihm zwei Gläser Rotwein.

– Einer heißt Châteauneuf-du-Pape, der andere Montrachet-Aligout. Koste sie und ordne den richtigen Namen zu.

Jay Dark zog sich mit einem verächtlichen Grinsen aus der Affäre.

– Montrachet-Aligout? Es gibt keinen Wein mit diesem Namen.

Das war richtig und gleichzeitig falsch.

Garreth Senn hasste Jay Dark schon, bevor er ihn kennengelernt hatte, als er gerade mal von ihm gehört hatte. Garreth Senn hatte den athletischen Körper eines Universitätschampions in American Football. Er hatte einen Bürstenhaarschnitt und trug das richtige weiße Hemd und die richtige Krawatte mit der Nadel des richtigen Studentenclubs. Garreth Senn war der Sohn eines Colonels, Neffe eines Generals, Nachfahre eines heldenhaften Soldaten, der bei Gettysburg gekämpft hatte. Er war im richtigen Viertel der richtigen Stadt zur Welt gekommen, hatte die richtigen Schulen besucht, war mit der richtigen Cheerleaderin verlobt, hatte ein Diplom von der richtigen Universität und hatte jetzt den richtigen Posten, um Kirk zu beschützen oder zu vernichten. Mit einem Wort, er war der richtige Amerikaner, der Patriot, der von Anfang an dazu bestimmt war, zum glorreichen Schicksal der Nation beizutragen. Jay Dark hingegen war der Sohn eines Dienstmädchens, der Thronräuber Ismael, der allein mit seiner Anwesenheit die Tradition besudelte. Hätte es in Senns Macht gestanden, hätte er ihn für den Rest seiner Tage in den Knast zurückgeschickt. Sicher, er wusste sehr gut, dass Jay für Kirks Pläne sehr nützlich sein konnte – die zumindest offiziell mit den Plänen der Nation übereinstimmten –, und er wusste über die Gabe Bescheid. Doch das prädestinierte Jay höchstens für eine Rolle als einmaliger Mitarbeiter. Du wirst nie einer von uns sein, sagten seine grauen Augen und sein spöttisches Lächeln.

– Schon gut, du kleiner Scheißhaufen, du hast diese Runde gewonnen, aber gib dich keinen Illusionen hin.

Jay berichtete Kirk von der unangenehmen Begegnung. Der Doktor sagte zu ihm, er solle Geduld haben. Auch Senn würde früher oder später einsehen, wie nützlich er war, und ihn akzeptieren. Aber als er ihm erzählte, dass Senn auf etwas Schmutziges in ihrer Beziehung angespielt hatte („In deiner Gegend, in der Bronx, war doch das Arschficken Mode, oder? Du bist doch nicht mit dem Alten ins Bett gegangen, oder?"), wurde Kirk puterrot und zeigte mit der Pfeife auf ihn.

– Du bist doch keine Schwuchtel, oder?

Jay verneinte entschieden. Er spürte jedoch Kirks wunden Punkt und gab ihm die Frage zurück.

– Und Sie, Herr Doktor?

Kirk gab keine Antwort. Er nahm eine Schallplatte aus seiner Sammlung und machte den Apparat an.

– In Bälde wirst du eine ganz andere Musik hören und vielleicht sogar spielen müssen. Fürs Erste musst du dein Gehör trainieren, mein Sohn.

Kirk hatte beschlossen, persönlich für Jay Darks musikalische Erziehung zu sorgen. Sorgfältig wie immer wählte er Stücke aus, über die sie sich dann unterhielten, und er sorgte dafür, dass die ausgewählten Stücke und die jeweiligen Erklärungen zur augenblicklichen Lebenssituation des jungen Mannes passten. Jede Musikstunde war somit auch eine Lektion in Sachen Leben. An diesem Abend spielte er ihm Händels Arie *Lascia ch'io pianga* aus der Oper *Rinaldo* vor. Händel hatte sie für einen Kastraten geschrieben. Als es noch als unmoralisch galt, dass Frauen auf die Bühne stiegen, waren Kastraten sehr in Mode.

– Garreth Senn ist ein typisches Produkt unserer Zeit, ärgere dich nicht über ihn. Er ist ein Mann der Ordnung. Gewisse Feinheiten bemerkt er nicht. Er kann nicht anders, er kann sich eine normale Beziehung zwischen Lehrer und Schüler gar nicht vorstellen. Im Übrigen ist an der Homosexualität nichts Schlechtes. Sie ist ein weiteres wohltuendes Symptom des Chaos. In der Natur, bei Tieren, sogar bei Pflanzen ist sie weit verbreitet. In antiken Kulturen wurde die gleichgeschlechtliche Liebe glorifiziert, sogar als höchste Liebe angesehen. Denk an Sparta. In den hinduistischen Tempeln aus der ersten Periode gibt es Darstellungen, die … Später hat die christlich-jüdische Moral diese Praktiken verdammt, doch bei der SA, Hitlers Elitetruppe, war Homosexualität ziemlich weit verbreitet. Hast du eine Freundin, Jay?

– Ich habe keine Zeit dazu, Herr Doktor. Das Training bringt mich ja um.

– Zweifellos. Und wie steht es mit deinem alten Bekannten, Darenski, hast du eine Ahnung …?

Diesmal wurde Jay rot. Darenski hatte eine kurze und flüchtige Begegnung mit einem jüdischen Mädchen von der 47th Street gehabt. Doch über Petting waren sie nicht hinausgekommen. Ihm gefielen Mädchen, und wie, doch er hatte seine stürmische Jugend mit Sexzeitschriften und Onanieren verbracht, und hin und wieder hatte ihm der armenische Altwarenhändler drastischere Fotos im Tausch gegen ein Goldkettchen gegeben. Jay Dark schwieg verlegen.

– Ich verstehe, sagte Kirk und nickte väterlich. – Geh jetzt schlafen. Morgen ist ein anstrengender Tag.

4.

Als sie am nächsten Morgen zum Stützpunkt fuhren, wurden sie von einem Mädchen am Straßenrand angehalten. Sie stand neben einem roten Ford Thunderbird Coupé, einem funkelnagelneuen Modell. Das Mädchen schaute verzweifelt drein. Offenbar hatte das Auto einen Motorschaden und war liegen geblieben.

– Wie schaut es mit deinen Fähigkeiten als Mechaniker aus, mein Sohn?, fragte Kirk.

– Gut, würde ich sagen.

– Dann hast du jetzt Gelegenheit, dein Können unter Beweis zu stellen. Wirf einen Blick auf den Motor und schau, ob du ihn reparieren kannst. Lass dir Zeit und komm dann zu dem üblichen Ort.

Bei Motoren hätte sich Jay Dark auch ohne Unterricht ausgekannt. Auf der Straße muss man schauen, wie man durchkommt, und er hatte öfters eine Runde mit PS-starken Autos gedreht, die er sich ausgeborgt hatte, ohne dass der Besitzer davon wusste. Deshalb genügte ein Blick und er wusste, dass sich nur ein Draht gelöst hatte, mit zwei Handgriffen war die Sache erledigt. Das Mädchen riss ihre wunderbaren schwarzen Augen auf, stellte sich auf die Zehenspitzen (sie war mindestens fünfzehn Zentimeter kleiner als er) und drückte ihm einen Kuss auf die Wange.

– Danke, danke, ich wusste wirklich nicht, was ich tun sollte! Darf ich Sie mitnehmen?

– Sehr gern.

Sie hieß Lucille, war klein und dunkelhaarig, hatte eine beeindruckende Ähnlichkeit mit Audrey Hepburn und versuchte diese Ähnlichkeit auch nicht zu verbergen. Das weiße Seidenhalstuch und die dunkle Sonnenbrille schienen vom letzten Filmplakat der Schauspielerin zu stammen. Lucille umwehte ein zarter Hauch von Zitrus- und Himbeernoten. Sie trug schwarze Seidenstrümpfe, wie Jay mit einer gewissen Erregung feststellte, als sie sich ans Steuer setzte, wobei ihr

Rock unweigerlich hochrutschte und ein schlankes, durchtrainiertes Bein zum Vorschein kam. Sie arbeitete als Sekretärin in einer Versicherungsgesellschaft. Mit strahlendem Lächeln fügte sie hinzu, Jay dürfe nicht hoffen, so einfach davonzukommen. Er war so höflich und freundlich gewesen, er hatte sich mindestens ein Glas Champagner verdient.

– Um diese Uhrzeit?

– Ach, es dauert ja noch eine Weile, bis wir in der Stadt sind …

Jay sagte zu. Ein kleines Vergnügen würde das Training wohl nicht beeinträchtigen. Kirk würde ihn verstehen. Hatte er nicht zu ihm gesagt, er solle sich Zeit lassen und dann zum Stützpunkt kommen?

Der Champagner im Kühlschrank des hübschen Miniapartments auf der Second Avenue war Markenchampagner und hatte die richtige Temperatur. Im Gegensatz zu den Zaubertränken im Bellevue verfehlten die Perlen ihre Wirkung nicht, denn Jay fühlte sich leicht und unbeschwert und genoss das frivole Gespräch über Hollywoodschauspieler und Truman Capotes neueste Grillen, und als sie sich auszog und im schwarzen Strumpfgürtel vor ihm stand, lief es, wie es laufen musste. Sie schliefen miteinander, leerten die Flasche, verschlangen Lachsbrötchen, hörten sich eine LP von Elvis und eine von Frankie Laine an, und schliefen noch einmal und dann noch einmal miteinander. Kurz vor Sonnenuntergang entließ sie ihn auf elegante Weise.

– Liebling, es war wunderbar, aber jetzt muss ich gehen. Ein langweiliges Arbeitsessen.

– Sehen wir uns wieder?

– Ich gebe dir meine Nummer.

Wie unter Strom lief Jay zu Fuß zum Stützpunkt. Die Liebe war etwas Wunderbares. Sex war etwas Wunderbares. Das Leben war etwas Wunderbares. Kirk war schon gegangen. Garreth Senn wartete auf ihn, mit einem hämischen Grinsen im Gesicht.

– Unser kleiner Scheißhaufen hat sich wacker geschlagen! Ich muss zugeben: Ich hatte unrecht. Du bist keine Schwuchtel. Obwohl du ein Novize bist, hast du dich bei Lucille, dieser Riesennutte, gut geschlagen. Kompliment, aber täusch dich nicht: Die erste Runde geht aufs Haus, doch dann …

Jay Dark war überhaupt nicht gewalttätig, doch angesichts von Senns Sarkasmus verlor er die Beherrschung. Der Sex war eine Offenbarung gewesen. Lucille war sein „erstes Mal" gewesen. In diesem Augenblick war sie seine Göttin. Mit gesenktem Kopf ging er auf seinen verhassten Kollegen los, und einen Augenblick später lag er flach auf dem Boden, verspürte einen stechenden Schmerz auf der Brust und rang nach Luft.

Garreth Senn beugte sich über ihn und hörte nicht auf zu lachen.

– Versuch das nie wieder, Scheißhaufen. So billig kommst du das nächste Mal nicht davon. Grüß mir den Alten.

Später, nachdem Kirk sich eine Pfeife gestopft und *Giovinetti leggeri di testa* aus Mozarts *Don Giovanni* aufgelegt hatte, bestätigte er ihm, dass Lucille für seine „éducation sentimentale" engagiert worden war. Während Jay Enttäuschung im Gesicht stand, entschuldigte sich Kirk in väterlichem Ton bei ihm, dass er bei seinem Training die Beziehungsaspekte vernachlässigt hatte.

– Die Beziehungs…aspekte?

– Die wichtigste Eigenschaft, die ein guter Agent des Chaos haben muss, ist die Fähigkeit, in der Welt zu sein. Damit meine ich, sich inmitten der anderen zu bewegen. Dein angeborener Instinkt reicht nicht, und die Kenntnisse, die du aufnimmst wie ein Schwamm, reichen auch nicht. Du brauchst Erfahrung. Diesen Aspekt habe ich unterschätzt, unser Gespräch gestern hat mir die Augen geöffnet. Sagen wir, man hat dich einer Prüfung unterzogen und du hast sie mit Auszeichnung bestanden.

– Sie war doch bezahlt! Wovon sprechen Sie?

– Von deinem Vergnügen, mein Sohn. Du hattest doch Spaß, oder?

– Ehrlich gesagt, ja.

– Darauf kommt es an. Genau darauf. Wenn es dir gefällt, wirst auch du gefallen. Das ist das Prinzip. Mach es dir zunutze.

– Ja, Herr Doktor, mir hat es gefallen. Aber sie hat nur so getan, als ob.

– Darauf kommt es nicht an, mein Sohn.

– Ich verstehe nicht.

– Gut. Dein … Abenteuer mit Lucille beweist, dass du Spaß am Sex hast. Man wird dich auffordern, ihn zu unseren Zwecken einzusetzen – und zwar öfter, als du dir im Augenblick vorstellen kannst –, und das wird für dich so selbstverständlich sein, dass niemand auf die Idee kommen wird, du müsstest dich dazu zwingen. Denn du wirst dich auch nicht dazu zwingen. Es gefällt dir, und deshalb wirst du gefallen.

Jay brauchte eine Zeit lang, um Kirks Lektion zu verdauen, doch wie der Doktor vorhergesehen hatte, wurde seine Liebe zum Sex mit der Zeit ein enormes Kapital. Jay schlief gerne mit Frauen. Und er liebte die Frauen, mit denen er schlief. Die unerklärliche Chemie ihrer Gerüche und Körpersäfte verursachte ihm Ekstasen und einen Überschwang an Gefühlen, der ihn benebelt und beglückt zurückließ. Und während seiner Ekstase existierten nur er und seine Geliebte (beziehungsweise seine Geliebten: warum sich beschränken?). Und die Frauen verstanden seine totale, absolute Hingabe, sein Sein im Hier und Jetzt, das alles außerhalb des Schlafzimmers auslöschte, sie machten es sich zu eigen und teilten es ohne Vorbehalte. Lucille war nur der erste Name auf einer langen Liste. Nach ihr brauchte Jay keinen Kuppler mehr und er musste auch nicht für Liebe bezahlen. Doch sobald die Geschäftsbedingungen klar waren, besuchte er Lucille öfters. Sie nahmen einen Drink, plauderten, gingen ins Bett. Und immer lernte Jay etwas Neues und Überraschendes, und wenn ihm Garreth Senn über den Weg lief, zwinkerte er ihm zu. Wie um zu sagen: Du glaubst zu wissen, doch du hast keine Ahnung, du aufgeblasenes Nichts.

Nur fürs Protokoll: Lucille war nicht nur eine geschätzte Professionelle im horizontalen Gewerbe, sie war auch eine bewährte Mitarbeiterin Kirks. Der Doktor hatte sie eingesetzt, um einen korrupten Geschäftsmann, einen gewissen Fitzgerald, festzunageln. Einen schlüpfrigen Galan, der dem Finanzamt ein schönes Sümmchen unterschlagen hatte. Das FBI war ihm schon seit Jahren auf den Fersen, konnte ihn jedoch nicht festnageln. Kirk hatte einen Vertrag mit Garreth Senn abgeschlossen. Im Tausch gegen Protektion würde er ihm Fitzgerald ausliefern. Senn war ein aufsteigender junger Mann, mit ihm als Verbündetem war ihm mehr Erfolg beschieden. Und so war es auch. Lucille köderte Fitzgerald und verabreichte ihm eine schöne Dosis Psilocybin, gewürzt mit einer Prise Peyote. Fitzgerald fiel ihr zu Füßen, in dem Glauben, in ihr die Muttergottes zu sehen, und gestand, angeregt von den klugen Fragen der jungen Frau, alle Verbrechen. Das Geständnis wurde aufgezeichnet, das Band landete in Senns Händen und der Geschäftsmann saß in der Falle. Senn benutzte seinen ganzen Einfluss, um Kirks Erfindung zu verteidigen. MK Ultra.

Rom, heute

Flint schleppte mich in eine Trattoria im jüdischen Ghetto.

Er gehörte wohl zu jenen dünnen Personen, die mit phänomenalen Genen gesegnet sind. Zuerst verschlang er eine koschere Carbonara, dann stürzte er sich auf den Ochsenschlepp und bestellte eine zweite Flasche Cabernet Sauvignon vom Berg Tabor, „die der Oberrabbiner gesegnet hat". Ich knabberte bescheiden an meiner Hühnerbrust mit Radicchio aus Treviso und trank dazu Leitungswasser. Und verfluchte meine letzten Blutbilder. Gleich am Anfang sagte ich zu ihm, seine Rekonstruktion erkläre ein Detail, auf das ich bei einer Recherche im Netz gestoßen war und das mich neugierig gemacht hatte. Es gab einen besonders irren Blogger, einen gewissen Asylum, einen Anhänger des Rael-Kults, der noch dazu an „Chemtrails" glaubte: Dieser behauptete, er habe zwei Zeugen getroffen, die Jay Dark in den Sechzigerjahren persönlich kennengelernt hatten. Die beiden, die natürlich anonym bleiben wollten, behaupteten, der wahre Name Jay Darks sei Shitsky gewesen. Nun, *Shit* heißt so viel wie Scheiße, und *Shitsky* klingt wie „Scheißhaufen". Beziehungsweise wie der von Garreth Senn geprägte Spitzname. Auch dass Prostituierte als Informantinnen oder Köder samt Verabreichung von halluzinogenen Drogen eingesetzt wurden, hatte ich schon gehört.

Dennoch war ich nicht völlig überzeugt. Einerseits konnte ich nicht glauben, dass ein – wie auch immer begabter – Vorstadt-Wichser wie Darenski sich innerhalb eines halben Jahres in einen eleganten jungen Adeligen verwandeln konnte; um so eine Lügengeschichte zu glauben, musste man schon guten Willens sein; in meinem Roman war er deshalb reich zur Welt gekommen. Andererseits hatte ich keinen Hinweis auf Garreth Senn gefunden, und schon gar nicht unter den hohen Tieren des Geheimdienstes in jener Zeit.

Flint fragte mich, ob ich ein glückliches Kind gewesen war.

– Ehrlich gesagt … ja. Durchschnittlich glücklich.

– Was ist Ihre schlimmste Kindheitserinnerung?

Obwohl ich nicht wusste, worin der Sinn dieser Befragung bestand, spielte ich mit.

– Hin und wieder wurde meine Mutter wütend auf mich. Es war eine kalte Wut, eine Art Groll. Er dauerte Stunden, manchmal sogar Tage. Sie sprach kein Wort mit mir, und ich …

– Seien Sie ehrlich, los. Sie glaubten zu sterben, nicht wahr, sagte Flint lächelnd.

– Vor allem hatte ich das Gefühl, in der Falle zu sitzen. Ein kleines Tier mit dem Rücken zur Wand. Hin und wieder stellte ich mir schreckliche Dinge vor: Ich fiel aus dem fünften Stockwerk und lag zerschmettert am Boden. Meine Mutter kam weinend gelaufen, jetzt tat es ihr leid, mich ungerecht behandelt zu haben … so was eben. Aber ich verstehe nicht, warum Sie das interessiert.

– Wenn so wenig vonnöten war, um ein glückliches Kind in ein armes, verängstigtes Wesen zu verwandeln, dann stellen Sie sich mal vor, wie Jay Darks Kindheit in Williamsburg war, ohne Vater und mit einer Alkoholikerin als Mutter, die nie da war …

Diesmal war ich es, der lächelte.

– Ich höre den Anwalt sprechen, Flint. Hohes Gericht, mein Klient hat gemordet, betrogen, geraubt, aber nur wegen seiner unglücklichen Kindheit …

– Damit nicht genug, stellte Flint unerschütterlich fest, – außerdem fühlte er sich fehl am Platz und wusste sehr gut, dass er aufgrund dieses Gefühls entweder sein Zuhause verlassen oder draufzahlen würde. Williamsburg ist der Schlüssel zu allem. Das war sein Gefängnis, er musste fliehen.

– Fehl am Platz, sagen Sie …

– Ich erinnere Sie daran, dass Dark elf Sprachen sprach und bis zu zwanzig verschiedene Identitäten annahm. Das ist belegt. Der Junge war zu allem fähig!

– Schon gut. Aber Senn? Den hat es nie gegeben, er ist frei erfunden.

– Meinen Sie? Passen Sie auf, wenn Sie öffentliche Quellen verwenden. Sie sind nicht immer verlässlich. Hin und wieder ist das, was fehlt, wichtiger als das, was vorliegt.

– Die zugänglichen Quellen sprechen jedoch von MK Ultra.

– Das gebe ich gern zu, ja, doch seien Sie auf der Hut: öffentliche Quelle, mit Vorsicht zu genießen …

– Mag sein.

Über MK Ultra gab es tatsächlich jede Menge Material. Das war ein geheimes, 1953 ins Leben gerufenes Forschungsprogramm der amerikanischen Regierung, um die möglichen Auswirkungen von Drogen bei der Bewusstseinskontrolle zu erforschen. Das Projekt wurde vom Human Ecology Fund durchgeführt. Die Ziele der Forschungen waren vielfältig: Erinnerungen fälschen, Menschen aufgrund von deviantem Verhalten in Verruf bringen, sexuelle Orientierungen ändern, Informationen abpressen, Abhängigkeiten schaffen.

Laut Flint hatte Kirk MK Ultra erfunden. MK Ultra war ein typisches Produkt des Kalten Krieges. Schon in den letzten Phasen des Krieges hatten etliche westliche Intellektuelle begriffen, dass es einen offenen Konflikt mit den Russen geben würde, sobald die Nazis besiegt waren. Die Systeme waren unvereinbar, der Konflikt war vorprogrammiert.

– Unter Stalin war Russland ein einziger Gulag, ein paranoides Universum, wo es einen schon den Kopf kosten konnte, wenn man am falschen Ort das falsche Lächeln aufsetzte.

– Schon gut, Anwalt, unterbrach ich Flint und hob zum Zeichen der Kapitulation spöttisch die Arme, – ersparen Sie mir die Kommunisten-Schelte. Ich weiß, worauf Sie abzielen.

– Ach ja?, sagte Flint spöttisch und runzelte die Stirn.

– Sie wollen mir gerade sagen: Wir haben einen Haufen hässliche, sehr hässliche Dinge gemacht, doch wir hatten hervorragende Gründe, sie zu machen. Denn auf der Gegenseite war das Reich des Bösen, wie euer Präsident Reagan sagte, und wir mussten uns verteidigen.

– Hätten wir schweigen und die Türen für Genossen Stalin weit öffnen sollen?

– Ihr habt brutale Dinge getan, ganze Völker unterworfen, die schlimmsten Verbrecher finanziert …

– Auch Sie sind nicht allzu originell.

– In Italien zum Beispiel …

– In Italien?

– In Italien habt ihr euch alles Mögliche herausgenommen … und hier bei uns hattet ihr es nicht mit Beria zu tun, sondern mit einem friedlichen und demokratischen Volk … Nur, um die Besseren nicht gewinnen zu lassen, habt ihr einen Pakt mit Mördern, Mafiosi, Faschisten geschlossen …

– Nicht mehr und nicht weniger als an vielen anderen Orten.

– Doch wir waren anders!

– Ach. Ich nehme es zur Kenntnis, sagte Flint kichernd. Und goss sich kräftigen israelischen Rotwein nach.

Ich zuckte mit den Achseln. Einmal auf einem Kongress hatte ich einen polnischen Schriftsteller kennengelernt. Als ich ihm gegenüber Auschwitz und die Zerstörung des Ghettos erwähnte, zuckte er mit den Schultern. Und sagte, nichts von dem, was die Nazis gemacht hatten, sei mit dem Schrecken des Kommunismus vergleichbar. Ich war sprachlos. Ich versuchte ihm zu erklären, dass es bei uns ganz anders gewesen sei. Unsere „Roten" seien eine Stütze der Demokratie gewesen, vielleicht waren auch sie unterdrückt worden, aber nicht auf brutale Weise. Der Tonfall des Polen wurde sarkastisch: Meiner Meinung nach sei der Kommunismus also etwas Gutes gewesen. Ich bejahte und er schüttelte den Kopf, ich würde mich irren. Eine Sache kann nicht in Rom gut und in Warschau schlecht sein. Seine sechzehn Verwandten, die in Stalins Gulag den Tod gefunden hatten, hätten mich sicherlich eines Besseren belehrt. Ich konnte den Polen nicht überzeugen, und ich hatte auch Flint nichts entgegenzusetzen. Ich hatte keine Argumente. Genervt schmiss ich die Serviette auf den Tisch und stand auf. Der Anwalt hielt mich mit einer versöhnlichen Geste auf.

– Nun kommen Sie, seien Sie nicht so nachtragend. Sicher haben wir üble Dinge gemacht, und Jay Dark war eines der übelsten Arschlöcher. Aber wenn Sie glauben, ich berufe mich auf eine Causa, etwa, um mein Land in Schutz zu nehmen, dann täuschen Sie sich gewaltig. Stalins Grausamkeit, die Kerker, Sibirien, dann die Unterwerfung der Ungarn, die Panzer in Prag … All das machte für uns keinen Sinn. Ich meine: in moralischer Hinsicht. Die Sache ließ uns völlig gleichgültig. Der Kampf gegen den Kommunismus wurde nicht von moralischen Überlegungen genährt, die interessierten unsere Regierenden gar nicht, und sie störten auch nicht den Schlaf der strengen Mitglieder des Politbüros.

Jetzt war ich mit Spott an der Reihe.

– Was ist das, Flint, ein Hauch von Selbstkritik?

– Aber nein, nein. Ich versuche nur unser Gespräch auf ein höheres Niveau zu heben, mein lieber Freund. Ich versuche Ihnen zu sagen, dass das Match auf einem ganz anderen Terrain ausgetragen wurde.

– Und zwar?

– Mythologie, skandierte Flint triumphierend.

– Nein!

– Doch, genau. Darin bestand Kirks großartige Intuition. Mythologie! Wir waren einander viel ähnlicher, als wir uns vorstellen konnten. Nicht Kirk, aber Kirk hatte alles verstanden … wir und sie … Sagen Sie mir: Waren Sie je Kommunist?

– Kommunist verstanden als Parteimitglied, als Aktivist und Wahlkämpfer? Nein.

– Aber …

– Wenn Sie Kommunist als Befürworter von sozialer Gerechtigkeit und Kämpfer für eine bessere Welt verstehen, dann schon … Tja, wenn ich das so sage, erscheint es mir als etwas …

– Kindlich? Sie müssen sich nicht schämen. Wie alt waren Sie? Achtzehn? Zwanzig?

– Mehr oder weniger.

– Ich erinnere Sie daran, dass unser Jay nie dieses Privileg hatte. Ich meine, ein Kind zu sein. In diesem Alter wollen jedoch mehr oder weniger alle die Welt verändern …

– Auch Sie, Flint?

Auf seinem vom Wein geröteten Gesicht erschien ein Lächeln, das man als nostalgisch hätte bezeichnen können.

– Mehr, als Sie sich vorstellen können … dennoch, fügte er hinzu und wurde plötzlich wieder ernst, – wenn ich Sie fragte: Woher kam bei Ihnen der Anreiz, oder besser, wie haben Sie … Ihr Bestreben definiert?

– Pardon, in welcher Hinsicht?

Flint seufzte.

– Wir haben festgestellt, dass Jay zu Jay wurde, weil er arm geboren wurde, ein Außenseiter, der allerdings eine Gabe besaß.

– Im Augenblick ist das nur eine Theorie.

– Und im Augenblick glauben wir an sie, okay? Ich würde gern verstehen: Von wo sind Sie aufgebrochen? Was war Ihr Funke?

– Und Ihrer?, erwiderte ich.

– Seien Sie nicht kindisch, ich habe Sie zuerst gefragt. Seien Sie ehrlich, los.

– Sofern es überhaupt einen Funken gegeben hat … und ich mich an ihn erinnere … und ich in diesen Jahren überhaupt darüber nachgedacht habe … Warum sollte ich ausgerechnet mit Ihnen darüber sprechen?

– Ich habe mich Ihnen anvertraut. Wir arbeiten zusammen, wir sollten uns besser kennen, meinen Sie nicht?

Er hatte recht. Wovor verteidigte ich mich eigentlich? Flint wollte, dass ich ihm von mir erzählte, was war schlecht daran? Wir begannen einander zu verstehen, nicht wahr? Also …

– Irgendwann habe ich begonnen, das Bürgertum zu hassen. Das Bürgertum der Provinzstadt, in der ich lebte. Ich habe sie gehasst. Und wie. Diese Riten, das Altmodische, die Kleinlichkeit, die Eingeschränktheit, die zwanghaften Lebensläufe, die halblauten, muffigen

Diskriminierungen, das ewige Abgeschnittensein vom Feuer der Leidenschaft ...

Flint schüttelte enttäuscht den Kopf.

– Reine Ideologie! Ich dachte an etwas Persönlicheres.

– Zum Beispiel?

– Ach, das muss ich Ihnen sagen? Sie sind doch der Schriftsteller.

– Einverstanden. Sagen wir so: Eines Abends bin ich mit einem Mädchen ausgegangen. Einer Dunkelhaarigen mit einem dünnen, langen Gesicht, einem Pferdegesicht, aber mit Wahnsinnstitten! Wir haben miteinander ein Gedicht von Ginsberg gelesen, einen Beatles-Song gehört, wie Sie wollen. Dann haben wir einander geküsst. Um die Wahrheit zu sagen, haben wir mehr gemacht als uns zu küssen. Viel mehr. Danach habe ich sie nach Hause begleitet und dann habe ich nachgedacht. Ich war verwirrt, erregt, fühlte einen nicht zu unterdrückenden Tatendrang. Die Welt gehört mir. Die Welt ist ein Ball und ich halte ihn in Händen. Ich entscheide über das Wie und Wann. Die Welt gehört zur Gänze mir. Warum sollte ich sie nicht ändern? So, sagte ich seufzend, – wollten Sie das hören?

– Das klingt etwas papieren, aber meiner Meinung nach wird das Ihren Lesern gefallen.

– Vielleicht habe ich Ihnen ein Märchen erzählt und es hat nie ein Mädchen, einen Kuss und auch keinen Wunsch gegeben, die Welt zu verändern.

– Das ist egal. Hauptsache, es ist mythologisch genug, um das Zerplatzen eines Traums auszuhalten.

– Was haben die Träume nun damit zu tun?

– Hören Sie mir gut zu. Das Match, das wir und sie gespielt haben, war nichts anderes als ein verdammter Wettlauf, wer als Erster die eigenen Träume durchsetzen konnte. Nicht mehr und nicht weniger.

– Die Bombe war ein Traum?, wandte ich sarkastisch ein. – Pinochet war ein Traum? Vietnam war ein Traum? Ich bitte Sie!

– Träume, sicher. Wie Maos Kulturrevolution, Stalins Schnurrbart, die Utopie der siegreichen Arbeiterklasse, Pol Pot und Konsorten.

Träume. Auf Dauer gesehen waren unsere schöner, bunter, feierlicher … und wir haben gesiegt!

Flint zufolge drohte das in der roten Utopie enthaltene Versprechen auf Freiheit auch im Westen zu greifen. Vielleicht nicht gerade in Amerika, wo jeder nur an sich denkt und selbstsüchtig ist, aber vielleicht im schwachen Europa (und die Russen kontrollierten ja schon einen großen Teil des alten Kontinents). Es bestand Ansteckungsgefahr. Bei der Konferenz von Jalta hatten USA und UdSSR zwar die Einflusszonen aufgeteilt und die Welt gespalten: Stars and Stripes auf der einen, der rote Stern auf der anderen Seite des sogenannten Eisernen Vorhangs. Doch wer garantierte, dass die Russen den Pakt nicht brachen und sich mehr als erlaubt ausbreiteten? Und mehr als alles andere, mehr als Bomben und Raketen fürchtete man die Ansteckung durch den Traum.

– Gegen die Bomben waren wir gerüstet, doch gegen den Traum waren wir machtlos. Vielleicht, weil es unser eigener Traum war. Wir mussten unsere Mythologie aufrüsten, sie unbesiegbar machen. Und MK Ultra war zu diesem Zweck sehr, sehr nützlich.

Die Experimente von MK Ultra, erklärte Flint, seien kein Selbstzweck gewesen, sondern hätten zwei präzise Absichten verfolgt:

Drogen zum Nachteil des Feindes einzusetzen,

Drogen zum eigenen Vorteil einzusetzen.

Beide Absichten seien sowohl von Teilen der Regierung als auch von den Militärbehörden unterstützt worden. Ein paar abstruse Projekte, etwa Castro und seine Gefolgsleute LSD-süchtig zu machen, entsprachen der ersten Absicht, während die Militärs ihrerseits von der Idee begeistert gewesen waren, mithilfe von Kirks Experimenten einen perfekten Soldaten zu erzeugen: einen Kämpfer frei von Angst, frei von körperlichem Schmerz und vor allem auch frei von Gefühlen (sogar den elementarsten). Ein menschlicher Roboter, worüber in jenen Jahren die Fantasy-Schriftsteller, vor allem Asimov, schrieben.

– Viele dieser Experimente, fügte Flint hinzu und zeigte, plötzlich ernst geworden, mit der Messerspitze auf mich, – die in diesen Jahren begonnen wurden, werden auch heute noch fortgesetzt. Die Neurowissenschaften haben auf diesem Gebiet viele neue Anreize geliefert.

Kirk hatte MK Ultra zwar ins Leben gerufen, doch er war und blieb trotz allem ein Wissenschaftler. Die Forschung war von Geldmitteln abhängig, die Geldmittel wurden von Politikern und Militärs bereitgestellt und von den Agenturen – CIA und FBI – verwaltet, Kirk hatte kein Mitspracherecht. In der Theorie waren alle von dem Projekt begeistert, doch wenn es um konkrete Einzelheiten ging, waren sich plötzlich alle uneins. Um es kurz zu machen, ein jeder versuchte Geld für sich abzuzweigen und aus der Sache so viel Profit wie nur möglich für sich herauszuschlagen, und den Kollegen (eigentlich Kontrahenten) so viel Schaden wie nur möglich zuzufügen. Das Thema Drogen war besonders sensibel. Die miteinander verfeindeten Gruppen setzten es skrupellos ein. Dabei gab es einen doppelten Einsatz: die Verwaltung der Geldmittel, die Karriere jedes Einzelnen. Jedes Mittel war recht, um Karriere zu machen und dem Schreibtischnachbarn eins auszuwischen. Jedes Mittel: sogar die Moral.

Kurz bevor Kirk Jay Dark rekrutierte, war ein tüchtiger Chemiker aus dem Fenster im vierten Stockwerk des Stützpunkts gesprungen, des düsteren und anonymen Gebäudes auf der Avenue A, in dem sich das strategische Büro von MK Ultra befand. Ohne sein Wissen hatte Kirk ihm einen LSD-Trip verbreicht, eine Dosis, die für ein Pferd gereicht hätte, und das Opfer hatte sich für Ikarus gehalten. Man hatte zwar versucht, die Angelegenheit zu vertuschen, doch sie hatte Aufsehen erregt. Donald Stagg, ein Senator aus Massachusetts, der dem neuen Präsidenten Kennedy sehr nahestand, hatte mit einem Skandal gedroht. Kirk befand sich im Auge des Hurrikans. Stagg war mit der Moralkeule gekommen.

„Diese Experimente sind eine Beleidigung für das Gewissen Amerikas."

Aber das war nur der Versuch, Sand in die Augen zu streuen. In Wirklichkeit hatte er ganz andere Gründe. Ein ganz gewöhnlicher Grund war sein Ehrgeiz: Stagg wollte Chef der CIA werden und hatte begonnen, JFK zu bearbeiten und sich dafür das Faible des „guten" Präsidenten zunutze zu machen. Der andere, persönliche, Grund trat erst viel später zutage.

– Merken Sie sich diesen Namen: Stagg. Und merken Sie sich auch noch etwas anderes, mahnte mich Flint zwischen zwei Bissen der berühmten römischen *pizza giudia*. – Alle, die in diesen Jahren an diesen Experimenten beteiligt waren, lebten in einem absolut prekären Zustand. Die ständigen Richtungswechsel der Regierung, die unablässigen Machtkämpfe in den höchsten Sphären, der persönliche Neid, Hass und Ressentiments … All das beeinflusste die Missionen und vor allem die ausführenden Agenten. An einem Tag war man ein Held und wurde für eine Medaille vorgeschlagen, und schon am nächsten lief man Gefahr, für den Rest des Lebens in den Knast zu wandern. Wenn nicht gar Schlimmeres. Um es mit Kirk zu sagen, die Situation war entschieden chaotisch.

Als ich ihn später ins Hotel zurückbegleitete, versuchte ich, einen letzten Witz zu machen.

– Ich habe Ihnen sehr aufmerksam zugehört. Ich gebe zu, das alles ist sehr faszinierend. Aber etwas verstehe ich nicht.

– Lassen Sie hören, sagte Flint, während er genüsslich an seiner x-ten Cohiba Lancero zog, – reden Sie nur …

– Einerseits unterstellen Sie Kirk eine Vorliebe für Chaos … andererseits behaupten Sie, dass MK Ultra dazu beitrug, eine Mythologie zu begründen … Das erscheint mir als Widerspruch. Chaos ist doch das Gegenteil von jeglicher Mythologie … Allenfalls können sie nebeneinander existieren …

Flint lächelte sein freundlichstes Lächeln und legte mir die Hand auf die Schulter.

– Dieser Gedanke gefällt mir, mein Freund. Eines Tages wird er Ihnen nützlich sein.

Und er ließ mich ohne ein weiteres Wort stehen. Während er mit seinem federnden Schritt in der Nacht verschwand, wurde mir klar, dass er viel mehr über mich wusste als ich über ihn. Es war, als ob er versuchte, sich einer geheimen Seite von mir zu bemächtigen. Die so geheim war, dass sie sogar mir nicht bewusst war. Aber spielten wir im Grunde nicht beide ein Spiel? Ich wusste ganz wenig über ihn und dieses Wenige war vielleicht nur eine Lüge. Und um die Wahrheit zu sagen, spielte auch ich nicht mit offenen Karten. Es hatte zwar ein Mädchen gegeben, aber sie hatte rote Haare gehabt und nicht wirklich eine wichtige Rolle in meinem Leben gespielt. Ginsberg war in Wirklichkeit Kerouac gewesen, doch mit der Zeit waren mir die Beatniks auf die Nerven gegangen. Meine ersten erotischen Erfahrungen waren äußerst enttäuschend gewesen. Doch mein Wunsch, die Welt zu verändern, hatte sich nicht gelegt. Allerdings wusste ich ein halbes Jahrhundert später noch immer nicht, wo ich beginnen sollte, und ehrlich gesagt auch nicht, ob es der Mühe wert war.

DIE WAHRE GESCHICHTE JAY DARKS, VON ANWALT FLINT ERZÄHLT

HARVARD UND UMGEBUNG

1.

In der Nacht, bevor Jay Dark nach Harvard ging, erhielt er von Doktor Kirk letzte Anweisungen.

– In Harvard unterrichtet ein Professor namens Timothy Leary. Er ist ein origineller Typ, im Augenblick beschränke ich mich auf diese Beschreibung, alles Weitere würde ich gern von dir erfahren. Leary hat auf einer Reise nach Mexiko halluzinogene Pilze gefunden. In letzter Zeit hat er LSD entdeckt und ist begeistert davon. Er betreibt das *Harvard Psychedelic Project*. Versuch, daran teilzunehmen.

Kirk sagte, LSD sei die Abkürzung von Lysergsäurediethylamid. Ein synthetisches Halluzinogen, das 1938 zufällig von dem Schweizer Chemiker Albert Hofmann entdeckt worden war, der mit Mutterkorn experimentierte. Mutterkorn war eigentlich ein von Krankheit befallener Roggen. Wenn dieser einen hornförmigen Pilz entwickelte, die *claviceps purpurea*, wurde daraus Mutterkorn. Im Pilz war das Alkaloid Ergotamin enthalten, die psychoaktive Substanz von LSD. Für Doktor Kirk war die Existenz des Pilzes der Beweis für die Allmacht des Chaos. Er behauptete, der Pilz sei ein Horn, das die Ordnung der Natur störe, aufgrund seiner Form sei er auch in symbolischer Hinsicht exzentrisch. Er erinnere an das Füllhorn, das Symbol für Fülle und Reichtum, und somit auch an das „Soma", den Zaubertrank der Götter. In den Sechzigerjahren, bevor LSD verboten wurde, lieferten die Labors der Firma Sandoz den an den Forschungen beteiligten Wissenschaftlern Gratisproben der Substanz. Kirk und Leary waren nicht die einzigen Forscher. LSD wurde mit bescheidenem Erfolg in der Behandlung von psychischen Krankheiten, vor allem der Depression, eingesetzt.

– Du sollst Kontakt mit Leary aufnehmen, mein Sohn, beobachten und berichten. Schau dir dieses Foto an.

Jay war sprachlos. Noch nie hatte er eine derart schöne Frau gesehen. Lange, tiefschwarze Haare, grüne, orientalisch geschnittene Augen, hohe Backenknochen, nachdenkliche Miene, die direkt zum Herzen sprach. Er hätte sich auf der Stelle verlieben können (wenn er dazu imstande gewesen wäre).

– Beachtlich, nicht? Sie wird dich zu Leary führen.

– Wie heißt sie?

– Pam. Pam Stagg.

– Stagg? Wie der Senator?

– Sie ist seine Tochter.

Wegen Pam, erklärte der Doktor, hatte Vater Stagg den Drogen den Krieg erklärt. Er fürchtete, sie könne aufgrund ihres Kontakts zu Leary drogensüchtig werden.

– Warum holt er sie nicht von Harvard weg?

– Weil das Mädchen volljährig ist und von ihrer verstorbenen Mutter ein beträchtliches Vermögen geerbt hat. Aber meiner Meinung nach ist da auch noch was anderes, mein Sohn. Schau dir das Foto gut an, und wenn du Pam kennengelernt hast, beobachte sie vor allem. Dieses Mädchen hat einen Kummer. Das weiß ich, das sehe ich, das spüre ich. Es könnte für unsere Mission sehr wichtig sein, herauszufinden, worunter sie leidet.

– Und wie lerne ich sie kennen, Doktor?

– Wenn sie dir gefällt, wirst du ihr gefallen, mein Sohn.

Jay brach also nach Harvard auf und innerhalb weniger Monate war er nicht nur eine beliebte Figur an der würdevollsten und versnobtesten amerikanischen Universität geworden, sondern hatte sich auch Zutritt zum magischen Zirkel des *Harvard Psychedelic Project* verschafft. Die brutalen Initiationsriten, denen sich alle Erstsemestrigen unterwerfen mussten, blieben ihm erspart, weil er sich nicht als Erstsemestriger vorstellte, sondern als brillanter Student, der im dritten Jahr eine genauso renommierte europäische Universität verlassen hatte. Die berüchtigten Fraternities, die Studentenverbindungen, aus denen sich die amerikanischen Eliten rekrutieren, wetteiferten darin, den letzten Abkömmling eines teutonischen Adelsgeschlechts als Mitglied zu gewinnen. Natürlich trug die „Legende" des Grafen von Drakich dazu bei, doch Kirk und der verhasste Garreth Senn hatten ein Übriges getan, indem sie die richtigen Botschaften in die richtigen Ohren bliesen. Was Pam anbelangte, lief alles wie am Schnürchen. Pam gefiel Jay und so gefiel er auch ihr. An einem kalten Dezemberabend, kurz bevor sie über die Weihnachtsferien nach Hause fuhr, landeten sie im Bett. Dark war erst seit gut zwei Monaten in Harvard, seine Universitätskarriere war zwar von oben arrangiert worden, doch es war ausschließlich sein eigenes Verdienst, Pams Herz zu erobern. Sein erster persönlicher Triumph. Lucilles Lehren trugen hervorragende Früchte. Doch es war nicht reine Mechanik. Für Jay wurde Sex immer mehr zu einer Quelle unaufhörlicher Lust. Pam war eine gute Freundin von Tracey Deveraux, einer neurotischen und manchmal sogar aggressiven Blondine aus Québec. Abgesehen von der Schönheit hatten die beiden Mädchen vieles gemein: eine reiche Familie und den Wunsch, die Welt zu verändern. Doch während Tracey stolz verkündete, Marxistin zu sein, erschöpfte sich Pams Rebellion im Hass auf den Vater. Wieder einmal war Kirk sehr weitsichtig gewesen. Zu Traceys Freundeskreis gehörte auch Brandon, ein kleiner Engländer aus Cornwall, der freundlich und ironisch war und ein auffälliges körperliches Merkmal besaß: ein blaues und ein schwarzes Auge. Doch leider interessierte sich Brandon überhaupt nicht für Tracey. Das war nichts Persönliches: Brandon interessierten Frauen überhaupt nicht sehr. Seine Homosexualität offenbarte sich während des ersten Trips, im Zimmer des Iren Mickey, an einem Abend im Januar 1962.

2.

Kirk war sehr erstaunt, als Jay zu ihm sagte, Leary ließe keine Erstsemestrigen zu seinen Experimenten zu.

– Er nimmt nur welche, die im letzten Jahr sind, und Doktoran-
den. Er ist sehr argwöhnisch. Ein paar Geldgeber haben aus Gründen der Moral einen Rückzieher gemacht …

– Was für Langweiler! Wenn ihnen die Argumente ausgehen, be-
rufen sie sich auf die Moral. Ich würde mich nicht wundern, wenn
Stagg dahintersteckte.

– Das sagt auch Pam.

– Hast du Leary kennengelernt?

– Nur flüchtig. Ich war bei ein paar Vorlesungen.

– Wie unterrichtet er?

– Er legt seine Philosophie dar. Drei Grundkonzepte: seid leidenschaftlich, sucht Übereinstimmung, tretet aus euch heraus.

– Klassisch, stellte Kirk fest, – traditionell. Der mystische Grund
fast jeder mehr oder weniger gnostischen Doktrin. Die Substanz als
Mittel der Transzendenz. Entzündet euch vor Leidenschaft, das schadet nicht. Bringt euch mit der Wellenlänge eures jeweiligen Gurus in
Übereinstimmung. Und tretet schließlich aus euch heraus, durch-
brecht die enge Barriere, die von den Grenzen eures Ichs gezogen
wird. Leary ist ein Konservativer. Beziehungsweise ein Mann der
Tradition. Was für einen Eindruck hat er auf dich gemacht?

– Leary? Ein Idealist. Ein Enthusiast. Ein religiöser Mensch.

Der Doktor seufzte verdrießlich. Er und Jay waren am Weih-
nachtsabend im Schloss, sie standen vor Lottes Stall, die sie ruhig
beobachtete, hin und wieder meckerte sie wie zustimmend. Kirk
rauchte seine Pfeife und zitterte vor Kälte, er sagte, die Nachdenk-
lichkeit der Ziege stimuliere seine Synapsen. Und bringe ihn in
Übereinstimmung mit dem Chaos. Übereinstimmung, sinnierte Jay.
Suchte nicht auch Leary Übereinstimmung? Und er fragte sich, ob

es nicht einige Ähnlichkeiten zwischen den beiden gab. Nach einer kurzen Pause fuhr Kirk, der außergewöhnlich schlecht gelaunt war, mit der Befragung fort.

– Bist du dir sicher, dass Leary seinen Studenten keine Substanzen gibt?

– Ganz sicher.

– Und warum ist der Senator dann so überzeugt, dass Harvard ein Hort von Drogensüchtigen ist?

– Vielleicht weiß er von dem Handel, den der Ire Mickey betreibt.

Mickey, ein dünner Junge mit dem Gesicht einer heimtückischen Ratte, war in gewisser Weise Learys Faktotum. Ohne das Wissen des Meisters – so nannten ihn die Schüler voller Verehrung – betrieb er einen schwunghaften Handel, die ehrgeizigsten Studenten waren seine Kunden. Er nutzte Learys Abwesenheit – der oft bei Konferenzen war und Geldmittel für das Projekt aufzutreiben versuchte –, bemächtigte sich kleiner LSD-Mengen, die er, mit Mayonnaise vermischt, aus dem Labor schmuggelte.

„Gehen wir zu Mickey, heute gibt es Abendessen mit Mayonnaise."

„Mickeys neue Mayonnaise ist da."

Natürlich hatte Pam Jay erklärt, was diese Sätze bedeuteten, die man einander in den Höfen des Campus oder in den Studentenclubs zuflüsterte.

– So was! Mayonnaise! Ich möchte sie auch probieren, Pam. Wann nimmst du mich mit?

– Ich weiß nicht, Jay. Ich weiß nicht, ob du bereit bist, ob du je bereit sein wirst.

– Bereit? Was redest du?

– Es geht nicht nur darum, einen Joint zu rauchen oder sich zu betrinken. Das ist etwas ganz anderes. Ein Trip ist etwas Existenzielles. Eine Entscheidung, ein Weg ohne Umkehr … Das erste Mal kann schrecklich sein.

– Wenn du mich führst, fürchte ich mich nicht.

– Lass mich nachdenken. Wir sprechen nach den Ferien darüber.

– Fährst du nach Hause zu Papa?

– Leider.

Als Jay Kirk von Mickey erzählte, besserte sich seine Laune. Heiter warf er Lotte eine Handvoll Salz zu, die zu lecken begann und sich mit einem sonoren Meckern bedankte.

– Das Chaos, mein Sohn, findet immer einen Weg, um sein Primat zu behaupten. Das ist ein Urgesetz! Wenn Leary glaubt, er könne das Chaos beherrschen, ist er nicht nur ein Idealist, sondern ein armer Irregeleiteter … Jay, du musst unbedingt auf einen Trip gehen.

3.

Mit einer komisch feierlichen Miene schraubte Mickey die Dose auf und hob den Löffel.

– Seid ihr bereit?

– Wir sind bereit.

– Jay, für dich ist es das erste Mal. Bist du dir sicher?

– Ich bin bereit, Mickey, antwortete Jay entschlossen, achtete jedoch darauf, etwas Ängstlichkeit in die kühne Behauptung zu mischen. Wenn er allzu sicher gewirkt hätte, wäre Pam, die schließlich seinem Drängen nachgegeben hatte, vielleicht argwöhnisch geworden.

– Gut, stimmte Mickey zu. – Zur Sicherheit werde ich etwas Zeit verstreichen lassen und als Letzter den Trip schlucken. Ich möchte mir sicher sein, dass jeder gut unterwegs ist.

Das war Teil des Prozedere. Alle Adepten kannten und respektierten es. Ein LSD-Trip barg immerhin das Risiko, nicht mehr zurückzukommen. Man konnte auf dem Trip hängen bleiben. Die Reise wurde unter Umständen zu einem Abstieg ohne Möglichkeit zur Rückkehr, zu einem Alptraum ohne Ende. Zu einem Horrortrip. Der wurde zu Recht gefürchtet. Deshalb musste das weiseste und erfahrenste Mitglied der Gruppe, das schon die meisten Reisen hinter sich hatte, die Rolle des Captain Trip einnehmen. Um die Novizen zu bewachen und den Schwächsten zu helfen.

– Pam, Tracey, Brandon, Jay ... gute Reise!

Der Reihe nach tunkten sie den Löffel in die Mayonnaise und schluckten das Gemisch. Unter Mickeys aufmerksamem Blick nahm dann jeder eine möglichst bequeme Haltung ein und machte sich bereit für den Trip. Jay wartete darauf, dass die anderen die ersten Symptome des Ausflippens zeigten, und hielt es für klug, die Augen geschlossen zu halten. Dann blickte er sich verstohlen um. Ein paar Minuten lang passierte gar nichts. Pam saß schweigend da, die Arme um die Beine geschlungen, mit gerunzelter Stirn. Um ihr zu verstehen zu geben, dass er da war, fuhr Jay hin und wieder mit der Hand durch ihre langen tiefschwarzen Haare. Doch sie schien es gar nicht zu bemerken. Die blonde, zarte, nervöse Tracey rauchte ohne Unterlass, und zwischen den einzelnen Zügen streckte sie die Hände vor sich aus, um zu sehen, ob sie zitterten. Mickey schien es kaum erwarten zu können, seinen Löffel in die Mayonnaise zu tunken, er warf gierige Blicke auf die Dose. Brandon starrte auf die Zeichenmappe und die Buntstifte, bereit, die Wahrnehmungen der Reise zu Papier zu bringen.

Dann packte Pam Jay plötzlich am Arm und sagte zu ihm, die Türen des Waldes seien offen. „Er" sei im Anmarsch und Jay dürfe sie nicht alleinlassen. Tracey schrie, die afrikanische Maske hinge nicht mehr ruhig an der Wand, sondern bewege den Mund, offenbar wolle sie der Menschheit etwas elementar Wichtiges mitteilen. Brandon begann konzentrische Kreise zu zeichnen, und Mickey schluckte zufrieden seine Portion Mayonnaise.

Das war am 12. Januar 1962. Jay Dark begab sich zum ersten Mal offiziell auf einen Trip. Und während er aufmerksam und pflichtbewusst die anderen beobachtete, wie sie sich den Halluzinationen hingaben, verspürte er einen winzigen Anflug von Unbehagen.

Warum durften sie sich verlieren oder vielleicht auch wiederfinden, oder zumindest über das eigene Bewusstsein gebieten, während ihm diese Möglichkeit verwehrt war? Er leckte einen Löffel nach dem anderen ab. Er wollte seine Grenzen ausloten und musste wieder einmal zur Kenntnis nehmen, dass er keine hatte. Sanft wies er Brandons unbeholfene sexuelle Annäherungsversuche zurück. Er drückte Pam an sich und beruhigte sie, sie begann unbeherrscht zu zittern, als „er", das Ungeheuer aus der Halluzination, sie zu packen drohte. Tracey versuchte der afrikanischen Maske die marxistische Theorie des tendenziellen Falls der Profitrate zu erklären. Brandon massierte sanft seinen Pimmel. Mickey saß mit weit aufgerissenen Augen da und lächelte doof unter dem spärlichen Schnurrbart.

Warum konnte er nicht sein wie sie?

War die Gabe vielleicht ein Fluch?

Gab es eine Substanz, die auch Jay Dark erlaubte, leidenschaftlich zu sein, Übereinstimmung zu finden und aus sich herauszutreten?

4.

Am 16. März 1962 erschien im „Boston Herald" ein Artikel mit dem Titel *Krieg gegen die halluzinogenen Drogen in Harvard. Die Studenten stopfen sich mit Drogen voll.* Ein harter, aber im Grunde banaler akademischer Streit, der ein paar Tage davor in einem Hörsaal stattgefunden hatte, in dem wenige Befürworter und viele Gegner Learys gesessen hatten, war zum Skandal aufgeblasen worden. Doktor Kirk beorderte Jay umgehend ins Schloss. Aufgeregt schwenkte er die Zeitung, wie ein General ein Bulletin, das die Niederlage des Feindes verkündete.

– Hast du gesehen, mein Sohn? Endlich ist die Nachricht draußen! Es tut sich was!

– Ist das gut?

– Gut ist eine Untertreibung. Das ist hervorragend, um nicht zu sagen exzellent! Die Glut wird bald zu einer totalen Explosion führen!

Lotte schien mit einem Meckern zuzustimmen. Doch im Grunde galt ihre Zustimmung dem Ziegenbock Gunther. Wie Kirk vermutet hatte, war Lottes Unruhe von der biologischen Uhr der Ziege verursacht worden. Also hatte der Doktor dafür gesorgt, dass das Tier schwanger wurde. Das Ergebnis war ein hübscher kleiner Ziegenbock, der auf den Namen Gunther getauft worden war. An diesem Tag war Mutter Lotte besonders glücklich, denn Gunther schien endlich den Kampf gegen die Schwerkraft gewonnen zu haben und stand nun, nachdem er ein paarmal hingefallen war, aufrecht, wenn auch wackelig, auf vier zarten Beinen. Kirk rauchte wie immer seine Pfeife, freute sich und warf Mutter und Sohn Hände voll Salz zu.

– Endlich ist eingetreten, mein Sohn, was ich vorausgesehen habe und was die Gesetzgeber fürchten wie die Pest. Dank dieses Artikels wissen die Menschen jetzt, was los ist. Sie wissen, dass in Harvard Experimente mit halluzinogenen Drogen gemacht werden, bis jetzt war dieses Wissen auf den engen akademischen Kreis beschränkt. Wissen erzeugt Neugier. Neugier erzeugt den Wunsch, es selbst auszuprobieren. Ansteckung, ich habe dir davon erzählt.

– Und was ist an einer Ansteckung positiv?

Kirk lächelte.

– Die Welt um uns verändert sich mit atemberaubender Geschwindigkeit, mein Sohn. Veränderung liegt in der Luft, es gibt tausend Signale, die sie ankündigen, doch leider sind nicht alle in der Lage, sie zu entschlüsseln. Eine wahrhaftige Revolution steht bevor! Das ist sehr interessant für einen Agenten des Chaos!

Jay stellte spöttisch fest, dass Kirks Predigtton sich nicht sehr von dem Learys unterschied. Doch der Doktor nahm es ihm nicht übel. Er schien die Bemerkung sogar zu goutieren. Er sagte, Leary habe auch sein Gutes, schade nur, dass er selbst es nicht wusste. Und er prophezeite, dass Leary Harvard bald verlassen würde.

Dann fiel der Ziegenbock Gunther wieder hin und stand wieder auf, zärtlich aufgefordert von den Schubsern seiner Mutter, und Gretchen trat auf die Schwelle des Schlosses und läutete die Glocke, die zum Mittagessen rief.

Während sie zum Schloss gingen, sah Jay aus den Augenwinkeln, dass Gunther zum x-ten Mal hinfiel. Lotte ging zu ihm hin und leckte ihm zärtlich über die Stirn. Jay verspürte einen unerklärlichen Stich ins Herz.

5.

Innerhalb weniger Monate wurden Kirks Prophezeiungen wahr. Das Drogenproblem wurde von allen Zeitungen aufgegriffen, sogar die „New York Times" berichtete auf der Titelseite darüber. Timothy Leary verließ im Frühling 1963 Harvard. Das akademische Milieu, das von den wiederkehrenden Polemiken zum experimentellen Einsatz von Drogen in Angst und Schrecken versetzt wurde, ließ ihn fallen.

Als er ein letztes Mal in die Universität ging, um seine Habseligkeiten zu holen, traf er ein Grüppchen heulender Anhänger, das gekommen war, um sich von ihm zu verabschieden. Tracey hielt eine Brandrede und versprach, Harvard in Schutt und Asche zu legen, eine neue Welle von McCarthyismus sei hereingebrochen und man habe einen der brillantesten Denker des Jahrhunderts entlassen. Pam brach in Tränen aus: Leary höchstpersönlich tröstete sie mit einer etwas zu lang dauernden zärtlichen Geste. Jay drückte er nur zerstreut die Hand. Fehlte nur noch Brandon. Für ihn war Leary nur noch Ballast. In einem der letzten Seminare hatte der Meister Homosexualität öffentlich verurteilt, er hatte behauptet, es handle sich um eine – allerdings behandelbare – Krankheit. Eine Mischung aus PCB und LSD könne sie effektiv bekämpfen und die Kranken auf den rechten Weg der Heterosexualität zurückbringen.

– Enttäuschend. Beschränkt. Soll er sein bescheidenes Schicksal erleiden, hatte Kirk lapidar kommentiert.

– Die Abschiedszeremonie hatte ein Nachspiel, Doktor. Leary hat uns aufgefordert, uns zum Hinduismus zu bekehren. Ich habe seine Bemerkung notiert, hören Sie zu: „Die Heiligen Schriften des Hinduismus klingen wie psychedelische Handbücher. Die hinduistischen Mythen sind Berichte von psychedelischen Sitzungen. Der Aschram selbst ist eine Reise der Erleuchtung ins eigene Innere. Ein heiteres, zyklisches, von Arbeit und Meditation bestimmtes Leben, mit dem einzigen Ziel, Ekstase zu erreichen."

– Die Geschichte der Menschheit ist gekennzeichnet von dem Wunsch, Ekstase zu erreichen, mein Sohn.

– Doktor, Leary ist weg, was soll ich … jetzt tun?

– Das ist doch ganz klar! Du wirst seine Stelle in Harvard einnehmen!

Auf die Feststellung folgte Lottes Meckern wie das Amen im Gebet.

6.

Vielleicht war es vermessen, Learys Stelle einzunehmen: Jay besaß gewiss nicht das Charisma des Meisters. Doch in gewisser Weise sollte Kirk recht behalten. Mit Leary hatte auch sein Hofstaat, allen voran der Ire Mickey, Harvard verlassen. Und da keine Drogenexperimente mehr stattfanden, gab es ein ernstes Nachschubproblem. Kirk lieferte Jay ein schöne Menge PCB und LSD, und da Jay Chemiestudent und noch dazu ein sehr guter war, hatte er bald nicht nur eine Monopolstellung bei der Verteilung von halluzinogenen Drogen an der Universität inne, sondern machte auch seine ersten Schritte bei der Herstellung von synthetischem Stoff. Im Grunde trat er durchaus an Learys Stelle. Allerdings wurde er nicht zum Dealer. Jay verkaufte keine Drogen. Jay verschenkte, verabreichte, gewährte, spendete, verteilte, gab ab. Und PCB und LSD waren damals noch legale Substanzen. Jay Dark war also noch kein Krimineller. Er war einfach Jay Dark, alias Graf von Drakich, ein anarchischer Adeliger, ein „Glücksspender", wie Brandon zu sagen pflegte, Jay Dark, der brillante Student. Pams Freund.

Genau. Pam.

An dem Abend, als John Fitzgerald Kennedy ermordet wurde, sah man auf allen TV-Kanälen die Bilder eines entsetzten, bestürzten und vor allem trauernden Amerikas. In Harvard, wo es zumindest offiziell keine Konservativen gab, wurde wirklich getrauert. Die Vorlesungen wurden suspendiert, alle akademischen Feiern auf unbestimmte Zeit verschoben, die Feste der Studentenverbindungen abgesagt. Jay und seine Freunde, die mittlerweile eine feste Clique waren, beschlossen, die Trauer mit einem außergewöhnlichen Trip zu begehen.

War das ein Fehler? Die schlechten Schwingungen – wie das im Jargon der damaligen Zeit hieß –, die vom leblosen Körper JFKs ausgingen, schienen den Äther zu durchqueren, durch Zeit und Raum zu reisen, ihren kleinen Zufluchtsort zu verseuchen und mit dem Gestank nach Tod und Verzweiflung zu verpesten. Mit einem Wort, sie waren alle down (Jay versuchte sich wie immer anzupassen), und als Tracey eine beunruhigende Frage stellte, gab ihr niemand eine Antwort: War der Präsident ein Linker gewesen? Zur Feier des Tages hatte Jay etwas flüssiges LSD in Limonade aufgelöst und sie gesüßt, damit sie besser schmeckte. Die Zeiten, in denen die Mayonnaise handwerklich hergestellt wurde, war vorbei, und der Stoff, der im Umlauf war, war seinem Namen nach und seinem Reinheitsgrad zufolge der beste, der zu haben war. Tracey schritt als Erste über die Schwelle, sie begann hin und her zu wippen und murmelte dabei obsessiv „links-rechts-links-rechts". Zum Beweis, dass ihr die Politik nicht einmal dann abhandenkam, wenn sie high, sehr high war. Brandon flüsterte mit geschlossenen Augen eine Litanei über die apollinische Schönheit Jackie Kennedys. Jay hatte die anderen lange studiert, er hatte sich Kirks Lehren zu Herzen genommen.

„In allen Zeiten sind die Menschen mithilfe halluzinogener Substanzen ‚gereist‘, mein Sohn, und viele haben genaue Beschreibungen ihrer Erfahrungen hinterlassen …"

Jay hatte Jünger, Michaux, Baudelaire et cetera gelesen und sich die Erinnerungen anderer angeeignet, und erzählte davon, etwas abgeändert, seinen Reisegefährten. Sie schöpften nie Verdacht.

Pam hatte an diesem Abend einen klassischen Horrortrip.

– Was heißt hier links! Kennedy war ein Arschloch. Mein Vater hat jahrelang für ihn gearbeitet. Er war ein versoffener Ire, ein Hurenbock, er hat Marilyn umbringen lassen, er war zynisch und skrupellos. Ein Arschloch wie mein Vater.

Sie hatten sie noch nie so aggressiv, fast animalisch aggressiv, erlebt. Wenn Jay versuchte, sich ihr zu nähern, stieß sie ihn mit glühendem Blick weg, verschwitzt, aufgelöst. Sie riss sich die Kleider vom Leib. Sie versuchte ihre langen Haare anzuzünden. Sie versuchte sich zu kratzen. Jay zerrte sie ins Bad, verpasste ihr eine kalte Dusche. Umsonst: Der Stoff hat seine Halbwertszeit, man muss sie abwarten. Tracey und Brandon waren zu abwesend, um zu helfen. Es vergingen höllische Stunden, sie spie Beschimpfungen, die beiden psalmodierten und Jay versuchte umsonst, einen wütenden Tiger zu zähmen. Als Pam endlich erschöpft zusammenbrach, dachte Jay, wenn das das Chaos war, hatte es sein schrecklichstes Antlitz gezeigt. Shiva war Bahirava, der zerstörerische Dämon, geworden.

Als Pam erwachte, stürzte sie sich in seine Arme.

– Ich war unerträglich, stimmt's?

– Ich gestehe, ich hatte Angst, Pam.

– Jeder kann einen Horrortrip haben.

– Das ist schon seit einer Weile nicht vorgekommen. Willst du darüber sprechen?

– Liebst du mich, Jay Dark? Liebst du mich wirklich?

Das war die falsche Frage. Das wahre Problem lag woanders. Das wahre Problem war Jays Fähigkeit zu lieben, und allgemeiner, überhaupt Gefühle zu empfinden. Jay war zwar kein Stück Holz, doch die Liebe war ihm ein wenig zu kompliziert. Oder vielleicht war sie für einen Jungen aus Williamsburg einfach eine zu hohe Anforderung. Wenn es stimmte, dass man das zurückgibt, was man bekommen hat, dann war er einfach unfähig, Liebe zurückzugeben, denn er hatte nie welche bekommen. Sex war natürlich etwas ganz anderes. Mit Pam funktionierte Sex wie am Schnürchen. Aber konnte man deshalb von Liebe sprechen? Je tiefer ihre Beziehung wurde, desto mehr hatte Jay das Gefühl, sie habe sich an ihn gebunden, weil sie beschützt werden wollte. Vor den Gespenstern, die sie heimsuchten, wenn sie auf LSD war, und vor den Alpträumen, die sie quälten, wenn sie nüchtern war. Und eine Zeit lang funktionierte das Beschützen sogar. Nach dem ersten dramatischen Mayonnaise-Trip hatte es andere gegeben, und sie hatte immer furchterregende Visionen gehabt: Im Grunde hatte Pam auf LSD immer ein und dieselbe Halluzination: Sie war ein Kind und betrat einen dunklen Wald, und ein bedrohlicher Schatten, der eines Mannes ohne Gesicht und körperliche Identität, folgte ihr. Doch dank Jay war es ihr endlich gelungen, den Wald zu durchqueren, ihn heil zu verlassen und „ihn“, den „Schatten“, zurückzulassen. Es war natürlich ihr Vater, Senator Stagg, der von allen geliebt und respektiert wurde, der überzeugte Kennedy-Anhänger, der Demokrat, der, falls nötig, der Opposition den Knüppel zeigen konnte. Es war ihr verdammter Vater. Doch immer, wenn Jay darüber sprechen wollte, igelte Pam sich ein, und wenn seine Fragen bohrender wurden, verschwand sie sogar für ganze Tage. Auch an diesem Vormittag hatte Jay sie getröstet – sicher liebe ich dich, du bist der wichtigste Mensch in meinem Leben, du bist alles für mich, Pam –, doch als er schüchtern auf die schattenhafte Figur anspielte, gebot sie ihm Schweigen und hielt mit Mühe einen weiteren Wutanfall zurück.

– Ich habe mein Gleichgewicht gefunden, Jay. Ich bitte dich, respektiere es. Ich habe keine Lust, darüber zu sprechen. Weder mit dir noch mit sonst jemandem.

Ein paar Wochen lang war Pam kühl, wenn nicht gar abweisend. Jay verstand, dass er sie zu sehr bedrängt hatte. Er riskierte, sie zu verlieren. Das durfte er nicht zulassen. Nicht nur, weil sie Staggs Tochter war, der ein eingefleischter Feind von Kirk war, und sie somit ein eventuelles Druckmittel, eine Botschafterin oder eine Verbindung zu dem beinharten Senator war. Nein, das war nur ein kleiner Teil der Wahrheit. Jay schmiedete vielmehr Pläne. Pläne, wie sie einem braven Jungen aus Williamsburg entsprachen, der niemals den Straßeninstinkt aufgegeben hatte.

Zum Beispiel, Pam zu heiraten und glücklich und zufrieden zu leben.

Glücklich, zufrieden und reich.

Jay ahnte, dass er ihr nur nahe sein konnte, wenn er ihr so viel Freiraum wie nur möglich ließ. Wenn Pam ihn brauchte, eilte er ihr zu Hilfe; wenn sie ihre aggressiv-depressive Phase hatte, zog er sich zurück.

Tracey und Brandon waren beeindruckt, dass er sich Pam völlig unterordnete. Das war ein wahrer Qualitätssprung in der Beziehung Jays zu seinen Freunden. Die Frauen wechselten ihre Partner so häufig, dass sie nie eine richtige Beziehung aufbauen konnten. Und sie waren übereingekommen, dass Männer ganz allgemein etwas Widerwärtiges waren. Jay war eine Ausnahme. Jay war ein Guter. Jay konnte Opfer bringen. Jay konnte lieben. Tracey und Brandon hatten das Gefühl, sich auf ihn verlassen zu können. Es ging nicht nur darum, gemeinsam auf einen Trip zu gehen oder die politischen Überzeugungen zu teilen. Jay Dark strahlte Wärme aus und bekam auch welche zurück.

„Wenn sie dir gefällt, wirst du gefallen."

Jay hatte das Meisterwerk vollbracht, akzeptiert, geschätzt, sogar geliebt zu werden. Dank seiner Fähigkeit zu simulieren. Als er das bemerkte, verspürte er riesigen Stolz. Das Unbehagen, das sich in ihm eingenistet hatte, verschwand wie durch Zauber.

7.

Am 12. Mai 1964 verbrannten zwölf Jungs in New York öffentlich die *draft card*, den offiziellen Einberufungsbescheid.

– Interessant, kommentierte Kirk.

Der Doktor war nachdenklich, nahezu zerstreut. Es hatte sich herausgestellt, dass das Böcklein Gunther ein schwaches und kränkliches Wesen war. Trotz der Liebe seiner Mutter war es nie zu Kräften gelangt. Gretchen hatte sich vehement dagegen gewehrt, es zu erlösen. Sie hatte erst nachgegeben, als Kirk ihr erklärt hatte, dass das im Hinblick auf die Naturgesetze das einzig Richtige war. Doch zum ersten Mal in langen Jahren des Zusammenlebens erlitt ihre große Liebe eine Art Knacks. Einen kleinen, vielleicht sogar unsichtbaren Sprung. Kirk bemühte sich zwar, es nicht zuzugeben, doch er litt darunter. Jay Dark hörte sich seine Klage schweigend an, bevor sie wieder von Dingen sprachen, die ihn mehr interessierten.

– Angeblich führt die Regierung eine Massenrekrutierung für den Vietnamkrieg durch.

– Das wird sie tun, darauf kannst du dich verlassen. Und es wird wunderbar sein!

– Glauben Sie wirklich, dass wir in einem Scheißland, das uns nicht im Geringsten interessiert, in den Dschungel ziehen müssen, nur um den Sieg der Kommunisten zu verhindern?

– Nichts werden wir verhindern. Der Kommunismus wird von selbst versiegen, sobald die Leute genug davon haben. Doch dieser Krieg ist sehr günstig für uns, mein Sohn.

– Ich verstehe Sie nicht, Doktor Kirk.

– Die Regierung ruft die jungen Männer zu den Waffen, und die jungen Männer werden zornig. Das ist der positive Effekt.

– Ich glaube, meine Freundin Tracey zu hören. Sie behauptet, der Krieg reißt der verhassten Macht die Maske vom Gesicht und zwingt unsere Generation auf die Straße der Revolution.

– Deine Freundin ist außergewöhnlich weitsichtig, ich glaube, das habe ich ja schon gesagt. Anstelle von Revolution würde ich jedoch lieber Revolte sagen.

– Das scheint Ihnen ja fast Spaß zu machen.

– Lass das „fast" weg, mein Sohn. Die Revolte liegt in der Luft. Sie ist das wichtigste Anzeichen der großen Veränderung, die uns bevorsteht.

Die Protestkundgebungen gegen den mittlerweile unvermeidlichen Krieg wurden immer häufiger. Tracey hatte ein Kampfkomitee gegründet, das allerdings nur sehr wenige Anhänger fand. Aus dem Blickwinkel des ruhigen Alltags in Harvard schien der Krieg eine ferne Gefahr, der zwar Anlass für gelehrte Analysen bot, aber keine akute Bedrohung für eine ganze Generation junger Männer zu sein schien. Ja, die Dinge veränderten sich, Leary galt als der Guru einer neuen Kultur, der psychedelischen Kultur, die die engen Grenzen einer verstaubten und bedrückenden Vergangenheit endgültig sprengen würde. Unzählige Male trat er im Fernsehen oder bei öffentlichen Veranstaltungen auf, und er hatte auch zahlreiche Probleme mit der Polizei. Die Drogen überschwemmten alles, die Polizei reagierte. Leute wie Tracey und Brandon hatten eine einfache, aber überzeugende Weltsicht: Auf der einen Seite stehen wir, die Jugendlichen, mit unseren Utopien, unseren jungen Körpern und der Kraft der Veränderung, auf der anderen Seite ist das Establishment, das unveränderliche und perverse System der Wigs und White Collars. Es war ein politischer und kultureller Kampf, der auf allen Ebenen stattfand. Bob Dylan gegen Frank Sinatra, Ken Kesey gegen Thomas Mann. Die Drogen waren der Klebstoff, der die Hoffnungen zusammenhielt. Kirk jubelte.

In diese Atmosphäre fiel Jays Liebschaft mit seiner problematischen Pam, vorsichtig begann er von einer „gemeinsamen Zukunft" zu sprechen, rasch und zielstrebig näherte er sich dem Abschluss, mittlerweile war er sehr gut darin, effizientes und glasklares LSD synthetisch herzustellen; er segelte über das Meer der Veränderung und war überzeugt davon, bald in einem Hafen anzulegen.

Nach der letzten Prüfung, zwei Monate vor der Promotionsfeier, die im April 1965 stattfinden sollte, übergab er Kirk seinen „Abschlussbericht" über seine Erfahrungen in Harvard.

Wie üblich nahm ihn Kirk vor dem Stall in Empfang. Nach einer erneuten Schwangerschaft hatte Lotte Fidelio zur Welt gebracht, eine folgsame und, wie es schien, total gesunde Ziege. Der vorübergehende Ausdruck von Enttäuschung war auf dem Gesicht Gretchens verschwunden, sie stellte nun wieder ihr ewig freundliches Lächeln zur Schau. Lotte und Fidelio ließen es sich auf einem Bett aus frischem, tiefgrünem Gras gut gehen.

Kirk durchblätterte zerstreut die fünfzehn mit Maschine geschriebenen Blätter, lächelte, formte Papierflieger daraus und schoss sie zur Freude der Ziegen ab.

– Verdammt, Doktor, ich habe zwei Tage gebraucht, um das Zeug zu schreiben.

– Ich höre mir lieber die mündliche Zusammenfassung an. Die ist spontaner und direkter. Nun, mein Sohn?

– Für mich ist die Recherche zu Ende. Wir wissen alles, was es über diese Leute zu wissen gibt. Es sind Wissenschaftler, die sich von einem kurzfristigen oder vielleicht auch langfristigen Ruhm blenden lassen, aber nach wie vor Wissenschaftler. Leary verfolgt idealistische Ziele. Rauschgift unter die Leute zu bringen ist für ihn, als würde er Glück verteilen. Auch ich habe dieses Gefühl, wenn ich LSD in Umlauf bringe. Mittlerweile ist die Verbreitung nicht mehr aufzuhalten, da können wir oder Sie gar nichts dagegen oder dafür tun.

– Ich stimme dir zu. Und deshalb sage ich zu dir: Bald beginnt eine neue Phase. Ich werde dir im richtigen Augenblick davon erzählen. Was aber das Glück anbelangt … Wer sagt, dass die Menschen es suchen? Besser gesagt, vielleicht suchen sie es, können es aber nicht schätzen … Ein Zuviel an Glück führt zu Gewöhnung und somit Langeweile. Wenn Menschen allzu glücklich sind, flüchten sie in Angst, und die Angst wird oft zu Schrecken … und der Kreislauf beginnt von vorne.

– Doktor, ich will ehrlich sein: Ich habe mein Studium in Harvard wahrscheinlich abgeschlossen.

– Na und?

– Ein Professor hat mir eine Assistentenstelle angeboten.

– Hmm. Ist das alles?

– Pam und ich …

– Ach! Möchtest du sie heiraten?

– Ja, das ist mehr oder weniger der Plan.

– Glaubst du nicht, dass es unsere Arbeit beeinträchtigen könnte, wenn du dich an einen Menschen wie Pam bindest?

– Sie sind doch auch verheiratet.

– Sicher. Aber Pam, Pam!, rief der Doktor kichernd aus. – Du musst noch sehr viel lernen. Hör mir zu, mein Sohn. Auch Matrosen brauchen hin und wieder einen Hafen. Wir alle brauchen einen. Sogar wir Agenten des Chaos. Wenn du dich eines Tages an eine Frau binden willst, dann such dir eine wie mein Gretchen. Liebenswert, klein, dienstfrig, brav, arbeitsam, verständnisvoll. Nur so eine hält es an der Seite eines Agenten des Chaos aus. Ich glaube, mit Pam hast du keine Zukunft …

– Warum nicht?

Kirk seufzte. Jay sah in seinem Blick die Wärme, die ihn bei ihrer ersten Begegnung so sehr gerührt hatte.

– Du liebst Pam nicht. Du liebst die Chancen, die sie dir bietet, die Möglichkeit, einer von ihnen zu werden. Doch hör mir zu, mein Sohn. Du wirst nie einer von ihnen sein. Nie. Manche ändern sich, um sich nicht zu verändern. Du wirst jede Hürde mit Leichtigkeit überwinden und jeder Versuchung widerstehen, doch letzten Endes wirst du doch wieder das sein, was du immer gewesen bist und immer sein wirst: ein Agent des Chaos. Pam passt entschieden nicht zu dir und du passt nicht zu ihr.

Zum ersten Mal, seitdem Kirk ihn unter seine Fittiche genommen hatte, verfluchte ihn Jay Dark. Der Junge aus Williamsburg kam wieder zum Vorschein. Kirk hatte ihn nach seinem Vorbild geschaffen, ihn manipuliert, indoktriniert, umgewandelt, und jetzt wollte er auch noch bestimmen, mit wem er ins Bett ging und wie lange? Um die Träume eines Verrückten zu erfüllen, sollte er sich die größte Chance in seinem Leben entgehen lassen?

Noch an diesem Abend fuhr er zurück nach Harvard.

Doch dort erwartete ihn eine herbe Enttäuschung.

Pam war verschwunden. Tracey sagte, Stagg sei mit zwei Handlangern aufgetaucht und habe sie mitgenommen. Das Mädchen habe sich nach Kräften gewehrt. Tracey und Brandon seien ihr zu Hilfe geeilt. Die Handlanger hätten Pistolen gezogen. Tracey – die ein blaues Auge hatte – hatte sich auf einen gestürzt und eine Ohrfeige abbekommen, die so heftig war, dass sie ohnmächtig auf den Rasen stürzte. Man hatte Pam in einen weißen Chevrolet geladen. Der Senator hatte der Szene unbeweglich beigewohnt.

Später erfuhr Jay von einem Angestellten des Rektorats, der verrückt nach seinem Acid war, dass Pams Abholung absolut legal war. Die Universitätsbehörden hatten sich nicht dagegen wehren können, allerdings bedauerten sie in einer öffentlichen Stellungnahme, dass das Mädchen so brutal von der Universität entfernt worden war. Stagg hatte die Sache gut eingefädelt. Ein gefälliger Arzt hatte eine schizoide Persönlichkeitsstörung diagnostiziert, die vom Missbrauch psychotroper Substanzen noch zusätzlich verschlimmert wurde. Ein willfähriger Richter hatte Pam entmündigt, was Vater Stagg erlaubte, als ihr Vormund und Vermögensverwalter zu agieren, bis sich die Dinge änderten. Von anderen Abnehmern seines LSD erfuhr Jay, dass er sie zwei

Wochen lang in einer Klinik in der Nähe von Boston eingesperrt hatte und dass sie dann von ihm nach Hause gebracht worden war. Mithilfe von Tracey und Brandon beschloss Jay, zum Angriff überzugehen.

Er musste Pam wiederbekommen. Sie heiraten und zufrieden und glücklich bis ans Ende seiner Tage leben.

Nun, Wohlstand war eine gute Basis für Glück.

8.

Staggs Haus lag ein paar Kilometer südlich von Boston, eine Riesenvilla im Palladio-Stil, mitten in einem riesigen, dicht bewachsenen Park. Ein paar Schritte hinter dem Tor befand sich das Pförtnerhaus, darin wohnte ein farbiges Paar. Der Gärtner, der woanders wohnte, trat um ungefähr zehn Uhr seinen Dienst an. Sonst war niemand anwesend. Abgesehen natürlich von Stagg und Pam. All das hatten Jay und seine Komplizen in den drei Tagen in Erfahrung gebracht, während der sie vor dem Anwesen auf der Lauer lagen. In den drei Jahren ihrer Beziehung hatte Pam Jay kein einziges Mal eingeladen. Ihr Hass auf dieses Haus und auf alles, was es repräsentierte, hatte sie davon abgehalten.

Am dritten Tag schritten sie zur Tat. Es war Donnerstagvormittag: Tracey hatte den Parlamentskalender gelesen, dem zufolge war der Senator im Kongress bei einer Abstimmung. Ihre ganze Ausrüstung bestand aus einem alten, abgewrackten Studebaker Sedan, Baujahr 53, den sich Tracey bei einem muskulösen Mechaniker ausgeborgt hatte, dem sie schöne Augen machte, und aus einer ordentlichen Portion Gewissenlosigkeit. Ihr Plan bestand darin, das Personal abzulenken, sodass Jay zu Pam vordringen und sie mitnehmen konnte. Pünktlich um acht fuhr der alte Studebaker mit Tracey am Steuer vor dem Tor vor. Tracey täuschte eine Ohnmacht vor und ließ sich auf das Steuer sinken. Die Hupe machte einen Höllenlärm.

Brandon sprang aus dem Auto und rief lautstark um Hilfe. Wie vorhergesehen, stürzte der Wächter aus dem Pförtnerhäuschen, öffnete das Tor und kam zum Auto gelaufen.

– Hilfe! Sie ist ohnmächtig geworden! Hilfe!

– Was ist los, Miss? Hören Sie mich?

Gemeinsam mit dem Pförtner hob Brandon Tracey hoch und lehnte sie an den Sitz. Die Hupe verstummte.

– Tief atmen, sagte der Mann.

– Gott sei gelobt!, rief Brandon theatralisch aus. Wie abgesprochen, erklärte er, er habe seiner Verlobten Fahrstunden gegeben, doch sie habe die Kontrolle über das Fahrzeug verloren.

– Wir müssen einen Arzt holen, sagte der Pförtner und kratzte sich am Kopf.

– Wird sie wieder zu sich kommen?, fragte Brandon ängstlich.

Der Pförtner drehte sich um und rief seiner Frau, die gerade auf die Schwelle getreten war, zu:

– Ruf die Ambulanz, schnell!

Tracey gab einen schwachen Seufzer von sich.

– Liebling, wie geht es dir? Red mit mir!, flehte Brandon, der völlig in seiner Rolle aufging

– Etwas Wasser … bitte!

– Tragen wir sie hinein, sagte der Pförtner, der Mitleid mit der jungen Frau hatte. Und rief wieder seine Frau.

In dem Augenblick, in dem die drei, das Pförtnerpaar und Brandon, Tracey aus dem Auto zerrten, schlüpfte Jay, der sich hinter einer großen Eiche versteckt hatte, an ihnen vorbei, passierte das Tor und lief zum Haupthaus, das sich am Ende einer Allee, hinter einer imposanten Treppe, befand. Jay stürmte die Stufen hinauf. Die Tür war verschlossen. Er packte einen Türflügel und begann zu klopfen, schrie laut Pams Namen.

Die Tür ging auf und Senator Stagg erschien. Im Morgenmantel. Mit einer Pistole.

– Da schau her, der Schoßhund von Doktor Kirk!

Dank Staggs Begrüßung waren zwei Dinge augenblicklich klar: Ihr Plan war nichts wert. Doch Tracey traf keine Schuld, die Sitzung im Kongress war in allerletzter Sekunde abgesagt worden. Zweitens: Stagg wusste alles. Obwohl er und Jay einander nie begegnet waren. Er hatte keine Wahl: Er musste mit offenen Karten spielen.

– Ich möchte Pam sehen.

– Und wer sagt, dass sie dich sehen will?

– Sie haben kein Recht, sie einzusperren.

– Ich habe alle Rechte auf dieser Welt, mein Junge. Ich bin ihr Vormund. Und vor allem bin ich ihr Vater!

– Pam hasst Sie!

Stagg richtete die Pistole auf Jays Brust und befahl ihm zu verschwinden. Jay ging zwei Stufen hinunter, blieb stehen, drehte sich um. Sein Straßeninstinkt sagte ihm, dass sich Stagg, der aufstrebende Berufspolitiker, keinen Skandal leisten konnte.

– Was wollen Sie tun, Senator, mich erschießen?

– Du bist in mein Grundstück eingedrungen, also …

– Sie müssten jedenfalls ein paar Erklärungen abgeben.

Stagg schien ein wenig nachzudenken, dann ging er zu Jay, noch immer mit gezogener Waffe. Er war ein gutaussehender Mann, groß und sportlich, mit durchdringendem Blick und gewellten blonden, fast weißen Haaren. Ein etwas vitalerer Wiedergänger des verstorbenen Präsidenten Kennedy. Fotogen. Doch aus der Nähe vermittelte er eine Mischung aus Kälte und Gefahr. Wie eine Giftschlange, die ganz plötzlich zubeißt. Jetzt, wo er ihren Vater kannte, verstand Jay allmählich Pam.

– Ich begleite dich jetzt hinaus und will dich hier nie wieder sehen. Oder ich erzähle Pam, wer du bist und was du ihr angetan hast.

Jay grinste. Der Plan war zwar schiefgegangen, aber vielleicht gab es doch noch eine Chance. Stagg höchstpersönlich hatte sie ihm mit seiner unbedachten Drohung auf einem Silbertablett serviert.

– Erstens, Senator, füge ich Pam keinen Schaden zu. Ich habe sie bloß gern und beschütze sie vor ihren Phantasmen. Da Sie so vieles wissen, werden sie wohl auch wissen, dass Pam schon vor meiner Ankunft in Harvard Drogen konsumiert hat. Sie hat mich mit LSD bekanntgemacht. Und ich kann Ihnen versichern, seit wir zusammen sind, geht es ihr entschieden besser.

– Blödsinn. Pam ist noch ein Kind, und du und dieser Scheißnazi, ihr missbraucht sie für eure Spielchen.

– Senator, Sie werden Pam nichts sagen. Das können Sie sich nicht leisten. Kirks Arbeit ist ein Staatsgeheimnis. Wenn Sie ein Wort sagen, werden wir Sie des Hochverrats bezichtigen. Das wollen Sie riskieren? Los, bringen Sie mich zu Pam.

Volltreffer. Staggs Augen verengten sich zu zwei hasserfüllten Schlitzen. Er war nicht der Typ, der Kompromisse akzeptierte. Stagg wollte alles oder nichts. Er hob die Pistole.

– Ich lasse nicht zu, dass du noch einmal Hand an meine einzige Tochter legst! Sie ist mein Lebensinhalt. Sie soll nur das Beste bekommen, und das werde ich ihr geben, nicht ein Scheißdrogensüchtiger aus den Slums von Brooklyn.

Stagg entsicherte die Waffe. Jay begriff, dass der Senator zu allem bereit war. Er würde ihn erschießen. Er hatte das Für und Wider abgewogen und die Schlange hatte sich durchgesetzt. Stagg war verzweifelt, und ein verzweifelter Mann ist zu allem bereit. Hatte ihn Kirk vielleicht deshalb vor ihm gewarnt? Jay sah sich schon tot. Er verabschiedete sich von seinen Träumen und lief ans untere Ende der Treppe, wartete auf den unvermeidlichen Schuss.

Doch es gab keinen Schuss.

In genau dem Augenblick kamen Brandon, Tracey und die beiden Pförtner gelaufen.

Stagg steckte die Waffe ein. Vor vier Zeugen konnte er nicht kaltblütig schießen.

Da hörte man das Klirren von splitterndem Glas. Ein schriller Schrei. Jemand flog aus dem Fenster im zweiten Stockwerk.

Pam.

9.

Pam überlebte.

Ein weicher Teppich aus Laub hatte den Aufprall gedämpft. Sie kam mit einem gebrochenen Ellbogen davon und der Vorfall wurde als Unfall abgetan. Sie hatte die Szene zwischen ihrem Vater und Jay mitbekommen, und ihr fragiles Nervenkostüm hatte nicht standgehalten. Bei der Promotionsfeier tauchte sie auf. Sie versteckte sich hinter einer großen Brille mit verspiegelten Gläsern, die Haare zu einem braven Knoten gebunden, bewacht von Stagg und zwei Handlangern in schwarzem Anzug. Sie konnten einander nicht einmal einen Blick zuwerfen, schon war sie mit ihrem Diplom unter dem Arm verschwunden. Jay fragte sich, ob er sie je wiedersehen würde. Wenn er ganz ehrlich war, musste er allerdings zugeben, dass ihm Pams Verschwinden nicht das Herz brach. Allein die Enttäuschung und das Gefühl der Niederlage machten ihm zu schaffen. Er hatte das Gefühl, alles in seiner Macht Stehende getan zu haben, um sie zu retten, doch die große Chance war ihm durch die Lappen gegangen.

Brandon und Tracey waren mit DMT zugedröhnt und Jay musste sie stützen, als sie zur Bühne gingen, um das Zeugnis, das sie zu Doktoren erklärte, entgegenzunehmen. Der Rektor hielt eine pathetische und hoffnungsfrohe Rede, ein frischgebackener Doktor der Geisteswissenschaften antwortete mit einer ebenso pathetischen und hoffnungsfrohen Rede. Nicht weit vom Harvard-Campus entfernt wurden Dokumente verbrannt und Sit-ins gegen den Vietnamkrieg abgehalten. An diesem Abend, seinem letzten in Harvard, teilte Jay mit Tracey und Brandon seine letzten LSD-Tropfen. Kirks Vorräte waren aufgebraucht und ohne Ergotamin konnte Jay kein neues fabrizieren. Auf dem Konto, das Kirk für ihn bei einer Filiale der Chase Manhattan Bank eröffnet hatte, lagen gerade mal fünfzig Dollar.

Jay war wieder arm. Der Professor, der ihm einen Assistentenposten angeboten hatte, hatte das Angebot zurückgenommen. Stagg hatte alle Hebel in Bewegung gesetzt, und rund um ihn war nur noch verbrannte Erde. Brandon fragte Jay, ob er ihn nach London begleiten wolle. Er war ein reicher Junge, „Niederlage" gehörte nicht zu seinem Wortschatz.

– Ich habe eine große Wohnung. Wir können sie uns teilen.

– Ich werde darüber nachdenken, Brandon.

– Wann immer du willst, Bruder.

Tracey hatte das Angebot ihres Professors der Politikwissenschaft angenommen und blieb in Harvard. Tracey hatte einen großen Plan: Harvard in einen Hort von Subversiven zu verwandeln, von dem der Funke der Revolution überspringen sollte. Zumindest in ihren Träumen war sie fest verankert.

Während sich Jays Freunde an diesem Abend verloren oder vielleicht auch wiederfanden, war Jay wie immer bei klarem Verstand, und er kam zu dem Schluss, dass er nur zwei Alternativen hatte. Entweder er tötete Jay Dark, belebte Jaroslav Darenski wieder und kehrte mit ihm nach Williamsburg, zu Einbrüchen und einem Leben auf der Straße, zurück oder er kapitulierte und lieferte sich seinem Mentor aus.

Natürlich entschied er sich für Kirk.

10.

– Ich habe dich erwartet, mein Sohn.

Jay war zu niedergeschlagen, um sich zu ärgern. Er ignorierte Kirks spöttische Selbstgefälligkeit und konzentrierte sich vielmehr auf das liebevolle Funkeln in den Augen des Doktors, mit dem ihn dieser angeblickt hatte, als er hinter ihm aufgetaucht war und ihn in dem Augenblick überrascht hatte, als er sanft Lottes Euter quetschte. Außerdem hatte diese Rückkehr etwas Tröstliches, wenn nicht gar

Angenehmes. Gretchen bestand darauf, ihn zu umarmen, und da er ihr abgemagert und sorgenvoll vorkam, fütterte sie ihn mit Honig, Pfannkuchen und Himbeermarmelade. Sogar Lotte und die kleine Fidelio, die inzwischen eine schöne, kräftige kleine Ziege geworden war, taten mit schrillem Meckern ihre Freude über die Rückkehr des verlorenen Sohnes kund.

Glück, oder zumindest so etwas Ähnliches. Jay fühlte sich getröstet.

Bis zum Sonnenuntergang unterhielten sie sich über Beiläufiges, dann fanden Jay und Kirk sich mit einer Flasche Zwetschgenschnaps, die Gretchen aufgetrieben hatte, im Stall wieder.

– Das ist ein schwieriger Augenblick, mein Sohn. Ich habe sehr schlechte Nachrichten.

„Sehr schlecht" war ein Euphemismus. Vor ein paar Tagen war Kirk zum Stützpunkt gefahren, um wie immer seine Experimente durchzuführen, und war von einem verlegenen Garreth Senn und einem kampfbereiten Stagg empfangen worden. Der Senator hatte sich mit seiner harten Linie durchgesetzt. Die Operation MK Ultra war für ungewisse Zeit suspendiert worden. Man hatte Kirk achtundvierzig Stunden Zeit gegeben, um die Labore zu demontieren.

– Glaub mir, mein Sohn, ich habe versucht, mich mit der Wellenlänge von Stagg in Übereinstimmung zu bringen, aber es war umsonst. Ich habe versucht, seine Sprache zu sprechen, aber dieser Mann … dieser Mann ist innerlich krank!

– Das ist auch mir aufgefallen.

– Ich weiß, das hat man mir berichtet.

Stagg hielt die Experimente für eine Beleidigung der amerikanischen Moral. Auch die wissenschaftliche Erforschung von Rauschgift sah er als „Legitimation von Drogenkonsum", zudem unterliefe sie die Bemühungen der Regierung, die massenhafte Verbreitung von LSD bei Jugendlichen – eine wahre Geißel – einzudämmen. Kirk hatte mit guten Argumenten gekontert. Die Kommunisten hatten bestimmt keine moralischen Bedenken und würden die Forschung weiterführen. Sie würden sie überholen und die Militärs würden das bald bemerken. Stagg war also drauf und dran, dem Feind eine sehr mächtige Waffe zu überlassen. Die Verbreitung von Rauschgift war außerdem nicht wieder rückgängig zu machen, man sollte es also nicht verbieten, sondern befördern.

– Er hat mir darauf geantwortet: Wir müssen auf alle Fälle Leary, diesen Wahnsinnigen, stoppen. Und ich habe geantwortet, ganz im Gegenteil, wir müssen ihn unterstützen! Natürlich hat er mich als verrückt bezeichnet.

– Was sonst!

Stagg war besessen von der Angst, die Linke, alle linken Strömungen könnten Rauschgift als Mittel benutzen, um die zersplitterten Kräfte zu einigen und einen endgültigen Angriff auf das System zu starten. Stagg war von der Furcht vor Drogen besessen, für Kirk hingegen waren sie ein wahres Manna. Denn Kirk zufolge würde die Verbreitung von Rauschgift die Linke zerstören und nicht stärken.

– Und was hat dieser Idiot gesagt, als ich ihm diese hellsichtige und grundlegende Theorie dargelegt habe? Er hat mich als Nazi beschimpft.

Kirk war sich sicher, recht zu haben, die Zeit würde seine Weitsicht bestätigen. Doch im Augenblick war er besiegt. Wie Jay. Als der junge Mann ihn darauf hinwies, dass sie beide zur am meisten verhassten Klasse Amerikas gehörten, nämlich der der Verlierer, brach der Doktor in schallendes Gelächter aus. Seine Augen funkelten bösartig. Im Licht der untergehenden Sonne, die ihm eine Aureole verlieh, mit einem Glas in der Hand und der Pfeife in der anderen, und zwei merkwürdigen Haarsträhnen, die wie zwei Hörner von seinem Schädel abstanden, wirkte er wie ein teuflischer Kobold.

– Man hat mir achtundvierzig Stunden gegeben und ich habe sie ausgenutzt. Ich habe vor seiner Nase das ganze LSD und das Ergotamin an mich genommen, dessen ich habhaft wurde, mein Sohn. Damit können wir ganz Europa überschwemmen!

– Warum ausgerechnet Europa?

– Weil Amerika sich als undankbar erwiesen hat. Aber wie ich dich gelehrt habe, kennt das Chaos keine Grenzen. Bis Stagg, dieser Pfau, klein beigibt, werden wir unser Werk woanders weiterführen. Wie hieß doch noch mal dein englischer Freund, der Künstler?

– Brandon.

– Und wo wohnt er?

– In London.

– Genau. In London.

Rom, heute

Flint erwartete mich zum Sonntagsbrunch im Garten des *Hotels Locarno*. Ich kam zwanzig Minuten zu spät und wies das Glas zurück, das er mir anbot.

Ich war entschlossen, unseren Kontakt zu beenden.

– Sie haben mir einen Haufen Lügen erzählt.

– Wirklich?

– Es war nicht einfach, aber ich habe mir die Listen der Studenten in Harvard von 1962 bis 1965 besorgt. Es gab keinen Dark und auch keinen Drakich. Keine Tracey Deveraux. Und auch keinen Brandon Hadley.

– Sie vertrauen zu sehr dem Schein.

– Was soll das heißen? Dass die Bücher gefälscht wurden? Von wem? Der CIA? Dass die Spuren dieser Menschen gelöscht wurden, um zu verschleiern …

– Vielleicht habe ich ihnen einfach Decknamen gegeben.

– Ach, hören Sie auf. Nicht einmal Stagg hat existiert! Ist auch Ihr Name ein Deckname?

– Gewisse Angelegenheiten müssen geheim bleiben. Sie dringen in eine komplizierte Welt ein, ich wiederhole …

– Was? Dass Sie dabei waren? Und wo sind die Beweise?

Flint verarschte mich. Keine Ahnung, warum. Doch in diesem Augenblick interessierte es mich auch nicht mehr. Er behauptete, dabei gewesen zu sein, erzählte Anekdoten, als ob er Augenzeuge gewesen wäre, hatte mir jedoch noch nichts Konkretes und Beweiskräftiges geliefert. Er referierte Dinge, die ihm angeblich von Jay Dark erzählt worden waren. Doch konnte er sie genauso gut erfunden haben. Ich verlor bloß meine Zeit. Ich trat den Rückzug an und ließ ihn sitzen. Ich war mir sicher, dass wir einander nicht mehr sehen und nichts mehr voneinander hören würden.

Mein Verleger verlangte einen neuen Roman von mir.

– Etwas Einfacheres, Leichteres als *Blue Moon*, hundertvierzig Seiten, aber hochkarätig. Und achte ja auf die Frauenfiguren. Erinnere dich: Die Leserschaft besteht zu achtzig Prozent aus Frauen. Wenn du sie nicht fesseln kannst, wirst du im Ranking ganz unten sein.

Ich stürzte mich in die Arbeit.

Ich entwarf den Plot eines Justizthrillers auf italienische Art. Die Geschichte eines brutalen und unsympathischen, reaktionären und chauvinistischen Arztes, der jedoch beruflich einwandfrei und moralisch unangreifbar war. Ein wahrer Held des öffentlichen Gesundheitswesens. Ein Typ, der am Morgen ins Krankenhaus ging und unter Umständen drei Nächte durcharbeitete, um Menschenleben zu retten. Doch er rühmte sich nicht seiner Taten, im Gegenteil, er war unfreundlich zu Freunden, dem Personal und den Familien der Patienten. Ein effizienter Roboter, doch menschlich eine Katastrophe. Irgendwann vertauscht ein eifersüchtiger Kollege die Laborproben eines Patienten, weshalb er den falschen Patienten operiert. Der Patient geht drauf. Ein ehrgeiziger Staatsanwalt verklagt ihn wegen Körperverletzung mit Todesfolge: Der Arzt habe ohne Notwendigkeit, aus reiner Eitelkeit, operiert und habe so den Kranken zwar nicht vorsätzlich umgebracht, aber fast. Auf so etwas stehen zehn Jahre Haft, die Karriere ist im Eimer, das Leben ruiniert. Der Fall wird wie immer von einem Medientross verfolgt, der mit der Pornografie des Leids auf Du und Du ist. Angeführt wird die Meute von einer aggressiven Zeitung, die sich auf skandalöse Fälle und Kunstfehler spezialisiert hat. Der unschuldige, aber unsympathische Angeklagte wird von einer mutigen Anwältin vertreten (die heiß ersehnte weibliche Note!), einer beinharten Lesbe. Ich hatte noch keine genaue Vorstellung, wie ich die Ausgangssituation konstruieren sollte. Ich wusste jedoch, dass am Ende die Wahrheit siegen und die Ehre unseres Arztes wiederhergestellt werden sollte. Sogar den Epilog sah ich schon vor mir. Der Journalist, der dem Arzt am Zeug flicken will, wird Opfer eines schweren Autounfalls. Sein Leben hängt an einem seidenen Faden. Nur einer kann ihn mit einem heiklen und sehr komplizierten Eingriff retten: unser Protagonist. Im Finale würde ich die Operationsvorbereitungen beschreiben. Der letzte Satz würde dem geheimnisvollen Lächeln des Arztes gewidmet sein, während er zum Skalpell greift. Der Leser, Pardon, die Leserin, würde sich die Frage stellen: Wird er sich selbst treu bleiben und das Arschloch retten oder wird er dem Wunsch nach Rache nachgeben?

Ich erzählte meinem Verleger die Geschichte, er war perplex.

– Meiner Meinung nach funktioniert ein böser Arzt besser als ein guter, die Leute sind auf der Seite der Kranken, nicht der Professoren! Und warum muss die einzige Frau ausgerechnet lesbisch sein? Das macht keinen Sinn. Insgesamt ist die Geschichte nicht schlecht, doch mit ein paar Veränderungen würde sie besser funktionieren.

– Zum Beispiel?

– Zum Beispiel … Der Arzt ist ein Arschloch und der Journalist ein mutiger Don Quijote. Die junge Frau, die Anwältin, hat einen schlechten Start, sie steht auf der Seite des Bastards, doch dann verliebt sie sich in den Journalisten und gemeinsam finden sie heraus, dass der Doktor bereits in Vergangenheit einige Kranke ins Jenseits befördert hat. Der Leser muss den Wunsch verspüren, dass der Bastard bestraft wird. Dieser wird daraufhin natürlich von einem mit allen Wassern gewaschenen Anwalt verteidigt, einem richtigen Bösewicht. Der Leser muss ihn genauso hassen wie seinen Klienten. Hör auf mich und wir landen einen Knüller.

Ich gab klein bei und versicherte ihm, dass ich darüber nachdenken würde. Wenn ich ihm in diesem Augenblick gesagt hätte, was ich von ihm hielt, wäre unsere Freundschaft auf immer und ewig ruiniert gewesen.

Doch ein paar Tage später, als ich in aller Ruhe nachgedacht hatte, bekehrte ich mich zu seiner Sichtweise.

Ist es nicht so? Bücher werden geschrieben, um verkauft zu werden. Man muss dem Erfolg nicht unbedingt aus dem Weg gehen. Schriftsteller, die so etwas predigen, sind Lügner.

Ich versuchte die Ideen des Verlegers einzuarbeiten.

Okay. Das bedeutete, einen notwendigen Kompromiss zu schließen. Die Idee vom leidenschaftlichen Künstler (*ich lebe von der Kunst, ich lebe von der Liebe*), der ständig am Hungertuch knabbert, weil er sich dem Markt verweigert, ist ein Klischee. Ich hatte schon immer sarkastisch auf den Größenwahn vieler meiner Kollegen geblickt. „Ich und meine Überzeugungen gegen den Rest der Welt." Lügen. Lügen. Ich wollte einfach ganz oben im Ranking sein, und ich hatte auch überhaupt nichts dagegen, wenn ein Roman verfilmt oder eine TV-Serie daraus gemacht wurde.

Aber leider funktionierte die Geschichte nicht so, wie mein Verleger sie sich ausgedacht hatte.

Oder vielleicht eignete ich mich nicht dazu, sie zu schreiben.

Sosehr ich mich auch bemühte, die Sätze, die ich zu Papier brachte, waren verworren und durcheinander und die Dialoge, die immer meine Stärke gewesen waren, waren peinlich trivial.

Nicht aus einem moralischen Grund bedauerte ich, Flint in die Wüste geschickt zu haben, und mein Bedauern hatte auch nichts Vornehmes.

Ich bedauerte es aus einem beruflichen Grund.

Die Wahrheit war, Jay Dark hatte sich in meinem Kopf eingenistet und überhaupt nicht die Absicht, den Platz zu teilen, den er erobert hatte.

Ich hatte Flint zum Teufel geschickt und jetzt fehlten mir unsere Gespräche.

Ich verfluchte mich dafür, dass ich so unbeherrscht gewesen war. Selbst wenn ich mit gutem Grund davon überzeugt war, es mit einem Scharlatan zu tun zu haben, hätte ich mich rational und nicht emotional verhalten sollen. Ich hätte mir seine Geschichte bis zum Schluss anhören und ihn allenfalls dann zum Teufel jagen sollen. Auf jeden Fall hätte ich einen interessanten Stoff bekommen oder zumindest einen Stoff, den ich in einem anderen Zusammenhang verwenden konnte. Wir Schriftsteller leben von den Geschichten der anderen, und je mehr Erfahrung wir haben, desto weniger werfen wir weg. Das, was uns heute als sinnlos erscheint, könnte morgen die Grundlage unseres erfolgreichsten Romans werden. Das klingt vielleicht zynisch, doch so ist es: Das weiß jeder Schriftsteller. Jeder Schriftsteller ist ein Vampir, der unter einer unheilbaren Form von Opportunismus leidet.

Ich musste mir eingestehen, dass ich Flint brauchte. Ich wollte mich schon in einer Mail entschuldigen, doch er meldete sich. Er schickte mir ein Paket. Darin befanden sich ein USB-Stick und eine „Persepolis-Tabelle".

Ich war einmal mit einem Mädchen gegangen, das sich zur Esoterik hingezogen fühlte. Eine von der Art, die mit Katzen lebt, makrobiotisch isst und sich mit Patschuli parfümiert. Eine typische Vertreterin des pittoresken Aspekts der Siebzigerjahre. Jeden Morgen, bevor sie sich auf die Suche nach einem Job begab, den sie natürlich nicht fand – sie hatte reiche Eltern und konnte es sich leisten –, konsultierte sie ihre sogenannte „Persepolis-Tabelle".

Von links nach rechts

mache	kannst	macht	kann	macht	nicht soll
beurteile	siehst	beurteilt	sieht	beurteilt	nicht kennt
glaube	hörst	glaubt	hört	glaubt	nicht ist
sage	weißt	sagt	weiß	sagt	nicht soll
gib	hast	gibt	hat	gibt	nicht hat
	nicht alles, was du	denn der, der alles	was er	häufig das,	was (er)

Dabei muss man die Wörter in den sechsunddreißig Kästchen entsprechend einer ganz bestimmten Ordnung lesen, beginnend in der linken Spalte und dann fixen horizontalen Zeilen folgend. Das Ergebnis ist ein Regelsystem, in dem sich Hausverstand und New-Age-Weisheiten mischen:

Beurteile nicht alles, was du siehst, denn der, der alles beurteilt, was er sieht, beurteilt häufig das, was nicht ist.

Glaube nicht alles, was du hörst, denn der, der alles glaubt, was er hört, glaubt häufig das, was nicht ist.

Und so weiter. Flint wollte offensichtlich nicht klein beigeben. Die Botschaft war klar: Ich erzähle dir Dinge, die du nicht verstehen kannst, weil deine Urteilskraft von Vorurteilen beeinträchtigt ist. Und er bat mich, ihm noch eine Chance zu geben. Ich schrieb ihm und bedankte mich und steckte den Stick in den Computer.

Auf dem beigelegten handgeschriebenen Billett forderte Flint mich dazu auf, die drei Dateien, die sich auf dem Stick befanden, in der von ihm angegebenen Reihenfolge anzusehen. Die erste Datei war ein Video, das – wie ich annahm – in seiner Kanzlei gedreht worden war. Flint saß an einem großen Schreibtisch und trug den klassischen Anwaltstalar.

„Guten Tag, ich freue mich, dass Sie akzeptiert haben, unsere Zusammenarbeit wieder aufzunehmen. Ich versichere Ihnen, diesmal werden Sie nicht enttäuscht sein. Datei Nr. 2, die Sie bald sehen werden, enthält einen Film, der 1965 von dem englischen Regisseur Peter Whitehead gedreht wurde. Das können Sie, wenn Sie wollen, auf Wikipedia nachprüfen. Der Film dokumentiert eine Dichterlesung namens *Wholly Communion*. Der Dichter Allen Ginsberg, von dem Sie mir einmal erzählt haben, war auf Lesereise in London und beschloss, die Royal Albert Hall, die größte zur Verfügung stehende Halle, zu mieten. Am 11. Juni 1965 veranstaltete er dort eine Dichterlesung, die offiziell den Titel *International Poetry Incarnation* trug. Doch alle nannten sie augenblicklich *Wholly Communion*, Totale Kommunion. Es lasen Gregory Corso, Lawrence Ferlinghetti, Allen Ginsberg, Michael Horowitz, Ernst Jandl, Christopher Logue, Adrian Mitchell und Alexander Trocchi. Harry Fainlight und Simon Vinkenoog wollten ebenfalls lesen, waren allerdings zu high. Dem Ereignis wohnten sie-

bentausend Jugendliche bei, es war die offizielle Geburt der Gegenkultur. Schauen Sie sich den Film an und achten Sie auf einen roten
Kreis, der hin und wieder auftaucht. Diesen Kreis habe ich eingefügt.
Vergrößern Sie das Bild und vergleichen Sie es mit den damaligen Fotos von Jay Dark. Nachdem Sie den Film gesehen haben, schauen Sie
sich Datei Nr. 3 an. Viel Vergnügen beim Schauen und Hören!"

Ich musste nicht auf Wikipedia nachprüfen, ich wusste auch so, dass
Wholly Communion auf der ganzen Welt als Geburtsstunde der psychedelischen Kultur der Sechzigerjahre galt. Und was den roten Kreis
anbelangte, so bestätigte der Vergleich mit den wenigen Bildern
(nicht mehr als vier, drei davon waren gestohlen und eines stammte
von der Verhaftung Jays in Italien in den Siebzigerjahren), dass der
große junge Mann mit den langen Haaren und dem charmanten Lächeln, der zwischen den jeweiligen Dichtern, zwischen einem rau-
chenden und einem knutschenden Pärchen auftauchte, Jay Dark auf
beeindruckende Weise ähnelte.

Anwalt Flint hatte einen Treffer gelandet.

DIE WAHRE GESCHICHTE JAY DARKS, VON ANWALT FLINT ERZÄHLT

WHOLLY COMMUNION

1.

Wholly Communion war ein außergewöhnlicher Abend. Ein Meilenstein in der Karriere von Jay Dark.

Der Aufruf war spontan erfolgt. Die Jugendlichen konnten es kaum erwarten, ihren Durst direkt an der Quelle des Poeten zu stillen. Sie wollten in einen Strom von Worten eintauchen, denn sie erkannten sich in einer gemeinsamen Sprache wieder. Und diese Sprache war jenseits von Einzelinteressen entstanden. Sie drückte den Geist der Zeit aus. Sie war Dionysos, der zu den Sterblichen hinunterstieg und den Funken überspringen ließ, der den Brand auslöste. Und Dionysos, dachte Jay Dark, war nichts anderes als Kirks Chaos.

Jay Dark verteilte Acid. Brandon hatte für ihn gebürgt. Die Jugendlichen stellten sich um Trips an.

Und Jay Dark genoss das Spektakel.

Der besoffene Ginsberg sang ein Mantra und begleitete sich selbst mit dem Taktstock. Der arme Fainlight, der aufgrund der vielen Amphetamine nur mehr stockend sprechen konnte, wurde von Trocchi fürsorglich von der Bühne geleitet. Während Vinkenoog, der noch mehr high war als Fainlight, zu lesen versuchte, hatte er „Love love" gebrüllt. Später sah Jay Dark Vinkenoog wieder. Er erklärte einem Mädchen, einer ausgeflippten Blondine mit einer Zigarette in der Hand, immer, wenn er glaube, dem Tod nahe zu sein, flüchte er in ein Kino und masturbiere. Der Star des Abends war aber eindeutig Adrian Mitchell, ein großer und eleganter Engländer in einem weißen Tropenanzug und mit Krawatte. Er las ein Gedicht gegen den Vietnamkrieg, das später berühmt wurde und das er im Laufe seines Lebens immer wieder auf den neuesten Stand brachte, indem er das Wort „Vietnam" gegen den Namen des jeweiligen Landes an der Peripherie der Welt ersetzte, das gerade einem imperialistischen Übergriff zum Opfer fiel: „Coat my eyes with butter / Fill my ears with silver / Stick my legs in plaster / Tell me lies about Vietnam."

Oder über den Irak, über Afghanistan und so weiter. Alexander Trocchi, groß und schlaksig, mit zwei wunderschönen Augen und glühendem Blick und mit tiefer, sonorer Stimme, spielte den Zeremonienmeister. Er und Dark wurden Freunde. Dank Trocchi konnte Dark ein paar Jahre später Kontakt mit Debord und den Pariser Situationisten aufnehmen. Trocchi gefiel Jay. Er war halb Schotte und halb Italiener, ein Nachfahre von Kardinälen der Heiligen Römischen Kirche. Seit Jahren hatte er sich mit Haut und Haaren dem Rauschgift verschrieben, er war ein Pionier. Um ihn rankten sich Legenden, einmal hatte er sich zum Beispiel, auf dem Lincoln Memorial liegend, eine Dosis LSD in die Vene gespritzt. Aber das war sicher ein Märchen, schuld daran war ein Gedicht von Leonard Cohen, *Alexander Trocchi, Public Junkie, Priez Pour Nous.* Wäre Trocchi nicht so selbstzerstörerisch gewesen, wäre er gewiss ein Kandidat für den Nobelpreis geworden. Er war ein Junge mit einer verzweifelten Zärtlichkeit, ein Liebender und Verrückter, eine Eigenschaft, um die ihn Jay im Grunde beneidete. Trocchi schenkte Jay ein von Hand geschriebenes Gedicht.

£ S D (Love, Sex, Death Pounds, Shillings, Pence Lysergic Acid)

iron leaves glint,
where wind broke in,
red rot in rain:
my death is lead,
cloven by slow,
radium-sharp shark-fin.

in my soft tree-bole
bleeds pearl,
spreads spoor

of wee, unhungering,
ceaseless vole.

an end to blue and green
and tune;
no more delight
in the black cave
of yr feminine night.

the poor silt of my years
is thin to spread …
after I am dead, "Margarine,"
it will be said,
"he mistook it for butter."

and end to the sun
moon, sky,
no young girl now will lie
in hot halter
of a pregnancy.

… young witches,
old bitches,
silvered resilience
of stagelit thighs,
hot, husky cries,
mascaraed of highs,
excruciatingly artificial.

few virtues,
threadbare ascription …
clues: blues
cruise

unpaid dues;
dropped Plato
like a hot potato;
wouldn't work:
hashish of the Turk …

there was a door between
him and himself.
out, like the biff-ball
from the bat,
the limit taut,
feet sunk in cement,
tripped over himself,
a closing hinge:
himself something
upon which he couldn't impinge.

Trocchi war intelligent. Er hatte einen Volltreffer gelandet: upon which he couldn't impinge. Als ahnte er, dass Jay immer alles kontrollieren konnte und Menschen wie ihn im Grunde beneidete: „etwas, das man nicht beeinflussen kann".

Aber Lyrik interessierte Jay Dark nur bedingt. An diesem Abend, ungefähr vierzig Minuten nach dem Beginn der Lesungen, begann offiziell seine Karriere als Drogendealer. Sie begann mit ein paar Jugendlichen aus Liverpool, die auf Durchreise in London waren. Einem sehr jungen und sehr verlegenen Pärchen.

– Bist du der mit dem Stoff? Der Amerikaner?
– Sicher.
– Wie viel verlangst du? Für einen Trip nämlich?
– Wie viel, glaubst du?
– Reicht das?

Jay war einerseits überrascht und andererseits auch nicht. Schon bevor er Jay Dark geworden war, wusste er, dass Rauschgift eine Ware wie jede andere war (und immer sein würde). Jemand hat etwas, was andere haben möchten, und um diesen Wunsch zu befriedigen, sind sie bereit zu zahlen. Ein normales Tauschgeschäft. Allerdings hatte er sich nie in der Rolle des Verkäufers gesehen. Er betrachtete die ordentlich gefalteten Geldscheine, die ihm die Jugendlichen überreichten. Er kannte sich mit der englischen Währung noch nicht aus, doch über den Daumen gepeilt waren es ungefähr zwanzig Pfund Sterling. Er hatte keine Ahnung, was ein LSD-Trip auf dem Markt wert war. Doch von Brandon hatte er erfahren, dass nur schlechter Stoff im Umlauf war. Das wahre Problem lag allerdings woanders. Bis zu diesem Augenblick hatte Jay den Stoff des Iren Mickey konsumiert und ihn, Kirks Anweisungen folgend, in Umlauf gebracht. Er hatte nie persönlichen Nutzen daraus gezogen. MK Ultra war keine Mafia m.b.H. und auch kein Drogenhändlerring. Jay hätte Kirk gern um Rat gefragt. Aber Kirk war weit weg. Die Jugendlichen standen vor ihm und verloren allmählich die Geduld. Die Stimme des Instinkts, die Stimme der Straße, sagte zu ihm: Mach es, vergiss die Bedenken, mach es, schauen wir, was passiert. Aber da war noch was. Alle waren so glücklich, so zufrieden, wenn sie high waren. Und er war auf immer ausgeschlossen. Nun, wenn er nicht teilhaben konnte, wenn ihm die totale Kommunion verwehrt war, dann würde er wenigstens ein bisschen Geld damit verdienen. In Amerika lief es nicht so gut, Kirk forderte zur Vorsicht auf. Er hatte ein Ass im Ärmel, das er allein in seinem Interesse ausspielen konnte. Mechanisch, ohne sich der Konsequenzen dieses Schrittes bewusst zu sein, steckte er die Geldscheine ein und reichte ihnen zwei Trips. Die Jugendlichen bedankten sich mit einem Kopfnicken und gingen. Doch offensichtlich sprachen sie mit jemandem, und der sprach wiederum mit jemand anderem, und während der Österreicher Ernst Jandl ein Gedicht vortrug und die Menge zu einer Art orgiastischer Jam-Session verleitete, bildete sich vor Jay eine Käuferschlange.

Am Ende des Abends, als sie wieder in dem Loft waren, das Brandons reiche geschiedene Eltern ihm in der Gegend von Camden Town eingerichtet hatten, waren fünfhundert Pfund Sterling in seiner Tasche.

Das war das erste Geld, das er seit den Diebstählen in Manhattan selbst verdient hatte.

Eine gute Ausgangsbasis.

2.

In den sechs Monaten, die auf *Wholly Communion* folgten, verdiente Jay mit dem Verkauf von Drogen so viel, dass er sich ein kleines Drei-Zimmer-Apartment im Stadtteil Hackney leisten konnte, wo kleine Leute wohnten: Das war ein heißes Pflaster, doch er hatte sich einen gewissen Respekt erarbeitet, indem er den Bossen der jamaikanischen Mafia, die den Drogenhandel auf der Straße kontrollierte, ein paar Trips zukommen ließ. Brandons Ausstellung war sehr erfolgreich gewesen. Der kleine Engländer aus Cornwall war drauf und dran, ein angesagter Künstler zu werden. Er nahm regelmäßig Drogen und die ließen seine Kreativität explodieren. Er verkaufte Zeichnungen, Gemälde, Skulpturen, die er in beeindruckendem Tempo produzierte, und er überlegte sich, ob er nicht ein Gebäude, eine Art Tempel der Gegenkultur errichten sollte.

– Das wird eine Unmenge Geld kosten, mein Freund.

– Ich werde es schon auftreiben, keine Sorge!

In seiner Wohnung ging die Elite der Musiker und Dichter ein und aus. Eine Party nach der anderen fand statt und die unvermeidliche Sexorgie am Ende ließ in Jay Dark die Überzeugung reifen, dass die Zukunft lustig, bunt und ja, warum nicht, glücklich sein würde. Jay trieb es mit zwei Mädchen, May und Flo. Die beiden trieben es miteinander. Sie hatten lange Haare, lackierte Nägel, und das Dreiecksverhältnis funktionierte perfekt, ohne Eifersucht und ohne übertriebenes Besitzdenken. Die Nachrichten aus Amerika waren ein fernes Echo. In London wurde Kunst gemacht, man schrieb

Gedichte, machte Musik und plante eine Revolution, für die kein einziger Tropfen Blut vergossen werden würde. Sie waren wohlhabende Gauner, manche waren richtiggehend reich. Sie kämpften für einen theoretischen und im Grunde harmlosen Umsturz. Jay galt als einer der ihren. Seine Fähigkeit, sich mögen, wenn nicht gar lieben zu lassen, war auf ihrem Höhepunkt angelangt. Befeuert wurde diese Fähigkeit von den mondänen Ereignissen und in erster Linie vom Stoff.

Als die Vorräte knapp wurden, bat er Brandon um Hilfe, und dieser stellte ihm Jerry Brown, einen jungen Chemiker, vor. Jerry kannte den Produktionszyklus von LSD und versicherte Jay, dass er mit dem wenigen Ergotamin, das er ihm zur Verfügung stellte, eine große Menge ausgezeichneten Stoffs herstellen könne. Aber Jerry Brown war nicht einfach irgendein Chemiker. Jerry Brown war ein genialer Chemiker. Bei der Forschung war er allen anderen voraus.

– Ich entwickle gerade eine neue Substanz. Wenn es mir gelingt, einige letzte Reaktionen zu optimieren, dann haben wir etwas ganz Außerordentliches. Eine perfekte Droge. Das endgültige Mittel zur Bewusstseinserweiterung. Gott wird keine Geheimnisse mehr für uns haben. Wir werden Gott sein!

Kirk forderte nach wie vor zu Ruhe auf. Er bemühe sich, die Dinge in Ordnung zu bringen, er hoffe, bald wieder gute Nachrichten zu haben. Und er beendete jedes Gespräch mit Hinweisen auf das geregelte Leben im Schloss: Lotte wurde alt, aber Fidelio war schon geschlechtsreif und auch schon schwanger. Lotte würde bald ein Enkelkind haben. Kirk konnte es gar nicht erwarten, aus Fidelios Schoß ein kleines Wesen mit weichen, kleinen Hörnern kommen zu sehen.

Jay fühlte sich von alldem meilenweit entfernt. Er beruhigte Kirk, er sagte, das Londoner Leben langweile ihn, er könne es gar nicht erwarten, wieder ins Rennen zu gehen. Aber natürlich hoffte er, dass die guten Nachrichten ausblieben. Er hoffte, dass man ihn mit der Zeit vergessen würde und er sein Leben führen könne. May und Flo waren bezaubernd, die Zeit war eine Hochgeschwindigkeitsbahn, sie führte in eine Zukunft ohne Grenzen und ohne Kontrolle.

Er war jung, allmächtig, unsterblich.

Was für ein Idiot!

An einem Vormittag im März 1966 rief ihn Kirk mit einem lakonischen Telegramm zurück.

Komm sofort. Große Probleme.

Er versuchte zu verzögern, doch der gebieterische und zugleich ängstliche Tonfall bei ihrem letzten Telefongespräch zwang ihn, sein kleines Xanadu zu verlassen.

Er verabschiedete sich von Brandon und den Mädchen, hinterließ Jerry Brown noch ein paar Tausend Pfund Sterling und fuhr ab, entschlossen, Kirk rasch abzufertigen und danach seinen Lauf Richtung Glück fortzusetzen.

3.

Kirk war sehr schlecht gelaunt. Er kaute auf dem Mundstück der Pfeife herum und hatte bereits eine halbe Flasche Schnaps in sich hineingeschüttet. Er warf zerstreute Blicke auf den Stall. Die Ziegen tauchten nicht auf. Kirk war verbittert. Er war nicht er. Wahrscheinlich liefen die Dinge wirklich schlecht.

– Fidelio hatte eine Scheinschwangerschaft. Gretchen ist deswegen krank geworden. Aber auch Fidelio ist nicht mehr dieselbe. Sie ist nervös, unverträglich. Sie hat eine Art Hass auf die Mutter entwickelt. Ich musste sie trennen. Arme Lotte, sie wird jeden Tag älter und gibt uns keine Milch mehr. Und Fidelio ... pah!

Doch das Schlimmste kam erst.

– Die englische Polizei stellt Ermittlungen über dich an. Man hat dich aufs Korn genommen.

Kirk wusste also alles. Ohne ihm Zeit zu geben, sich zu rechtfertigen, sagte er zu Jay, früher oder später müsse man zur kommerziellen Verbreitung des Produkts übergehen. LSD würde nämlich verboten werden, und zwar sehr bald.

– Deine Idee, den Markt zu sondieren, war also nicht ganz unlogisch. Doch du warst zu voreilig. Die Engländer mögen es nicht, wenn ein amerikanischer Junge bei ihnen zu Hause dealt.

Die wahre Tragödie war, dass Garreth Senn Wind davon bekommen hatte. Das Arschloch, dessen einziges Ziel darin zu bestehen schien, das Leben von Jay Dark zu zerstören. Senn hatte Kirk zu sich gerufen und ihn daran erinnert, dass MK Ultra zwar für ungewisse Zeit suspendiert, aber nach wie vor eine Geheimoperation war. In irgendwelchen Papieren waren hinterhältige Gerüchte verbreitet worden, man sprach von Projekten, die Jugend süchtig zu machen. Noch hatte niemand diese Gerüchte ernst genommen, außer vielleicht ein paar Hitzköpfe der Jugendbewegung. Senn hatte sie zur Kenntnis genommen, es war ihm egal. Sein Problem war ein anderes. Wenn die Engländer auch nur im Geringsten Verdacht schöpften, dass ein amerikanischer Agent auf ihrem Territorium Drogen verkaufte, würden sie Sodom und Gomorra schreien. Und die Engländer waren wichtige, wenn auch etwas exzentrische Alliierte. Man durfte sie nicht verärgern.

– Aber in London arbeite ich doch gar nicht für Sie, Doktor!

– Für jemand, der so paranoid ist wie Senn, ist das unwichtig.

Kirk und Senn fürchteten, Scotland Yard würde Jay Dark einlochen, und vor allem fürchteten sie, er würde alles ausplaudern.

– Selbst wenn sie mich schnappen, würde ich nicht singen. Ich bin ja nicht verrückt.

– Sicher. Ich habe Senn auch erklärt, bei der englischen Gesetzgebung kämst du wahrscheinlich mit einer Geldstrafe und einer Ausweisung davon. Aber nichts zu machen.

– Das heißt?

Adieu, London. Zumindest bis auf Weiteres. Anders gesagt, eine Katastrophe.

Kirk stellte Jay eine Wohnung und ein Auto zur Verfügung. Eine Drei-Zimmer-Wohnung in Manhattan auf der 33rd Street an der Ecke zur Seventh Avenue. Das Auto war ein Chevrolet Corvette, Baujahr 63. Ein feuerrotes, zweitüriges Modell, das sich durchaus sehen lassen konnte. Immobilie und Auto gehörten einem Bekannten Kirks, der – Kirk wich allen Fragen aus – einen Urlaub genommen hatte. Tatsächlich war er ein Steuerberater, der unter depressiven Schüben litt, die Kirk privat mit PCB und LSD behandelte. Anstatt Honorar zu verlangen, hatte er sich seine Wohnung und sein Auto für Jay ausgeliehen. Das war der x-te Liebesbeweis, die x-te Aufmerksamkeit vonseiten seines Mentors. Aber Jay war viel zu frustriert, um das richtig zu schätzen. Er fühlte sich wie im goldenen Käfig, und selbst wenn man ihm eine Suite im Waldorf Astoria angeboten hätte, hätte er Kirk und Senn zum Teufel geschickt. Verdammt noch mal, er wollte frei sein.

– Aber du bist frei, Jay!

– Bei allem Respekt, Doktor, das ist eine Lüge.

– Die wahre Freiheit besteht darin, das Unvermeidliche zu akzeptieren.

– Und wenn ich mich freiwillig für Vietnam meldete? Wäre das eine Äußerung von Freiheit, Doktor?, fragte er provokant.

– Man würde dich ablehnen, mein Sohn.

– Und wenn ich aus dem Fenster spränge?

– Das wirst du nicht tun, sagte Kirk lächelnd. Der Straßeninstinkt hält dich davon zurück. Du wirst aufstampfen, protestieren, Fehler begehen. Aber schließlich wirst du verstehen. Und akzeptieren.

Sie hatten also eine Art Soldat aus ihm gemacht. Einen Soldaten, der gehorchen musste und aus. Und sie gestatteten ihm nicht einmal, den Einberufungsbefehl zu verbrennen, wie es seine Freunde machten, die gegen den Krieg protestierten, denn er hatte sich freiwillig gemeldet. In einem Punkt hatte Kirk recht. Der Krieg war ihm zuwider, doch er hatte überhaupt keine selbstmörderischen Anwandlungen und würde sie auch nie haben. Und er sehnte sich nicht nach Williamsburg zurück.

– Was wird also aus mir werden?

– Bald wird dieses absurde Embargo aufgehoben werden und wir werden mit MK Ultra weitermachen.

– Und wenn nicht?

– Deine Gabe macht dich zu einem wertvollen Kapital. Wenn sie weiter so stur bleiben, beginnen wir mit einem neuen Projekt. Im Augenblick musst du dich jedoch ruhig verhalten.

4.

Es blieb ihm nichts anderes übrig, er musste sich fügen. Jay rief Brandon und seine Freundinnen an. Er sagte, er müsse Erbschaftsangelegenheiten regeln und würde eine Zeit lang in New York bleiben. Er spürte ihre Enttäuschung, aber auch Liebe. Flo und Mary würden nach Hackney ziehen, um zu verhindern, dass ein Hippie das Apartment in Beschlag nahm, weil er es für unbewohnt hielt. Er rief Jerry Brown an: Die Experimente waren vielversprechend, bald würde es eine Überraschung geben.

Dann fuhr Jay nach Harvard, um Tracey zu suchen. Seine Kontaktperson im Rektorat, die gerade ein paar Trips geschluckt und dementsprechend high war, erzählte ihm, Tracey sei wegen ungebührlichen und unziemlichen Verhaltens entlassen worden.

– Tracey? Was hat sie denn angestellt?

– Tja, du weißt ja, wie sie ist, sie ist gemeinsam mit der anderen, der Tochter des Senators, nackt herumgelaufen …

– Pam? Hast du Pam gesehen?

– Das sind zwei total Verrückte, das kannst du mir glauben, mein Freund!

Pam war es gelungen, sich der Überwachung durch die beiden Schutzengel zu entziehen, die ihr Vater ihr beigestellt hatte, und war nach Harvard gekommen, um sich mit ihrer Busenfreundin zuzudröhnen. Zum Disziplinarverfahren war Tracey mit kahlrasiertem Schädel und einer Büßerkutte erschienen, wie Johanna von Orleans in einem alten Film. Mit spöttischer Miene hatte sie sich die Anklagepunkte angehört, und anstatt sich zu entschuldigen, hatte sie den gesamten akademischen Senat wüst beschimpft. Sie hatte ihn als „eine heuchlerische und arrogante Faschistenbande" bezeichnet und gesagt, wenn die Revolution ausbräche, würde sie in der ersten Reihe stehen und mit Genuss zusehen, wie ihre Köpfe rollten. Sie würde sich sogar freiwillig melden, um das Urteil zu vollstrecken. Dann hatte sie die Kutte fallen lassen und war nackt aus dem Saal spaziert.

– Weißt du, wo ich sie erreichen kann?

– Probier es bei Chuck.

Chuck war der muskulöse Mechaniker, der den alten Studebaker repariert hatte, den sie beim verunglückten Einbruch in Senator Staggs Haus benutzt hatten, und der Tracey verfallen war. Er war nach Kittery umgezogen, auf halbem Weg zwischen Boston und New York, wo er eine Werkstatt hatte.

– Ich habe seit Monaten nichts von Tracey gehört.

Aufgrund seines zögerlichen Tonfalls und des ausweichenden Blicks hatte Jay das Gefühl, dass er log.

– Falls sie auftaucht, sag ihr, sie soll mich unter dieser Nummer anrufen.

– Okay, aber ich glaube nicht, dass sie auftaucht.

Es verging eine Woche, eine zweite. Kirk rief ihn immer wieder zu sich, er misstraute offenbar seiner zur Schau gestellten Gefügigkeit. Und er hatte auch jeden Grund dazu. Jay war ein Vulkan am Rande der Eruption.

– Bald gibt es eine Lösung für alle Probleme …

Bald. Bald. Ihm kam die Zeit unendlich lang vor. Eines Nachmittags kehrte er in sein altes Revier in Williamsburg zurück. Avram der Hinkende saß noch immer am Tresen seines Ladens. Er ging hinein und plauderte mit ihm. Avram erkannte ihn nicht. Darenski war wirklich tot und begraben.

Er kaufte ein Goldkettchen, eines von der Art, wie er sie früher in den Wohnungen der Reichen geklaut hatte, und er drehte es lang in den Händen hin und her, während er in der Abenddämmerung den Fluss betrachtete.

Er aß eine Pizza bei Lombardi's und kehrte niedergeschlagen in seine Behausung zurück.

Pam war nicht zu finden. Seine Freunde waren weit weg in London. Tracey trieb sich wer weiß wo rum.

Noch nie hatte er sich so einsam gefühlt. Es war eine neuartige und viel bitterere Einsamkeit als die, die er als Junge in Williamsburg empfunden hatte. Denn damals hatte er noch nicht gewusst, dass es draußen ein reiche Welt voller wunderbarer Chancen gab, die nur darauf wartete, erobert und in Besitz genommen zu werden. Er hatte diese Welt kennengelernt, er hatte sich der Illusion hingegeben, sie sich zu eigen machen zu können, und jetzt hatte sie ihn ausgestoßen. Ausgeschlossen, abgeschnitten. Wieder einmal.

Dann, mitten in der Nacht, ein Anruf.

– Chuck hat mir gesagt, du suchst mich.

– Tracey, ich bin ja so glücklich, von dir zu hören. Ich würde dich so gern sehen. Wie geht es dir?

– Beschissen, Jay, total beschissen.

Als Jay sie in ihrer Bruchbude im sechsten Stockwerk über einer Spelunke auf der 125th Street in Harlem besuchte, fragte sie ihn gleich, ob er sich sicher war, dass man ihm nicht gefolgt war.

– Warum sollte mir jemand folgen, Tracey?

– Wegen ihm, antwortete sie und zeigte auf einen großen schwarzen Jungen mit mandelförmigen Augen, der auf der Kante eines Sofas mit drei Beinen saß (anstelle des vierten befand sich die gebundene Ausgabe des ersten Bands von Marx' *Kapital*) und ihn halb fragend und halb hoffnungsvoll anblickte.

„Er" hieß George Washington Trudd III und wurde von der kalifornischen Polizei wegen Mordes und unerlaubten Waffenbesitzes gesucht.

Das ist seine Geschichte:

Die Geschichte von George Washington Trudd III, genannt Wash

George Washington Trudd III war ein American-Football-Champion, ein brillanter Student der Zeitgeschichte an der UCLS, eine begehrte Partie bei den Töchtern des schwarzen Bürgertums von Los Angeles. George Washington Trudd III war der Stolz von Mama Linda, einer Englischlehrerin, und von Papa George Washington Trudd II, einem Baptistenpfarrer und Verfasser von erbaulichen religiösen Gedichten. Ein würdiger Erbe im Stammbaum der Trudds, der von George Washington Trudd begründet worden war, einem talentierten Geiger, freigelassenen Sklaven und Helden im Sezessionskrieg. Ein Mustersohn. Doch das war leider bloß vorgetäuscht. An dem Abend, als Kennedy ermordet wurde, ließ George Washington, „Wash" für seine Freunde, die Maske fallen. Während Jay in Harvard Pams Horrortrip mitverfolgte, beschimpfte er seinen Vater, eine Menge Verwandte und Gemeindemitglieder, die sich trauernd vor dem Fernseher versammelt hatten. Kennedy sei ein Weißer wie alle anderen auch. Er habe nichts für die Schwarzen getan. Er sei bloß ein Heuchler, der seine Privilegien nicht aufgeben wollte. Und so weiter und so fort. Das waren dieselben Thesen, die auch Pam von sich gab, doch niemand konnte sagen, wie und wann der junge, friedliche Student und Footballchampion sich radikalisiert hatte. Schlechte Gesellschaft, wie die Mutter meinte, Mangel an moralischem Gewissen, typisch für die junge Generation, wie der Vater mit grimmigem Blick und geballten Fäusten brüllte. Niemand, nicht einmal Wash kannte die Antwort. Er war von seinen Worten zutiefst überzeugt. Seit geraumer Zeit fühlte er sich unzufrieden, eingesperrt, zu einem Schicksal verdammt, das ihm plötzlich wie ein enger Käfig erschien. Der Tod Kennedys war eine willkommene Gelegenheit. Wash brach mit seiner Familie und verließ die Universität. In der Tasche hatte er fünfzehnhundert Dollar, die ihm seine Mutter Linda heulend zugesteckt hatte. Er übersiedelte nach Watts, ein Viertel, das zu neunzig Prozent von Schwarzen bewohnt wurde. Von zornigen Schwarzen. Er hatte die Idee, eine Art Schule für das Volk zu gründen, um den schwarzen Kindern beizubringen, was sie wissen mussten. Eine typisch bürgerliche Haltung, würde er Jahre später sagen, als er militantes Mitglied der *Black Panthers* geworden war, vor lauter schlechtem Gewissen fühlte man sich zum Volk hingezogen. Er mietete eine baufällige Garage, renovierte sie notdürftig, kaufte bei Altwarenhändlern alte Bänke aus wurmstichigem Holz, eine Tafel, Kreide, Bleistifte, Hefte und ein paar Lehrbücher. Er schlief in der Garage, und am Vormittag verdiente er sich ein paar Cent in einer Hot-Dog-Bude. Danach klopfte er an die Türen der armseligsten Häuser und bot fetten Matronen und aggressiven Rotzlöffeln Gratisunterricht in Geschichte, Englisch, Mathematik an. Doch niemand tauchte auf, und die Garage blieb immer leer. Eines Abends, nachdem er wieder einmal einen ganzen Nachmittag lang umsonst auf einen Schüler gewartet hatte und mit einer Dose Coca-Cola und einer Zigarette vor der Tür stand, stellten sich vier Jungs mit entschlossenem Blick im Kreis um ihn auf und begannen ihn zu schubsen. Zuerst schubsten sie ihn nur, doch dann spuckten sie ihn an und schließlich verprügelten sie ihn. Die Jungs waren Mitglieder der Stings, einer der am meisten gefürchteten Banden im Revier. Die Botschaft, die sie ihm mit Faustschlägen und Fußtritten und allen möglichen Beschimpfungen überbrachten, war eindeutig: Hau ab, das ist unser Revier. Wash versuchte sich zwar nach Möglichkeit zu wehren – er war ja Sportler –, doch wenn ein schriller Schrei den Angreifern nicht Einhalt geboten hätte, hätte er ins Gras gebissen. Marcus Grove, der Boss der Stings, hatte „Aufhören!" geschrien, jetzt beugte er sich über Wash und half ihm beim Aufstehen. Ein zwei Meter großer Schwarzer mit einer hässlichen Narbe quer über das Gesicht. Grove schickte seine Jungs nach Hause und führte Wash in die Garage. Während sich Wash so gut wie möglich sauber machte, ließ er seinen Blick über den improvisierten, notdürftig eingerichteten Klassenraum schweifen, blätterte in ein paar Büchern, dann zündete er sich einen Joint an und verlangte ein Bier.

– Ich trinke keinen Alkohol.

– Verdammt, Bruder, ich verstehe, dass die Leute dich hier für etwas seltsam halten. Mit deinem Lehrergehabe wirst du es hier in Watts nicht leicht haben.

– Das habe ich gerade bemerkt.

– Das könnte sich aber ändern.

– Und wie?

– Glaubst du wirklich, du könntest unseren Kindern was beibringen? Etwas, was sie auf der Straße nicht lernen können?

– Ich will eure Kinder von der Straße wegbringen.

Grove lächelte und ging wortlos. Am Tag darauf, als Wash am Nachmittag von seiner Arbeit als Hot-Dog-Verkäufer zurückkam, stand Grove vor der Garage. Bei ihm war ein ungefähr acht Jahre altes Kind, mit kurzer Hose und finsterem Blick.

– Ich habe beschlossen, dir eine Chance zu geben, Mann. Das ist mein Bruder Elias. Beweis mir, dass du ihn aus dieser Scheiße holen kannst, und du darfst weiterarbeiten.

– Ich kann es versuchen, Mann.

Wie es in einem alten Film heißt: Das war der Beginn einer wunderbaren Freundschaft.

Elias war eine Nervensäge, doch noch nicht so kaputt vom Leben auf der Straße, dass er für immer verloren gewesen wäre. Wash, offenbar ein geborener Lehrer, kündigte seine Arbeit und widmete sich ausschließlich dem Kind. Elias war eine Nervensäge, aber eine intelligente Nervensäge. Als er bei seinem ersten Fluchtversuch feststellte, dass Grove zwei Stings als Aufpasser postiert hatte, damit sein kleiner Bruder keinen Unsinn machen konnte, gab er klein bei. Er wurde sogar eine Art Musterschüler. Eines Abends sagte er ein Gedicht auf:

Halte die Träume fest
denn wenn die Träume sterben
ist das Leben ein Vogel mit gebrochenen Flügeln
der nicht fliegen kann.

Halte die Träume fest
denn wenn die Träume verschwinden
ist das Leben ein unfruchtbares Feld
aus Eis und Schnee.

Angeblich vergoss da sogar der grimmige Boss der Stings eine Träne.
– Ja, ich glaube wirklich, dass du die Kinder aus der Scheiße holen kannst, Bruder. Halt deine Träume fest, verdammt, das ist genial!
– Das sind Verse von unserem großen Dichter Langston Hughes.
– Von wem auch immer sie sind, willkommen in Watts.
In den folgenden Monaten wurde die Schule in Watts zu einer kleinen Institution. Grove finanzierte Renovierungsarbeiten in der Garage und allmählich sah der Raum wirklich wie ein Klassenzimmer aus. Die Kinder strömten so zahlreich herbei, dass Wash ein paar Hilfslehrer anstellen musste, Studenten, die in ihrer Freizeit begeistert Dienst leisteten. Als Grove sie bezahlen wollte, antworteten sie, von einem Dealer nähmen sie kein Geld. Grove wurde wütend.
– Ich habe Nachforschungen angestellt, sagte er zu Wash, – zwei von ihnen sind Moslems, die anderen Radikale. In diesem verdammten Viertel gibt es viele davon, sowohl von den einen als auch den anderen. Sie reden von Revolution, von *Nation of Islam*, pah! Das geht mir auf die Eier, Bruder.

Grove ging offen auf sie zu.

– Wash nimmt mein Geld an, er ekelt sich nicht davor! Ich zahle das alles, ihr Arschlöcher.

– Wir verstehen, antworteten die Studenten. – Wir sind zu einer Art von Kompromiss bereit. Wir akzeptieren, dass du Wash bezahlst, doch wir machen es um der Sache willen. Wenn dir das recht ist, ist es gut, sonst musst du dir wen anderen suchen.

Die Tatsache, dass Grove sie nicht auf der Stelle umgelegt, sondern den Deal akzeptiert, den Affront hingenommen hatte, erzeugte bei den Mitgliedern der Stings einen gewissen Unmut. War der Boss eine Memme geworden? Wurde er vielleicht schwul? Doch die Kritik ging darüber hinaus. Viele Mitglieder der Stings hatten ebenfalls kleine Brüder und Schwestern, die die Schule besuchten, und waren beeindruckt. Die Aussicht, das Leben nicht auf der Straße verbringen zu müssen, gefiel auch ihnen. Doch das durfte man nicht allzu deutlich zeigen. In der Zwischenzeit hatte die Freundschaft von Wash und Grove sich gefestigt. Wash erzählte ihm von großen Dichtern und der schwarzen Musik, und Grove revanchierte sich, indem er ihm die wichtigsten Regeln des Lebens auf der Straße beibrachte. Zum Beispiel, wie man eine Waffe lud und sie gegen Arschlöcher einsetzte. Mit „Arschlöchern" waren die Polizisten, die verhassten Bullen, gemeint.

– Was willst du mit deinem Leben anfangen, Grove?

Es war eine Juninacht und sie lagen auf einem Dach. Sie rauchten einen Joint (Wash hatte letztendlich dem Drängen des Freundes nachgegeben, und die Sache hatte sich als angenehm erwiesen).

– Was meinst du damit?

– Die Zukunft, Bruder. Die Zukunft.

– Mir reicht es schon, wenn ich bis morgen überlebe, ohne eine Kugel in den Kopf zu bekommen, Wash!

– Ich meine, denk mal an die *Nation of Islam* und auch an die Radikalen … Sie haben ein Projekt, keine Ahnung, ob ich mich klar genug ausdrücke …

– Du drückst dich sehr gut aus. Doch mich interessiert die dumme Politik nicht. Dafür bin ich zu alt.

– Du bist doch erst fünfundzwanzig!

– Dann sagen wir, ich bin zu bekifft. Hör auf zu philosophieren und gib mir den Joint.

Ein paar Tage später nahm Wash an einem Protestmarsch gegen den Vietnamkrieg teil. Aus freien Stücken wäre er nicht hingegangen. Sein politisches Bewusstsein war noch nicht gereift. Doch in diesen Tagen hatte er wieder Kontakt mit Debbie, einer alten Flamme von der UCLA, aufgenommen. Grove titulierte sie voller Bewunderung als „sprechenden Arsch". Debbie war so etwas Ähnliches wie eine Aktivistin, und so stand Wash plötzlich inmitten eines Kreises von teils schwarzen und teils weißen Studenten, klatschte in die Hände und sang *Blowin' in the Wind,* während rundherum ein Bataillon von Bullen in Kampfausrüstung die Waffen zückte. Und Bullen sind, wie man weiß, keine geduldigen Menschen.

– Ich habe ordentlich Prügel bezogen, sehr viel, Bruder!

Grove rieb ihm die Schulter mit Kampferöl ein, lachte und schüttelte den Kopf.

– Das nächste Mal jagst du ihm eine Kugel in den Kopf, dann geht es dir besser, Bruder!

– Gewalt … au, sachte! Mit Gewalt löst man kein Problem.

– Wer hat dir das gesagt? Dein Freund, der Inder?

– Ja, Gandhi.

– Ihm haben sie auch eine Kugel in den Kopf geschossen, oder täusche ich mich?

Ja, die Gewalt. Früher oder später müssen wir es alle mit der Gewalt aufnehmen. Am 11. August 1966 brach im Ghetto von Watts eine heftige Revolte aus. Wodurch wurde sie ausgelöst? Die Historiker wissen es bis heute nicht. Vielleicht gab es nicht nur einen Funken. Vielleicht gibt es unausweichliche chemische Verbindungen. Vielleicht hatte das Chaos einen Treffer gelandet, wie Kirk gesagt hätte. Tatsächlich wurde Los Angeles eine Woche lang zum Schauplatz heftiger Ausschreitungen mit Todesopfern. Die Mütter ließen ihre Kinder nicht mehr zu Wash in die Schule gehen und sperrten sich zu Hause ein, während Männer und Jungen bewaffnet und mit bloßen Händen auf den ewigen Feind losgingen. Die Bullen. Den Staat.

– Komm mit, Wash. Zeig, aus welchem Holz du geschnitzt bist.

– Ich bin gegen Gewalt, Grove.

– Arschloch. Wenn ich zurück bin, unterhalten wir uns darüber. Heute will ich weißes Fleisch brennen sehen.

Grove kam zurück. Am 15. August klopfte er kurz nach Mitternacht an die Garage. Er war blutüberströmt und hielt sich die Seite, in der eine Kugel steckte. Wash legte ihn auf sein Bett und nahm ihm vorsichtig die Waffe aus der Hand.

– Ich hole einen Arzt.

– Verdammt, draußen ist die Hölle los, du würdest nicht einmal um die Ecke kommen. Versperr die Tür und bring mir was zu trinken, Bruder.

Wash gehorchte. Grove trank ein wenig Wasser, dann schloss er die Augen. Er atmete mühevoll. Wash nahm einen Stofffetzen und Merbromin und desinfizierte die Wunde. Grove schlug wieder die Augen auf.

– Du verlierst Zeit. Schwör mir, dass du Elias aus dieser Scheiße rausholst.

– Das machen wir gemeinsam, Grove.

In diesem Augenblick krachte es, die Garagentür wurde eingetreten und zwei bewaffnete Polizisten kamen hereingestürmt.

Mit einer instinktiven Abwehrgeste hob Wash die Hände.

Die Polizisten eröffneten wortlos das Feuer.

Wash sah, wie Groves Körper, von Kugeln durchsiebt, zuckte.

Er reagierte instinktiv. Er packte die Pistole und schoss auf den erstbesten Polizisten.

Er lief zur Tür, drehte sich um, schoss noch einmal und stürzte auf die Straße.

Er lief und lief, während Watts rundherum in Flammen stand, er lief vor dem Hintergrundgeräusch der wie verrückt heulenden Sirenen, er lief und stieg über auf dem Boden liegende Körper und schoss auf nicht erkennbare Schatten.

Aus einem Winkel tauchte ein alter, hellblauer Studebaker, Baujahr 1953, auf.

Der Wagen blieb quietschend stehen. Eine Tür ging auf. Eine weiße Hand wurde herausgestreckt. Eine Frauenstimme forderte ihn auf:

– Steig ein, schnell!

5.

Bei Washs Erzählung musste Jay über Doktor Kirks Theorien nachdenken. Wie groß war die Wahrscheinlichkeit, dass Wash in dieser Nacht auf den Straßen von Watts ausgerechnet auf Tracey stieß? War das die Handschrift des Chaos? Auf jeden Fall brauchten die beiden jungen Leute unbedingt Hilfe. Tracey war abgemagert und fast nicht mehr zu erkennen. Eine Art Kranz verwelkter Chrysanthemen lag auf ihrem Kopf. Und verwelkt, frustriert, nahezu resigniert wirkten auch ihre langen Haare. Sobald Wash mit der Erzählung fertig war, war er in sich zusammengesunken wie ein Ball, dem man die Luft ausgelassen hatte. Tracey sagte, dass sie im Marin County in einer Hippiekommune aufgenommen worden waren, doch nach einigen Tagen relativer Ruhe hatte einer der Jungs Wash anhand eines Fahndungsfotos in der Zeitung erkannt. Tracey sollte mit ihm ins Bett gehen, sonst ließ er sie auffliegen.

– Ein schönes Arschloch.

– Das ist die dunkle Seite von „peace, love and music". Glaub mir, es gibt sie und sie macht Angst.

Sie waren Hals über Kopf aufgebrochen. Eine Zeit lang waren sie ziellos durch die Staaten geirrt, hatten hie und da einen Job angenommen. Mit dem letzten Geld, dem Erlös aus dem Verkauf des Studebaker, hatte Tracey die Bruchbude in Harlem gemietet.

– Entschuldige, Tracey, aber warum hast du nicht deine Familie um Hilfe gebeten?

Ihre Eltern, sagte sie, hätten sich scheiden lassen. Der Vater hatte wieder geheiratet und die Stiefmutter verwaltete das Vermögen.

– Ich könnte das Problem lösen, wenn ich nach Montreal führe, Jay. Doch ich traue mich nicht, Wash allein hier zu lassen. Im Augenblick hilft mir nur Chuck. Aber auch er schwimmt nicht gerade in Geld.

Sie steckten wirklich in Schwierigkeiten.

– Okay, ich schaue, was ich machen kann. Für Erste schluckt diesen Trip, mir zu Ehren.

Jay sah eine Art Leuchten in ihren Augen, während sie den Trip schluckten. Das LSD belebte sie ein wenig. Unter dem Vorwand, er habe eine dringende Arbeit zu erledigen, bei der er klar im Kopf sein müsse, verzichtete er darauf, ebenfalls einen Trip zu werfen. In Wirklichkeit hatte er jedoch keine Lust, zu tun, als ob. Die Begegnung mit Tracey und Wash hatte ihn bestürzt. Bevor er nach Manhattan zurückfuhr, gab er ihnen ein paar Dollar, die er in der Tasche hatte.

Am Vormittag darauf bat er Kirk um Hilfe.

– Nun, ich dachte, sie könnten Senn bitten, die Anklage gegen Wash fallen zu lassen. Oder ihm einen falschen Pass zu besorgen. So etwas in der Art.

– Lobenswertes Mitgefühl, flüsterte Kirk. Und versprach, eine Lösung zu suchen.

Doch es gab keine Lösung. Kirk versuchte es nicht einmal. Und man konnte es ihm auch nicht vorwerfen. Seine Beziehung zu Senn befand sich auf einem historischen Tief, und er hatte keine Lust, sie noch mehr zu gefährden, selbst wenn die beiden Unbekannten in Zukunft für seine Pläne hätten nützlich sein können.

Doch aus Jays Sicht ging es nun Schlag auf Schlag. Ein Anruf Jerry Browns brachte die Wende.

– Heureka, Jay! Ich habe sie gefunden. Die perfekte Synthese! Ich bin Gott, mein Freund. G-O-T-T. Ich habe ihm das Geheimnis der Schöpfung entrissen. Du musst sofort zurückkommen, Jay. Du musst dieses wunderbare Geschenk unbedingt ausprobieren.

Und das tat er auch. Sein Instinkt entschied, was zu tun war. Er verkaufte die Corvette des Steuerberaters, kratzte alle Dollars zusammen, die er besaß, und gab Tracey und Wash die ganze Summe.

– Sucht euch eine bessere Wohnung. Ich fliege nach London. Ich versuche eine Lösung für euer Problem zu finden.

In Wirklichkeit lag ihm jedoch viel mehr am Herzen, sich selbst wiederzufinden.

Fürs Erste gelang es ihm jedoch, sich zu verlieren.

An dem Abend, als er in London ankam und noch benommen vom Jetlag war, gab ihm Jerry Brown seinen neuen Stoff zum Ausprobieren.

Jay schluckte zwei weiße anonyme Pillen. Bereit, die x-te Enttäuschung hinzunehmen, und dennoch in der insgeheimen Hoffnung, endlich etwas Neues zu erleben.

Gut. Irgendwann befreite sich sein Herz aus dem Brustkorb und er sah, wie es um ihn herumflatterte, pochend und sehr lebendig, karminrot. Er verließ sein Selbst, das auf dem Sofa lag, mit einer Hand auf Flo und der anderen auf May, und schwebte leicht durch Brandons Wohnzimmer, jeder Ton von *Satisfaction* im Hintergrund war der silberne Triller einer freundlichen Glocke, und der schwebende Jay und der liegende Jay lächelten einander voller Liebe an. Und Lotte, die Ziege, hatte einen vollen Milcheimer zwischen den Zähnen. Er machte einen Schluck, und dann bot er Flo einen an, die bot May einen an, die wiederum bot Brandon einen an, der wiederum bot den anderen beiden einen an, so vollzog sich die Vereinigung mit der Ziege.

Und dann stieg ein Jay Dark in den Himmel auf und der andere stürzte in die Hölle. Und der erste Jay sah seinen Vater, den er nie kennengelernt hatte, und die Mutter, die ihn nicht geliebt hatte: Sie lächelten ihn an, und einen Augenblick später verwandelten sich ihre Gesichter in furchterregende Fratzen. Eine Sekunde später sah Jay Marilyn Monroe auf der Lithografie von Andy Warhol, die ihm zuzwinkerte und für ihn einen Strip hinlegte. Und ein Jay war ein Adler und der andere Jay war ein blinder Wurm, der durch die Eingeweide der Erde kroch, und ein Jay schwamm in den Wellen des Ozeans und der andere stieg zum Lavastrom hinunter, und schließlich vereinigten sich die beiden Jays mit süßer herzzerreißender Langsamkeit.

Jay Dark hatte Leidenschaft verspürt. Übereinstimmung. Er war aus sich herausgetreten.

Also konnte auch er es erleben.

Er hatte es geschafft.

Es existierte ein Stoff, der Jay in die Knie zwingen konnte.

Gabe, geh scheißen.

Er war einer von ihnen.

6.

Das Produkt, das Jerry Brown entwickelt hatte, war noch nicht perfekt. Die Wirkung des Stoffes dauerte viel kürzer als die eines „normalen LSD-Trips", nur knapp zwei Stunden, im Gegensatz zu den acht bis zehn Stunden eines herkömmlichen Trips. Beginn als auch das Ende waren jäh, unvermittelt. Man schluckte eine Tablette – Jerry Brown hatte ungefähr fünfzehn produziert, die aussahen wie normales Aspirin – und schon war man voll high. Und die Wirkung hörte auch völlig unvermittelt auf. Aus einem geheimnisvollen Grund verursachten manche Trips keine Benommenheit wie andere Halluzinogene, sondern eine enorme Beschleunigung der Reaktion: Unter

Umständen begann man unbändig zu zittern, wie bei einem inneren Erdbeben, und das Angenehme oder Unangenehme dabei war, dass die Bewegungen der Menschen rundherum plötzlich absurd schnell wurden.

– Was hat du da reingetan, Jerry?

– Die Formel ist mein Geheimnis, Freund.

Jerry war zwar zu Recht stolz auf seine Entdeckung, doch es irritierte Jay, dass er die Formel geheim halten wollte. Immerhin waren sie Geschäftspartner. Und um die Wahrheit zu sagen, hätte es seine „göttliche Pille" ohne Jays Anfangsfinanzierung nicht gegeben. Jerry Brown hatte vergessen, dass auch Jay Chemiker war. Er machte ein paar Analysen. Abgesehen von der üblichen Säure fand er Spuren von Scopolamin, ein Stechapfel-Alkaloid, das die Russen angeblich einsetzten, um Häftlinge zu Geständnissen zu bewegen, Amphetamin, PBC und THC, die psychoaktive Substanz von Cannabis. Doch einige Ingredienzien waren absolut nicht erkennbar. Er mutmaßte, es handle sich um einen Pilz aus den Anden oder um Schlangengift, doch alle Versuche, das Geheimnis der „göttlichen Pille" herauszufinden, verliefen im Sand. Jerry Brown erwies sich außerdem als unangenehm geldgierig.

– So etwas hat es noch nie gegeben! Man wird sich um die Trips reißen! Wenn ich auf Hochdruck arbeite, kann ich fünfzig Tabletten pro Tag produzieren. Vielleicht sogar hundert. Bei deinem Verkaufstalent werden wir reich. Ich würde sagen, zehn, nein, fünfzehn Pfund Sterling pro Trip. Sobald das Produkt auf dem Markt Fuß gefasst hat, verdoppeln wir den Preis. Ach, übrigens, die Formel gehört mir. Ich will fünfundsiebzig Prozent aller Einnahmen. Die Spesen gehen auf dein Konto.

– Soll das ein Witz sein? Auch wenn die Formel dir gehört, würdest du ohne Ergotamin nicht weit kommen.

– Sechzig vierzig?

– Fünfzig fünfzig.

– Und die Spesen?

– Die teilen wir auch. Ich bin großzügig und übernehme die Anfangsfinanzierung.

– Abgemacht, Bruder!

Jaja, Bruder! Sobald es um Geschäfte geht, gibt es keine Bruderschaft mehr. Kirk bombardierte ihn derweil mit Anrufen, aber Jay dachte nicht einmal daran, sie anzunehmen. Doch um die „göttliche Pille" herzustellen, brauchte man große Mengen von Tartrat. Die Vorräte gingen langsam zu Ende. Und auch das Ergotamin war schon so gut wie aus. Hätte Kirk das eine und das andere besorgen können? War er noch dazu imstande? Aber Kirk war auch in anderer Hinsicht ein Problem. Trotz der jüngsten Meinungsverschiedenheiten, seiner Flucht und dem Wissen, von ihm manipuliert worden zu sein, war er im Grunde sein Geschöpf. Jay mochte den merkwürdigen Doktor. Er verspürte ihm gegenüber zumindest eine moralische Verpflichtung. Es war auch sein Verdienst, dass es ihm gelungen war, aus sich herauszutreten, es war sein Verdienst, dass er nicht mehr der merkwürdige Junge war, der immer fehl am Platz war. Doch wie würde Kirk reagieren, wenn er ihm von der sensationellen Entdeckung Jerrys erzählte? Kirk bedeutete Amerika, CIA und FBI, Stagg und Garreth Senn und die ganze Scheiße, die er endlich hinter sich lassen wollte.

Mit einem Wort, er konnte sich nicht entscheiden.

Und wenn man sich nicht entscheiden kann, trifft immer ein anderer die Entscheidung.

Eines Abends – zwei Wochen nach dem ersten Trip – gingen Jay, Flo und May wieder einmal mit den „göttlichen Pillen" auf eine Reise. Sie waren in der Wohnung in Hackney. Sie hatten Sex. Die Wirkung verging zu rasch. Sie warfen noch einen Trip und dann noch einen und noch einen. In der Morgendämmerung rief Jerry Brown an. Einem Bekannten, einem Farmer, war die Roggenernte verdorben, sie war von dem berühmten hornförmigen Pilz befallen. Er konnte es gar nicht erwarten, sie loszuwerden. Jerry hatte ihm fünfhundert Pfund Sterling angeboten, und der Mann wartete darauf, einen Lastwagen mit der kostbaren Fracht zu beladen.

– Ich komme gleich, Bruder. Warte unten auf mich.

– Ja, gib mir eine Viertelstunde.

Jay duschte, küsste die beiden Mädchen und ging los. Während er über die Schwelle trat, klingelte wieder das Telefon. Jerry war schon unten und wartete. Er beschloss, nicht abzuheben.

Das sollte er bitter bereuen.

Als er in den frühen Nachmittagsstunden nach Hackney zurückkam, wimmelte es von Ambulanzen und Polizisten.

Das Haus brannte.

Flo und May waren in den Flammen umgekommen.

7.

Jays erster Gedanke war, sich der Polizei zu stellen. Doch unter den Menschen in der Menge sah er ein bekanntes Gesicht. Einer der jungen Männer, die den Stützpunkt, den Sitz von MK Ultra in Amerika, frequentiert hatten. Einer von Garreth Senns Männern. Er dachte an Kirks Worte und begriff, dass er diesmal wirklich in Schwierigkeiten steckte. Er lief davon, mischte sich unter die Menge und stürzte in Brandons Wohnung. Sein Freund war völlig durcheinander. Die Polizei war gerade gegangen, davor hatte sie eine gründliche Hausdurchsuchung gemacht. Sie suchten Jay. Ein Sergeant, mit dem Brandon gesprochen hatte, hatte ihm erzählt, Jay habe im Drogenrausch die Wohnung in Brand gesetzt und die Mädchen umgebracht.

– Aber das ist absurd! Ich war in Reading, bei Jerry Brown. Er kann es bestätigen.

Doch Jerry Brown bestätigte es nicht. Beim Verhör erzählte er, er sei allein nach Reading gefahren, denn als er Jay hatte abholen wollen, habe ihm dieser gesagt, er habe es sich anders überlegt und wolle bei den Mädchen bleiben. Zu allem Unglück hatte Jay im Auto gesessen, während Jerry dem Bauern nochmal fünfzig Pfund Sterling bezahlt und ihn überredet hatte, ihm die Fracht nach Hause zu liefern. Der potenzielle Zeuge hatte ihn also nicht gesehen, auch er konnte Jays Version nicht bestätigen. Tja, Jerry meinte wohl, wenn er Jay aus dem Weg räumte, wäre er der alleinige Anbieter der „göttlichen Pillen".

Aus Brandons Wohnung rief er Kirk an. Und erfuhr die ganze Geschichte.

Der Anruf, den er am Vormittag nicht entgegengenommen hatte, war von Kirk gewesen. Der Doktor hatte in Erfahrung gebracht, dass Senn, der wegen Jays Flucht stinksauer war, zwei Jungs nach London geschickt hatte, um ihm das Fell über die Ohren zu ziehen. Sie hatten den Befehl, einen Unfall vorzutäuschen. Die beiden hatten in aller Stille das Haus in Brand gesteckt, weil sie glaubten, Jay sei dort. Und Flo und May umgebracht.

Am Morgen darauf war auf allen Titelblättern sein Foto zu sehen und die Schlagzeilen lauteten mehr oder weniger: *Halluzinierender amerikanischer Drogenhändler setzt Haus in Brand und tötet zwei Mädchen. Die Polizei ist Jay Dark auf den Fersen …*

Brandon brachte ihn auf sein Anwesen in Penzance, in Cornwall. Jay hatte sich eine Glatze geschoren, tausend Pfund Sterling in der Tasche und den Tod im Herzen. Brandon konnte seine Zweifel nicht verheimlichen.

– Aber warum sind sie so sauer auf dich? Wer ist dieser Doktor Kirk? Warum hast du mir nie von ihm erzählt?

– Sie verfolgen mich seit den Zeiten in Harvard, Brandon. Die Faschisten. Unsere Feinde. Sie tolerieren nicht, was wir tun …

Das war eine schwache, wirre, ideologisch motivierte Erklärung. Brandon glaubte ihm, weil er ihm glauben wollte. Weil er Jay Dark als Glücksspender kennengelernt hatte und nicht darüber nachdenken wollte, ob er vielleicht doch was anderes war. Kein anderer wäre ein so großes Risiko eingegangen, ein anderer hätte ihn sofort den Bullen ausgeliefert. Und in einer anderen Zeit und unter anderen Umständen hätte sich wahrscheinlich auch Brandon anders verhalten.

Aber es waren nun mal diese Zeiten, diese Umstände und dieser Brandon.

In den zwei folgenden Monaten lernte Jay Cornwall lieben. Die Menschen waren zurückhaltend, schweigsam und kümmerten sich nur um ihre eigenen Angelegenheiten. Brandon hatte das Gerücht verbreitet, er beherberge einen Schriftsteller, der Inspiration suchte, und die anständigen Leute aus dem Ort gaben sich mit dieser Erklärung zufrieden; wenn er hin und wieder im Ortskern auftauchte, schenkten sie ihm sogar ein Lächeln oder nickten ihm zu. Aus den Nachrichten erfuhr Jay, dass LSD in Amerika nach langem Hin und Her verboten worden war. Das bedeutete, mehr oder weniger auf der ganzen Welt. Die LSD-Jünger hatten mit einem gemeinsamen Massen-Trip gefeiert. Die *Grateful Dead* traten bei einem orgiastischen Abschiedshappening auf.

Jay machte lange Spaziergänge über die windgepeitschten Klippen, atmete den intensiven Geruch des Meeres ein, versuchte vergebens in seinem Inneren zu lesen. Er war leidenschaftlich gewesen und hatte sich in Übereinstimmung gebracht, es war ihm gelungen, sich zu verlieren, doch er hatte sich nicht wiedergefunden. Und je mehr Zeit verging, desto mehr kam er zu der Überzeugung, dass der Augenblick der perfekten Kommunion flüchtig und illusorisch gewesen war. Kirks Worte hallten in seinem Kopf wider: „Du wirst nie sein wie sie. Manche verändern sich, um gleich zu bleiben. Du wirst jede Hürde mit Leichtigkeit überwinden und jede Versuchung abweisen, und letzten Endes wirst du wieder das sein, was du immer gewesen bist und immer sein wirst: ein Agent des Chaos.“

Brandon kam ihn besuchen. Mit einer Nachricht und einer Dose mit sechsundzwanzig „göttlichen Pillen“.

– Jerry Brown ist tot. Kollabiert. Das da konnte ich gerade noch in Sicherheit bringen.

Jerry Brown war tot und mit ihm die Formel der „Pille“. Jerry Brown, der ihn hätte retten können, hatte nicht einmal sich selbst retten können.

Brandon sagte, der Ausdruck „göttliche Pille" habe ihm nie gefallen.

– Gott würde keine Drogen verkaufen, oder? Er würde sie höchstens verschenken.

– Du hast recht. Nennen wir sie Kaos.

– Kaos! Das gefällt mir!

Sie schluckten jeder eine Tablette und prosteten auf die Erinnerung an Jerry Brown. Ein Hurensohn, doch ein genialer Hurensohn.

Brandon streckte sich auf der nackten Erde aus und begann zwischen den Sternen zu reisen. Seine ruhige, träumerische Stimme war der Kontrapunkt zum wilden Echo der Brandung.

Jay spürte gar nichts.

Er schluckte noch eine Pille.

Und spürte noch immer nichts.

Das Fenster hatte sich wieder geschlossen. Die Rezeptoren funktionierten wieder. Die Gabe verlangte wieder ihr Recht. Ein paar Tage später erhielt Jay unerwarteten Besuch.

Senator Stagg.

– Ich komme im Frieden, Dark, sagte er.

Und reichte ihm die Hand.

Rom, heute

Es ist ein unvergleichliches Glücksgefühl, wenn ein Schriftsteller weiß, die richtige Geschichte in den Händen zu haben.

Vergleichbar nur mit dem Gefühl der Befreiung, wenn der Schriftsteller das magische Wort – ENDE – schreibt.

In Flints Version schien alles zusammenzupassen. Der arme Junge, sein harter Überlebenskampf, die Freiheitsliebe. Angesichts seiner Enttäuschung, dass sein Körper aufgrund seiner Veranlagung auch die „göttlichen Pillen" verstoffwechselt und ihm wieder die einzigartige Gabe zurückgegeben hatte, empfand ich großes Mitgefühl. Seine Unfähigkeit zur Ekstase erinnerte mich an eigene Erfahrungen, obwohl ich gehofft hatte, ich hätte sie in einem entlegenen Winkel vergraben. Sein Wunsch, akzeptiert zu werden, einen Platz bei den anderen zu haben … Wie oft hatte ich nicht dasselbe empfunden? Wie oft hatte ich mich abgelehnt, fremd, unsichtbar gefühlt? Vor unzähligen geschlossenen Türen hatte ich den Rückzug angetreten, ich hatte mich vor dem Augenblick gefürchtet, in dem jemand die Tür öffnete, mich streng anblickte und fragte: Was machst du hier? Du bist nicht eingeladen, hau ab.

Noch mehr fürchtete ich allerdings, dass man mich hineinließ. Und gleich darauf feststellte, dass ich nichts zu bieten hatte. Dass man einer leeren Maske die Tür geöffnet hatte.

Ich schickte Flint wieder eine Mail. Ich bat ihn, sich auf Skype mit mir zu unterhalten. Ich hätte ihm eine dringende Mitteilung zu machen. Er antwortete umgehend mit einer Mail. Er würde mich am Tag darauf anrufen. Fürs Erste solle ich den Link öffnen, den er mir schickte. Neugierig klickte ich ihn an. Er führte zu einer Audiodatei mit seltenen Aufnahmen von Leonard Cohen. Flint wusste also auch das über mich! Seit Jahren, unzähligen Jahren, liebte ich die Songs und

Gedichte von Leonard Cohen. Als er gestorben war, hatte ein Freund mir Beileid gewünscht. Als ob er ein Verwandter gewesen wäre. Dabei war ich ihm kein einziges Mal begegnet! Die unveröffentlichten Aufnahmen waren wirklich überraschend. Es waren vorwiegend Amateur-Live-Aufnahmen: Es wühlte mich auf, Cohen *Red River Valley* oder *Streets of Laredo* singen zu hören, oder *Blues by the Jews*. Und sogar das mit Recht als legendär zu bezeichnende *Chelsea Hotel #1*, eine lange Ballade für Janis Joplin, die Jahre später – als ich zum jungen Mann heranreifte und er schon ein Guru war – eine Coverversion singen würde. *Chelsea Hotel #2* eben. Die Datei dauerte mehr als eine Stunde. Ich hörte sie mir zweimal an, von Anfang bis Ende. Damals hatte ich mich gefragt, warum ich so eine Leidenschaft für Cohen empfand. Es hatte im Gymnasium begonnen. Ich hatte in der Zeitung gelesen, der Sänger Leonard Cohen habe einen Literaturpreis für seine Gedichte bekommen. Das beeindruckte mich. Man konnte also Dichter, *poeta laureatus,* sein und außerdem gute Musik machen. Das war eine richtiggehende Erleuchtung.

Ich erzählte meinen Eltern davon. Beide waren altmodische Lehrer. Beide waren skeptisch. Die Lyrik ist etwas Ernsthaftes, sagten sie, und ein Song ist, wie das Wort schon sagt, ein Song. Doch Cohen war der lebende Beweis, dass das nicht stimmte. Cohen. Es verging einige Zeit. Eines Abends gingen wir zu viert aus: zwei Jungs und zwei Mädchen. Jugendliebe, es war ein Samstagabend im Winter. In einem Plattenladen entdeckte ich eine LP von Cohen, und ich erinnerte mich an den Dichter und Folksänger. Die Platte hieß *Songs of Love and Hate.* Auf der Rückseite war ein Foto des Sängers, eines lachenden, jungen, bärtigen Mannes. Und da war auch ein Text. Er lautete: „Sie haben einen Mann eingesperrt, / der die Welt regieren wollte, / die Narren, / sie haben den falschen Mann eingesperrt."

Ich kaufte die Platte.

Unzählige Male hörte ich mir die Platte an. Ich ließ mir eine Gitarre schenken und lernte zu klimpern, nur um diese Songs spielen zu können. Warum? Weil Cohen mit einer Gitarre seinen Mythos begründet hatte. Ja, aber was war der wahre Grund? Keine Ahnung, ich habe es nie herausgefunden. Vielleicht, weil ich sein wollte wie er? Wie er mit seiner wunderschönen Musik und seinen wunderschönen Frauen? War der Wunsch so mächtig, dass er alles andere auslöschte, oder handelte es sich einfach um einen meiner vielen kleinen Wünsche? Um einen, sagen wir, harmlosen Wunsch? Oder vielleicht … um einen möglichen, wenn nicht gar erfüllbaren Wunsch? Flints Geschenk erinnerte mich an all das. Allmählich fühlte ich eine merkwürdige Zuneigung zu diesem seltsamen Anwalt. Dennoch konnte ich ein gewisses Misstrauen nicht loswerden.

Als wir endlich über Skype Verbindung aufnahmen, schwankte mein Tonfall zwischen respektvoll und reuig. Ich war Flint eindeutig eine Entschuldigung schuldig.

– Vielen Dank für Cohen, Anwalt.

– Keine Ursache. Das Zeug findet man auch im Netz.

– Sind Sie ihm je begegnet?

– Ja, sicher. Mehrmals. Ein kleiner, liebenswerter, freundlicher, sehr eleganter Mann. Allenfalls ein wenig kühl. Und Sie? Sind Sie ihm je begegnet?

– Nein, ich war bei einigen Konzerten, aber ich hatte nie den Mut, ihn anzusprechen.

– Umso besser. Vielleicht wären Sie enttäuscht gewesen. Jetzt ist es jedenfalls zu spät. Seine Seele ruhe in Frieden, sprechen wir über uns. Haben Sie darüber nachgedacht?

– Ja, ich muss mich bei Ihnen entschuldigen. Ich bin bereit, meine Vorstellungen zu Jays Herkunft zu überdenken. Vielleicht war er wirklich Darenski, der kleine Kriminelle aus Williamsburg, wie Sie behaupten. Das bedeutet aber nicht, dass ich inzwischen glaube, Sie erzählten mir die ganze Wahrheit …

– Ach, was für eine vertrackte Wendung! Ich bin der Anwalt, nicht Sie! Haha! Sagen Sie es ruhig: Sie haben sich in den alten Gauner verliebt. Ich verstehe Sie. Seinem Charme kann man sich nicht entziehen.

– Aber nein, protestierte ich, – es handelt sich nicht um Zuneigung. Ich spreche als … Schriftsteller. Die Geschichte funktioniert. Und wie sie funktioniert.

Plötzlich brach die Verbindung ab. Aber nicht aufgrund einer Panne bei der Übertragung, sondern weil Flint aufgelegt hatte. Verdammt, war er beleidigt? Ich hatte ihm doch nur angeboten, mit mir die Arbeit und mit etwas Glück auch den Erfolg zu teilen … Ich versuchte die Verbindung wiederherzustellen, doch er war schneller.

– Entschuldigung, Entschuldigung, sagte er schnell, – ich brauchte einen Schluck Whisky …

– Hat mein Vorschlag Sie so durcheinandergebracht?

– Nein. Er ist bloß typisch.

– Reden Sie keinen Unsinn!, rief ich. – Typisch, so ein Blödsinn! Zeigen Sie mir einen Schriftsteller, der bereit ist, sein Ego kränken zu lassen und sich ganz in den Dienst der Geschichte zu stellen. Der sogar bereit ist, sie zu teilen …

– Ruhe, Bruder!, sagte Flint lachend. – Genau darum geht es. Sie sind der Schriftsteller und Sie tragen allein die Verantwortung für das, was bei dieser Geschichte herauskommen wird. Mein Interesse besteht einzig und allein darin, der Wahrheit zu ihrem Recht zu verhelfen, das habe ich ja schon gesagt. Und irgendwann werden auch Sie zu der Überzeugung kommen, dass das, was ich bisher gesagt habe, die Wahrheit ist. In einer Woche sehen wir uns in Rom. Heute Abend schicke ich Ihnen noch etwas, worüber Sie nachdenken können. Leben Sie wohl.

Noch am Abend erhielt ich eine Mail. Wieder war ein Video angehängt.

Am Anfang war Flint zu sehen, als alter Hippie verkleidet, mit blonder Perücke und umgehängter Gitarre.

Er stand vor einem Bücherregal und sang:

If you're going to San Francisco
Be sure to wear some flowers in your hair
If you're going to San Francisco
You're gonna meet some gentle people there

For those who come to San Francisco
Summertime will be a love-in there
In the streets of San Francisco
Gentle people with flowers in their hair

DIE WAHRE GESCHICHTE JAY DARKS, VON ANWALT FLINT ERZÄHLT

CALIFORNIA DREAMIN'

1.

Jay Dark, Tracey und Wash. In einem alten Dodge-Bus, auf den sie große Blumenkränze, ein klassisches Cannabis-Blatt mit einem Herz rundherum und ein vage an das Anarchie-Symbol erinnerndes Zeichen gemalt hatten; wenn sie einer Polizeistreife begegneten, hissten sie eine weiße Fahne mit der Aufschrift „peace, love and music". Ihre Visitenkarte. Der Personalausweis der Bewegung. Eigentlich hatten sie sich selbst zu Hippies erklärt. Sie wurden immer wieder angehalten. Von freundlichen Bullen, die ein Auge zudrückten, und von hinterwäldlerischen weißen Bullen, die nach einem Vorwand suchten, um sie zu vermöbeln, und die – hin- und hergerissen zwischen Verachtung und Bewunderung – verstummten, als Jay den Streifenverantwortlichen seinen Passierschein zeigte, ohne dass seine Freunde es bemerkten. Als sie weiterfuhren, erzählte er Wash und Tracey, halb ernst und halb im Spaß, jeder Mensch habe einen Preis. Sogar Polizisten. High bis zu den Ohren, diskutierten sie die essenzielle Frage: War ein Bulle überhaupt ein Mensch?

So erreichten sie ohne weitere Vorfälle Haight-Ashbury.

San Francisco war innerhalb von eineinhalb Jahren zur Hauptstadt der Hippie-Bewegung geworden. Die bärtigen Jungs und die langhaarigen Mädchen mit den Blumenkränzen hatten ihr Hauptquartier in Haight-Ashbury aufgeschlagen, wo die Wohnungen billig und die Menschen tolerant waren. Die Galionsfigur der Community war ein junger exzentrischer Milliardär namens Augustus Owsley Stanley III. Am 13. und 14. Januar 1967 wurde auf Initiative Stanleys und seiner engsten Mitarbeiter ein großes *Human Be-In* veranstaltet. Stanley wurde zum „Bürgermeister von Haight-Ashbury" ausgerufen. Wahrscheinlich beruhte seine große Beliebtheit auf der Tatsache, dass er die Produktion von LSD in großem Stil finanzierte. Was den Ausdruck *Human Be-In* anbelangte … ein menschliches Sein? Ein kreatürliches Treffen? Es gibt keine sinnvolle Übersetzung für die Bezeichnung des Happenings. Auf jeden Fall verbrachten zwanzigtausend Jugendliche die Nacht auf dem Rasen des Golden Gate Parks, während sich auf der Bühne die Redner abwechselten, von Ginsberg und Leary zu Jerry Rubin, dem Aktivisten, der die Studentenproteste gegen Vietnam anführte, außerdem traten Bands wie *Big Brothers, Jefferson Airplane, Grateful Dead* auf. Alle Mitglieder der Hippie-Bewegung waren da: mystizistische Hare-Krishna-Anhänger, revolutionäre Studenten, Kreative.

Ein schöner Mischmasch, der den Zeitgeist repräsentierte. In Haight-Ashbury gab es Jugendliche, die imstande waren, stundenlang ein Mantra aufzusagen, das einer Kumbh Mela würdig gewesen wäre, eines hinduistischen Festes, das in einem Bad im Ganges gipfelte! Ginsberg und sein augenblicklicher Guru, Bhaktivedānta Svāmī, waren ihre Anführer. Zu zehnt oder zwölft umringten sie die Jugendlichen und sangen den heiligen „Klangkörper", im Grunde ein langes, tiefes Om. Wenn man sich ihnen anschloss, war man willkommen, wenn nicht, war es auch recht, „suchen wir uns halt wen anderen". Eine ziemlich laizistische Religion. Alle möglichen Leute waren da: Bürgerrechtsaktivisten, weiße und schwarze Künstler, angehende Revolutionäre und notgeile Kiffer.

Inmitten dieses Durcheinanders hatte Jay Dark nur ein Ziel.

Er wollte Pam wiederfinden.

Als Senator Stagg von dem Streich in Harvard erfahren hatte (als Pam und Tracey sternhagelvoll und nackt über die Alleen des hehren Wissenstempels gelaufen waren), hatte er seine Tochter wie immer in die Klinik für reiche Verrückte gesteckt. Pam hatte begriffen, dass sie Gefahr lief, Stammgast zu werden, und hatte kapituliert. Zumindest ließ sie ihren Vater in dem Glauben. Sie hatte sich sogar einen Flirt mit einem jungen Anwalt gegönnt, der alle Voraussetzungen erfüllte, kurze Haare hatte, eine Uniformjacke, eine Regimentskrawatte und das Abzeichen der „Skull and Bones" im Knopfloch trug. (Für alle, die keine Ahnung haben, weil sie in den letzten fünfzig Jahren keine Filme gesehen und keine Romane gelesen haben – die „Skulls and Bones" sind die Mitglieder einer Studentenverbindung der elitären Universität Yale, einer Art Ultrageheimsekte von Kindern der Elite, aus der die zukünftigen Führungskräfte rekrutiert werden.) Es schien zu funktionieren, denn Daddy vertraute ihr und gab die Wachsamkeit auf. Irgendwann sprach man sogar von Hochzeit. Das junge Paar fuhr auf Urlaub nach Italien. In Rom hatten sich Pam und ihr ahnungsloser Verlobter Tom im *Hotel Eden* in der Via Ludovisi einquartiert. Zwei Tage nach ihrer Ankunft war Tom hinuntergegangen, um klassischerweise ein Päckchen Zigaretten zu kaufen, während sich Pam nach einer Shoppingtour in den eleganten Läden des Zentrums eine Dusche gönnte. Bei seiner Rückkehr war die Suite leer. Zuerst hatte Tom gedacht, Pam warte in der Bar oder im Restaurant auf ihn. Da er sie nicht fand, fragte er den Concierge nach ihr. „Die Signorina ist kurz nach Ihnen gegangen, ohne eine Nachricht zu hinterlassen." Wahrscheinlich ist sie ein wenig Luft schnappen, sagte sich der junge Mann und wartete in der Bar auf sie. Doch nach einer knappen Stunde und zwei Martinis begann er sich Sorgen zu machen und durchkämmte die Umgebung. Doch die Suche war umsonst. Und umsonst war es auch, dass er die ganze Nacht lang telefonierte und sich in Krankenhäusern und auf Polizeiwachen erkundigte. Pam war verschwunden. Und hatte die Dokumente, den Schmuck und das ganze Bargeld mitgenommen. Auch das ihres zukünftigen Gatten.

Stagg hatte natürlich Himmel und Erde in Bewegung gesetzt, um seine Tochter zu finden. Er hatte herausgefunden, dass Pam nach einer langen Odyssee in Europa wieder in die Heimat zurückgekehrt war und den Schmuck ganz offiziell exklusiven Juwelieren an der Ostküste verkauft hatte. Dann hatte er seine Suche auf Kalifornien konzentriert, dem Lieblingsland der Hippies und aller Alternativen.

Stagg hatte zu Jay gesagt, er sei überzeugt davon, seine Tochter habe sich einer Gruppe von Landstreichern angeschlossen. Möglicherweise hatte sie in einer der Kommunen gelebt oder lebte noch immer dort, wo Drogenmissbrauch und freier Sex an der Tagesordnung waren. Er hatte die besten Privatdetektive engagiert. Er hatte sogar einen grotesken Versuch unternommen, sich in eine dieser Kommunen einzuschleichen, doch er war Hals über Kopf vor zwei blutjungen Mädchen geflüchtet, die ihm Sex und Drogen anboten. Nichts. Alles umsonst. Schließlich war er zu dem Schluss gekommen, nur ein Mensch könne die Ausreißerin finden.

Jay Dark.

Deshalb war Stagg nach Cornwall geflogen. Bei seinen Möglichkeiten war es nicht schwierig gewesen, Jays Versteck ausfindig zu machen. Brandon war mit einer fingierten Festnahme aus dem Weg geräumt worden, und dann standen Stagg und Jay einander gegenüber. Jay hatte den Eindruck, dass Stagg nicht mehr der arrogante Macho von damals war, der ihn skrupellos umlegen wollte. Er war mehr oder weniger ein gebrochener Mann. Ein trauernder Vater.

– Gut, Sie wollen, dass ich Pam zu Ihnen zurückbringe. Aber warum sollte ich das tun? Damit Sie sie wieder in ein Irrenhaus sperren?

Jay war sich bewusst, dass er sich wie beim letzten Mal in einer aussichtslosen Position befand. Stagg hätte ihm antworten können: Mein Guter, du stehst mit dem Rücken zur Wand, die Engländer suchen dich und wollen dich die nächsten dreißig Jahre ins Gefängnis stecken, und das wäre noch die beste Lösung für dich, denn unsere Jungs würden das Problem mit ein paar Gramm Blei lösen. Also mach dich an die Arbeit, sonst ist das Spiel für dich aus.

Doch Jay wusste, dass der Senator freundlich und gefügig sein konnte. Wenn es um Pam ging, wurde der Senator ein anderer Mann. Im Guten wie im Schlechten.

– Pam ist ein fragiles Mädchen. Sie hat sehr gelitten, sie hat sich nie ganz von der Tragödie erholt.

– Welcher Tragödie, Senator?

– Ihr wart jahrelang zusammen und sie hat dir nie von Daisy erzählt?

– Doch, sicher hat sie mir von ihr erzählt. Das war ihre Mutter, nicht wahr? Sie ist gestorben und sie hat getrauert.

– Sie hat dir aber nicht erzählt, wie sie gestorben ist, oder?

– Ein Unfall, nicht wahr?

Stagg seufzte, sein Blick war von Trauer verschattet.

– Das ist die offizielle Version, ja. In Wirklichkeit litt Daisy unter psychischen Problemen und hat sich umgebracht. Leider war Pam bei ihr, als sie sich das Hirn wegpustete. Sie musste stundenlang bei der Leiche sitzen, sie war noch ein Kind … Ich war in einer Sitzung. Meine Angst, meine größte Angst besteht darin, dass Pam wie ihre Mutter …

Ja, sicher, das war eine rührende Geschichte. Und Stagg wusste, wie man eine rührende Geschichte erzählte. Und ja, wenn er von Pam redete, wurde er ein anderer. Aber er war nach wie vor Stagg. Snake Stagg. Stagg, die Schlange. Und an diesem Tag in Cornwall hatte er Jay nur einen Teil der Geschichte erzählt. Der ihm genehm war. Eine Geschichte, bei der er zwar als Trottel dastand, aber nicht als Bösewicht.

Glaubte ihm Jay Dark? War das wichtig? Doch er befand sich in einer ausweglosen Situation, mit dem Rücken zur Wand, und das Klügste, was ein Junge aus Williamsburg tun konnte, war, ihm zu glauben. Ihm zu glauben und eine Abmachung zu treffen.

Schließlich hatten sie einander sogar die Hand gereicht.

Abmachung ist vielleicht ein etwas nobler Begriff für den Pakt, den Jay und Stagg schlossen. Er würde ihm Pam zurückbringen. Im Gegenzug würde Stagg nicht nur alle Anklagen fallen lassen, sondern ihm auch neue Papiere und Geld liefern. Jay würde frei sein. Er würde sich frei bewegen können, mit einer neuen Identität und ohne Verpflichtungen gegenüber Kirk, Senn und der ganzen Truppe.

Verdammt noch mal, frei!

– Nun, mein Junge, sind wir im Geschäft?

– Ein letztes Detail noch, Senator.

– Lass hören.

– Ich brauche ein paar Mitarbeiter.

– Worin liegt das Problem?

Nun, Wash war natürlich ein Problem. Jay war bereit, Pam an ihren verhassten Vater zu verkaufen. Denn darum handelte es sich im Grunde. Um einen Verkauf. Um einen Betrug. Doch im Grunde seines Herzens, das sich hin und wieder der Illusion hingab, so etwas wie Gefühle zu haben, mochte er Wash und Tracey. Seine Bedingung war, dass Wash ein freier Mann wurde.

Was hätte Stagg, der geknickte Vater, sonst tun sollen?

Als Brandon zwei Tage darauf wieder in Penzane auftauchte, saß Jay schon im Flugzeug nach New York. Seinem Freund hatte er eine lakonische Nachricht hinterlassen: „Danke für alles, was du für mich getan hast. Was auch immer passiert, ich werde dich im Herzen behalten. Dein Bruder Jay."

2.

Jay teilte Wash mit, dass alle Anklagen gegen ihn fallen gelassen worden waren.

Er erzählte ihm, jemand hätte den Bullen einen Tipp gegeben, wenn sie den Mörder suchten, sollten sie den naiven pazifistischen Lehrer in Ruhe lassen, der das Opfer einer Verleumdung war, und lieber einen gewissen Samson T. aufs Korn nehmen. Die Bullen hatten den Tipp ernst genommen und waren der Spur nachgegangen. Sie hatten eine stark verweste Leiche und eine halbautomatische Pistole gefunden, die mit der Tatwaffe übereinstimmte. In Wirklichkeit war Samson T. ein Spitzel des FBI und die Leiche war die eines kleinen Straßenräubers, der einer Fehde zwischen rivalisierenden Banden zum Opfer gefallen war. Staggs Jungs hatten gute Arbeit geleistet. Der Kreis war also geschlossen und Wash war wieder ein freier Mann.

– Der kleine Elias lässt dich herzlich grüßen.

– Eines Tages werde ich ihn von hier wegbringen.

– Genieße derweil deine Freiheit.

– Darauf kannst du Gift nehmen, Bruder!

Wash war zwar außer sich vor Freude, doch Tracey musterte Jay merkwürdig argwöhnisch.

– Jay, hattest du in London nicht ein Problem?

Der Straßeninstinkt versetzte ihm einen Adrenalinschub. Natürlich hatte Jay Wash verschwiegen, dass er seine Rehabilitierung veranlasst hatte. Doch im Grund ging es um etwas anderes: Woher wusste Tracey von den Vorfällen in London? Warum sah sie ihn so argwöhnisch an?

– Ich nehme an, ihr habt die Zeitungen gelesen, oder? Das war alles ein kolossales Missverständnis. Jetzt ist alles in Ordnung.

– Ja, aber es ist seltsam, oder?

– Was, Tracey?

– Ich meine … du hast Probleme mit den Bullen und Wash hat Probleme mit den Bullen. Du kommst zurück und bist sauber und du bringst uns einen Fetzen Papier, auf dem steht, dass Wash sauber ist …

– Na und?

– Man könnte argwöhnisch werden.

– Hör auf, Tracey, unterbrach sie Wash. – Feiern wir lieber! Heute ist ein wunderbarer Tag.

– Nein, nein, lass sie ruhig reden. Was genau meinst du, Tracey?

Sie machte eine kurze Pause, dann zündete sie die Bombe.

– Es gibt gewisse Gerüchte, Jay. Ich habe einen Zeitungsartikel gelesen, in dem es um eine Sonderabteilung der CIA ging, die angeblich Agenten in die Bewegung einschleust, um sie zu unterwandern …

– Na und?, fragte er provokant.

– Nichts, verdammt!

Wash verlor die Geduld. Er packte Tracey am Arm und sagte zu ihr, sie solle aufhören. Langsam werde sie paranoid. Das käme daher, weil sie auf der Flucht waren. Überall sähe sie Gefahren und Hinterhalte. Aber das sei der Augenblick, um alles hinter sich zu lassen. Wollte sie vielleicht sagen, Jay sei ein Geheimagent? Wie kam sie auf diese absurde Idee?

– Verdammt, das ist Jay, unser Bruder! Wer hat uns Geld und Stoff gegeben, als wir verzweifelt waren? Er hat sich für uns geopfert! Wovon sprichst du, Tracey?

Sie erwiderte, die Gerüchte seien ernst zu nehmen, sie würden überwacht, das System reagiere auf die Welle der Revolution, sie habe mit eigenen Augen eine Broschüre gesehen, in der es hieß, die Typen in Washington bereiteten einen unkonventionellen Krieg gegen die Bewegung vor.

– Verdammt, was hat Jay mit dem Ganzen zu tun?

Zu seinem Glück wusste Tracey darauf keine Antwort. Sie warf Jay einen letzten Blick zu, dann schaute sie zu Boden.

– Tut mir leid, Jay, Bruder. Das war wie ein Horrortrip. Einen Augenblick habe ich gefürchtet, ich hörte etwas … Falsches. Verzeih mir, wenn du kannst.

– Sicher verzeihe ich dir. Wash hat recht. Das Leben im Untergrund spielt einem übel mit. Aber jetzt ist alles vorbei, meine Freunde.

Nun, die Gefahr hatte sich verzogen. Aber Chapeau, Tracey! Jay hatte immer gedacht, der weibliche Instinkt sei bloß ein chauvinistisches Vorurteil, das sich die Männer hatten einfallen lassen, um die Stärke des anderen Geschlechts zu untergraben.

Tracey zwang ihn umzudenken.

Es gab tatsächlich so etwas wie weibliche Intuition.

Bei Tracey hatte Doktor Kirk jedenfalls ins Schwarze getroffen. Sie war wirklich ein talentiertes, ein sehr talentiertes Wesen. Tracey hatte als Erste gespürt, dass Jay verdächtig war. Aber etwas spüren und etwas fest glauben sind zwei verschiedene Dinge. Tracey ließ sich täuschen. Und Jay verstand, dass er in seiner Rolle noch nicht stark und gefestigt genug war, um alle gefährlichen Situationen zu meistern. Doch in Zukunft würde ihm das gelingen …

Er profitierte von der Erfahrung.

Der Abend ging mit Acid und rotem Burgunder zu Ende.

Und als Jay seine Freunde bat, ihm zu helfen, Pam wiederzufinden, willigten sie ein.

Mit geschwisterlichem Enthusiasmus.

3.

Nun waren sie also in Haight-Ashbury. Sie hatten Pam umsonst in ganz Kalifornien gesucht, und das größte Hippietreffen aller Zeiten war ihre letzte Hoffnung. Jay wollte die Überlegungen und die fatalistischen Thesen gar nicht in Erwägung ziehen, die Stagg von sich gab, wenn er ihm in regelmäßigen Abständen über seine Suche nach dem verlorenen Schäfchen berichtete: Sie ist tot und liegt am Grunde des Ozeans, von den Fischen aufgefressen; sie ist mit einer schwarzen Musikerin nach New Orleans davongelaufen, die sie auf den Strich schickt und regelmäßig verprügelt …

Nein, Pam war quicklebendig. Sie versteckte sich irgendwo und er würde sie auftreiben. Und dann war er frei.

Jerry Rubin, der Anführer der revoltierenden Studenten, stieg auf die Bühne und deklamierte aus seinem:

Szenario für die Zukunft: Yippieland

Alle amerikanischen High-Schools und alle Universitäten werden nach Aufständen und Sabotageakten geschlossen, und Schulter an Schulter werden die Polizisten den Campus umzingeln. Die Schulen werden den Schweinen gehören. Millionen Jugendliche werden auf die Straßen aller Städte strömen, tanzend, singend, kiffend, öffentlich vögelnd, auf Trip, sie werden Einberufungen verbrennen, den Verkehr blockieren. Das Pentagon wird Soldaten ausschicken, um die Guerillakriege in Laos, in Thailand, in Indonesien, in Indien, im Kongo, in Bolivien, in Südafrika, in Brasilien, in Frankreich zu bekämpfen. Hohe Regierungsbeamte werden sich den Yippies ergeben. Das Außenministerium wird bei seinen höchsten Beamten Yippie-Ansteckung feststellen. Schwarze Polizisten werden sich auf den Straßen dem Befreiungsheer anschließen, das aus Weißen und Schwarzen besteht. Schüler werden das ganze Land besetzen, die Radio- und TV-Sender, die Zeitungsredaktionen. Polizeiwachen werden in die Luft fliegen. Die Revolutionäre werden in die Gefängnisse eindringen und alle Häftlinge befreien …

Wenn Pam wirklich in Haight-Ashbury war, dachte Jay, würde sie sich keinesfalls Rubins Reden entgehen lassen. Die drei Jäger verteilten sich mit aufmerksamem Blick über das Gelände – absolutes Drogenverbot bis zur Sichtung der Beute –, als Treffpunkt hatten sie das Zelt eines Typs auserkoren, der sich als *Der Prophet* bezeichnete. Sie hatten es ausgewählt, weil es das höchste, bunteste, unverwechselbarste war. Jay lief in seinem Sektor zwischen den Menschen auf und ab.

Rubin predigte:

Die Angestellten werden die Computer abstellen und Kaugummi ins Getriebe kleben. Einheiten der Armee und Nationalgarde werden desertieren und sich mit ihren Gewehren den Revolutionären anschließen. Die Arbeiter werden die Fabriken besetzen und sie selbst verwalten, ohne Profit. Alle, die kurze Haare haben, werden sich augenblicklich die Haare wachsen lassen. Die Piloten der Yippie-Hubschrauber werden die Polizeistationen mit LSD-Gas bombardieren. Das Pentagon wird die Yippie-Stützpunkte bombardieren, und wir werden auf die Flugzeuge am Himmel schießen.

Die Menge wurde immer ekstatischer. Jerry redete sich zunehmend in Rage, er stieß seine Worte im Marschrhythmus hervor. Jay glaubte ein paarmal Pams Silhouette zu sehen, ihre tiefschwarzen Haare, ihre schlanke Gestalt. Doch es war falscher Alarm. Er ging zu seinen Freunden zurück, die mit untröstlicher Miene neben dem Zelt des Propheten auf ihn warteten.

Die Jugendlichen werden ihre Eltern aus dem Haus jagen, die Wohnviertel in Guerilla- und Waffenlager verwandeln. Wir werden Banken überfallen, uns gemeinsam mit den Kassierern das ganze Geld schnappen und es in einem riesigen Freudenfeuer mitten in der Stadt verbrennen.

Sie machten sich wieder auf die Suche, allerdings mit vertauschten Rollen. Jay ging zum Sektor, den Tracey vor ihm umsonst abgesucht hatte. Verdammt, er musste sie finden.

Die früheren Revolutionen hatten das Ziel, sich der Autorität des Staates und gleich darauf der Produktionsmittel zu bemächtigen. Die Internationale Jugendrevolution hingegen wird mit einem massiven Zusammenbruch der Autorität beginnen, mit Massenrebellion, totaler Anarchie aller Institutionen der westlichen Welt. Banden von Langhaarigen, Schwarze, bewaffnete Frauen, Arbeiter, Bauern und Studenten werden die Macht übernehmen. Der Yippie-Mythos wird in alle amerikanischen Strukturen eindringen. Für die Revolution wird es ein Schock sein, festzustellen, dass sie überall Freunde hat, Freunde, die nur auf den Großen Augenblick warteten.

Tausende Stimmen begannen *Gro-ßen Au-gen-blick, Gro-ßen Au-gen-blick* zu skandieren. Ein paar begannen zu tanzen. Viele machten es ihnen nach. Jay konnte sich kaum einen Weg zwischen den ekstatischen Menschen bahnen. Seine Hoffnung schwand allmählich.

Bei den gemeinschaftlichen Treffen im ganzen Land wird Bob Dylan seine Songs anstatt der Nationalhymne singen. Es wird keine Gefängnisse mehr geben, keine Gerichte und keine Polizei. Das Weiße Haus wird ein öffentlicher Schlafsaal werden, für alle Obdachlosen in Washington. Die Welt wird eine riesige Kommune werden, Essen und Wohnen werden gratis sein, alle werden mit allen teilen. Uhren und Wecker werden zerstört. Die Friseure werden in Umerziehungslager geschickt, wo sie sich die Haare wachsen lassen. Den Tatbestand „Raub" wird es nicht mehr geben, denn alles wird gratis sein.

Verzweifelt betrat er jedes einzelne Zelt, kümmerte sich nicht um Proteste und Grinsen. An den immer lauter werdenden Schreien und am Klatschen erkannte er, dass Jerry Rubin das große Finale anstimmte. Am Boden zerstört kehrte er zum Zelt des Propheten zurück. Plötzlich wurde es ganz still. Jerry Rubin verkündete seine abschließende Botschaft.

Das Pentagon wird in ein Experimentierlabor zur Produktion von LSD verwandelt. Es wird keine Schulen und Kirchen mehr geben, denn die ganze Welt wird Kirche und Schule sein. Die Menschen werden am Vormittag in den Feldern arbeiten und am Nachmittag Musik machen und vögeln, wo und wann es ihnen gefällt.

Die revolutionäre Predigt war zu Ende. Und Jay hatte Pam nicht gefunden. Der Prophet, ein zwei Meter großer Ex-Basketballspieler, bot ihm einen Joint an. Jay lehnte mit einer zerstreuten Geste ab. Der Prophet sah einem Mädchen nach, das ausgerechnet in diesem Moment vorbeiging.

– Hallo, du Schöne, willst du einen Zug?

Sie drehte sich um und nahm das Angebot mit einem bezaubernden Lächeln an.

Sie hatte lange, tiefschwarze Haare.

Sie und Jay blickten einander an.

Das Mädchen war Pam.

– Jay, was machst du denn hier?

4.

Als sie in ihrem Bus saßen, wollte Pam alle, auch Wash, lange umarmen, nach zwei Trips grinste sie benommen.

Tracey und Wash wechselten einen Blick und ließen Jay und Pam unter einem Vorwand allein.

Ein Blick.

Ein erster Kuss.

– Pam …, sagte er, als wieder Zeit für Worte war.

– Psst.

Sie versiegelte ihm die Lippen mit einem Kuss und lächelte. Gähnte. Schloss die Augen.

Jay seufzte erleichtert. Wenigstens die Phase mit den langen Erklärungen beziehungsweise Lügen blieb ihm erspart.

Wie fühlte Jay sich in diesem Augenblick? Als Arschloch? Bei seinem verkümmerten Gewissen wäre das zu viel verlangt gewesen. Des einen Freud ist des anderen Leid. Er musste Pam ihrem Vater ausliefern, sonst hätte er keine Zukunft gehabt. Er hatte gar keine andere Wahl. Sicher, es war schwierig, sie mit Staggs Augen zu sehen, Pam schien absolut nicht das zerbrechliche und traumatisierte Mädchen zu sein, als das ihr Vater sie beschrieb. Im Gegenteil, sie schien in Höchstform, aus ihrem Blick war jede Spur der Unruhe und des Schmerzes verschwunden, die sie in Harvard gequält hatten. Doch zweifellos war sie ein fragiles Wesen, und Jay war augenblicklich klar, dass sie nicht lange durchhalten würde. Früher oder später würde sie die Realität zur Kenntnis nehmen müssen, wie alle anderen Idioten auch, die Leary und Rubin zujubelten. Bei diesem Spiel gab es nur Sieger und Verlierer. Pams Schicksal war besiegelt, ob sie nun frei herumlief oder in den Händen ihres Vaters landete. Deshalb hatte Jay überhaupt keine Gewissensbisse. Am Tag darauf würde er Pam unter dem Vorwand eines ausführlichen Frühstücks in ein Café in San Francisco führen und Stagg anrufen. Der würde ein Team durchtrainierter Jungs schicken und dann war die Sache erledigt.

Doch Jay beging einen schweren Fehler. Er schlief in ihren Armen ein. Als er aufwachte, saß der Prophet vor ihm, mit einem Bier in der einen und einem Joint in der anderen Hand.

– Mein Freund, das Mädchen von gestern …

– Pam.

– Ja, Pam. Ich soll dich von ihr grüßen.

Jay war augenblicklich hellwach. Das war ja nicht zu fassen! Reingefallen wie ein Anfänger!

– Natürlich hat sie dir nicht gesagt, wo …

– Nein, hat sie nicht. Aber der Prophet ist klug, mein Freund. Der Prophet hat begriffen, dass dich dieses Mädchen interessiert, und so ist der Prophet ihr nachgegangen …

– Und?

Der Prophet zog sein Hemd aus und drehte sich um.

– Lies, mein Freund

– Was soll ich lesen, Freund?

– Das Tattoo, lies das Tattoo …

Jay schaute genauer hin. Der Prophet hatte eine Tätowierung auf dem Rücken, mit dem Antlitz Jesu darauf, und darunter stand:

BELOHNUNG für alle Informationen, die zur Festnahme von Jesus Christus führen. Gesucht wegen Aufruhr, krimineller Anarchie, Landstreicherei und Verschwörung zum Zweck des Umsturzes. Er ist ärmlich gekleidet. Arbeitet angeblich als Tischler. Er ist unterernährt und hat Visionen. Verkehrt mit gewöhnlichen Leuten, Arbeitslosen und Vagabunden.

– Schön. Ein echtes Kunstwerk. Aber was hat das mit Pam zu tun?

– Jesus Christus war arm, mein Freund. Und der Prophet ist arm wie Jesus Christus.

Das war eindeutig.

– Wie viel verlangst du?

– Der Prophet verkauft sich nicht um schnödes Geld, mein Freund. Doch ein wenig von dem Stoff, den du und deine Freunde gestern geworfen haben, würde der Erinnerung des Propheten auf die Sprünge helfen …

Eine halbe Stunde später, als er wieder bei Wash und Tracey war, heftete sich Jay wieder auf Pams Spuren.

Pams Verhalten sollte für immer ein Geheimnis bleiben. Hatte sie wie Tracey den Braten gerochen und war davongelaufen, weil sie ahnte, dass Jay sie verraten würde? War wieder die weibliche Intuition daran schuld? Oder war Pam aufs Neue einer plötzlichen Eingebung gefolgt, hatte sie sich, wie viele in diesen Jahren, einfach von einem nicht zu unterdrückenden Impuls leiten lassen? Der Prophet sagte, sie sei zu einem fetten, behaarten Biker auf die Harley-Davidson gestiegen. Das war beunruhigend. Was machte ein Biker in Haight-Ashbury? Biker waren mehr oder weniger Faschisten, in Banden organisierte streitsüchtige Raufbolde wie die Hells Angels, immer auf der Suche nach einem Schädel, den sie einschlagen konnten. Was zum Teufel hatten die Typen mit Pam und der Bewegung zu tun? Doch das Ziel, das Pams neuer bärtiger Zenturio angegeben hatte, ergab mehr Sinn: Millbrook.

5.

Nachdem Leary in Harvard hinausgeworfen worden war, waren er und sein Hofstaat in eine Villa mit fünfundsechzig Zimmern am Rande von Millbrook gezogen, ein kleines Städtchen mit nur zweitausend Einwohnern, zwei Stunden von New York entfernt. Der Besitzer der Villa und des tausend Hektar umfassenden Geländes war William Mellon Hitchcock, ein vierzigjähriger Broker und Milliardär, ein Nachkomme von William Larimer Mellon, dem Gründer von Gulf Oil, und von Andrew Mellon, einem Außenminister während der Prohibition. Bill Hitchcock war das schwarze Schaf der Familie, ein exzentrischer Junkie. Das hatte ihn jedoch nicht daran gehindert, in seiner ersten Lebenshälfte sechzig Millionen Dollar zu machen, und es würde ihn auch nicht daran hindern, Leary einen Tritt in den Hintern zu geben, sobald die Luft um ihn dünn wurde. Doch im Augenblick bot er Leary, dessen Hofstaat und den ganzen radikalen amerikanischen Intellektuellen einen goldenen und sicheren Unterschlupf. Jay hatte zwei Probleme. Millbrook befand sich an der anderen Küste Amerikas.

Und Tracey und Wash hielten Pams Flucht für sehr merkwürdig.

Schließlich erreichten sie nach einer zweitägigen Reise, müde und dennoch aufgeregt, Millbrook.

Als sie in Millbrook ankamen, stellten sie augenblicklich fest, dass Leary und die Seinen nicht wirklich beliebt waren. Auf dem Weg vom Ort zum Tor der Villa wurden sie mindestens fünfmal angehalten und durchsucht. Jay bedauerte, dass er Stagg nicht angerufen hatte: Die unfreundlichen Bullen dieses Countys wussten offensichtlich nichts von seiner Mission. Zum Glück hatte Tracey den Stoff gut versteckt, ihr persönlicher Kaos-Vorrat ging als Aspirin durch.

In seiner Biografie, Jahre danach, beschrieb Leary die Villa, die die Ortsansässigen *Altes Haus* nannten, als ein Gebäude, das eines amerikanischen König Ludwig würdig gewesen wäre. Ein riesiges, luxuriös ausgestattetes Gebäude inmitten von endlosen Feldern, Wiesen, Lichtungen, mit kleinen künstlichen Seen darin.

Leary und die Seinen hatten dieses Wunderwerk der Natur und der Baukunst in einen Schweinestall verwandelt.

In Millbrook konnte man Charlie Mingus begegnen, der *Goodbye Pork Pie Hat* am Kontrabass spielte, oder Gregory Corso – ein bedeutender Journalist, der sich Drogentests unterzog, um darüber einen Bestseller zu schreiben–, der sein Gedicht *Bomb* deklamierte, man begegnete aber auch schlichten Junkies, die auf der Suche nach Gratissex waren. Genau wie in Haight-Ashbury, doch die Stimmung war konzentriert, wenn nicht gar elitär. Alle taten, was sie wollten, und niemand stellte Fragen.

In Millbrook traf Jay einen alten Freund wieder.

Den Iren Mickey.

Jay erblickte ihn, als er mit einem fetten Typ in Biker-Kluft diskutierte. Er wartete darauf, dass der Typ wegging, bat Wash, ihm zu folgen – er dachte, wenn das wirklich der war, auf dessen Motorrad Pam in Haight-Ashbury gestiegen war, könnte er sie zu ihr führen –, und begrüßte Mickey.

– Jay, Bruder!

Sie umarmten einander. Mickey war dünn geworden und, ehrlich gesagt, stank er auch. Er brauchte dringend eine Dusche. Jay fragte ihn, was der Biker an einem Ort wie Millbrook machte.

– Ach, der: ein Junkie von der Westküste. Ich glaube, er ist völlig irre, Bruder. Er will Leary ein Geschäft vorschlagen.

– Ein Geschäft mit einem Biker?

– Nicht nur mit einem Biker. Mit vielen Bikern. Sie wollen eine Sekte, eine Kirche oder etwas Ähnliches gründen. Eine Bruderschaft, so nennen sie sich. *The Brotherhood of Eternal Love.* Ich habe zu ihm gesagt, er soll es sich überlegen. Leary ist nicht da. Er versucht in Europa seine Depression loszuwerden. Aber weißt du, was wirklich seltsam ist?

– Nein. Sag es mir.

– Hast du eine Ahnung, wer bei diesem Biker, John Sowieso, war, ich hab seinen Namen nicht verstanden …

– Spann mich nicht auf die Folter, Mickey …

– Pam, unsere Pam! Ich bringe dich zu ihr. Sie wird sich freuen, dich wiederzusehen. Wie in den alten Zeiten, genau wie in den alten Zeiten!

6.

Pam meditierte im Lotussitz. Mickey hatte sie in einem annehmbaren Zimmer im zweiten Stockwerk der Villa untergebracht. Im Zimmer hing ein scharfer Geruch nach Räucherstäbchen. Pam lächelte Jay an, als ob sie vor einer Minute auseinandergegangen wären.

– Jay, wie schön, dass du da bist!

– Pam, würdest du mir bitte erklären, warum …

– Ich wollte wissen, ob der Wind, der mich hierher geweht hat, auch dich herwehen würde. Jetzt weiß ich es.

Wash hatte nicht ganz unrecht. Vielleicht war Pams offensichtliche Heiterkeit bloß der Kokon einer imaginären Dimension, in der sie außerhalb und jenseits jeder Wirklichkeit trieb. Wenn es tatsächlich so um sie stand, befand sich Stagg durchaus im Recht, und wenn Jay ihm seine Tochter auslieferte, durfte er sich zwar nicht von allen Sünden freigesprochen, doch immerhin amnestiert fühlen. Diesmal würde er alles richtig machen, sie würde ihm nicht wieder durch die Lappen gehen. Er sagte zu Mickey, dass auch Tracey und Wash bei ihm waren, und bat ihn, sie zu holen. Er wollte Pam keinen einzigen Augenblick allein lassen. Als die Freunde kamen, ging er mit Mickey unter einem Vorwand aus dem Zimmer und fragte ihn, wo er telefonieren könne.

Mickey zeigte auf eine Art Kabine. Jay schloss sich darin ein und rief Stagg an. Der Senator begann fast zu heulen und sagte, die Sache würde gleich erledigt sein. Mickey führte Jay in eine unglaublich schmutzige Küche.

– Jetzt nehmen wir einen schönen Schluck, was, Bruder? Stell dir vor, Leary hat einen außergewöhnlichen Rum geschenkt bekommen. Angeblich von Fidel Castro …

– Meiner Meinung nach würde Castro einen wie Leary viel lieber auf dem Hauptplatz aufhängen.

– Du unterschätzt die Kraft der Revolution, Jay.

Der Ire Mickey versuchte zwei nicht ganz so dreckige Gläser aus einem Haufen schmutzverkrusteten Geschirrs zu fischen, mit der einen Hand kramte er in einer bis oben vollen Spüle, in der Teller eingeweicht waren, mit der anderen Hand kämpfte er umsonst gegen eine endlose Prozession großer Ameisen.

– Ich fürchte, wir müssen deinen berühmten kubanischen Rum aus der Flasche trinken, Bruder Mickey!

Der Rum war wirklich ausgezeichnet. Um ihn besser schmecken zu können, wusch sich Jay ein Glas aus.

– Mickey, hat schon jemand Leary erklärt, dass es heutzutage ein Haushaltsgerät namens Geschirrspüler gibt?

– Maschinen entsprechen nicht unserer Philosophie.

– Ihr könntet euch Sklaven anschaffen.

Als er von dem Cocktail aus Tratsch und Nostalgie genug hatte, ließ Jay Mickey stehen und ging zu Pam zurück. Wash und Tracey hatten sie wohl während seiner Abwesenheit einem strengen Verhör unterzogen. Mit besorgniserregendem Ergebnis. Pam sah noch immer engelsgleich oder, besser gesagt, abwesend drein, doch die Freunde waren eindeutig besorgt.

– Es geht ihr nicht gut. Es geht ihr vielmehr beschissen, fasste Tracey die Situation zusammen.

– Wie in dem Film *Invasion*. Offenbar hat ein Alien oder sonst was von ihrem Körper Besitz ergriffen, meinte Wash.

Pam lächelte noch immer. Lächelnd sagte sie leise ein Mantra auf: sanft, traurig, verloren.

Zuerst hatte Jay überhaupt keine Skrupel gehabt, doch jetzt fühlte er sich als totales Arschloch. Pam ging es eindeutig schlecht. Aber sie hatte sich nur deshalb in ihrer illusorischen Parallelwelt eingeschlossen, weil sie ihrem Vater entkommen wollte. Er hingegen war drauf und dran, sie an ihn auszuliefern.

Vielleicht hätte die Sache ein anderes Ende genommen, wenn nicht ausgerechnet in diesem Augenblick die Polizei in Millbrook eingedrungen wäre und alle verhaftet hätte.

Sie brachten Jay, Pam, Wash, Tracey und noch gut zwanzig weitere Gäste auf die Polizeistation. Sie trennten die Männer von den Frauen, doch als Pam auch von den anderen Mädchen getrennt werden sollte, sah sie einen Augenblick lang klar. Sie klammerte sich mit aller Kraft an Tracey, und ihre Augen füllten sich mit Tränen. Zwei hünenhafte Polizistinnen mussten eingreifen.

Kurz nach dem Morgengrauen tauchte Stagg auf. In Begleitung eines unterwürfigen Sheriffs betrat er die Zelle und drückte Jay die Hand.

– Danke, dass du sie zu mir zurückgebracht hast, Junge.

Gleich darauf verpasste er ihm einen Kinnhaken.

– Das ist dafür, dass du sie gefickt hast, du Arschloch!

Aber war das noch wichtig? Das Spiel war zu Ende. Er war frei. Frei für immer. Deshalb rieb er sich das schmerzende Kinn, lächelte beiläufig und ging zur Tür der Zelle.

Der Sheriff versperrte ihm den Weg.

– Was soll das, Senator? Wir haben eine Abmachung.

– Die Dinge verändern sich, Dark.

In Begleitung Staggs und des Sheriffs wurde Jay in eine schwarze Limousine ohne Kennzeichen gesetzt.

Drei Stunden später war er im Stützpunkt.

Kirk wartete in seinem alten Büro auf ihn. Bei ihm war Garreth Senn.

– Willkommen, mein Sohn.

Rom, heute

Als ich ein paar Schritte von der Piazza Navona entfernt über die Schwelle des kleinen *Hotels Genio* trat, spürte ich eine Mischung aus Nostalgie und Wehmut. Flint wartete auf mich, in einem roten Samtfauteuil sitzend, und nippte an einem Whisky. Das *Genio* war das erste Hotel, in dem ich auswärts geschlafen hatte. Ich bin nicht in Rom geboren, doch Verwandte meiner Familie lebten hier. Mit dreizehn Jahren fuhr ich mit meinen Eltern zu einer Familienhochzeit in die Hauptstadt. Wir übernachteten im *Hotel Genio*. Ich erinnere mich noch gut an diese Hochzeit. Inmitten der eleganten, fremden, fröhlich plaudernden Menschen fühlte ich mich völlig fehl am Platz. Man hatte mir extra bei einem Schneider einen grauen Anzug nähen lassen. Ich war schon großgewachsen und hatte einen pubertären Flaum, sehr kurze Haare, ich war ja ein braver Junge, und wusste nicht, wohin mit meinem schweren Körper. Ein Alptraum. Merkwürdig, dachte ich, sehr merkwürdig. Mittlerweile erinnerte ich mich aus der Distanz an diese fernen Jahre. Aus irgendeinem geheimen und unerklärlichen Grund trauerte ich ihnen nach.

Flint ließ mir einen Whisky servieren.

– Ich habe den Eindruck, Sie sind nachdenklich.

– Mir ist gerade etwas Seltsames passiert.

– Erzählen Sie mir.

– Das ist zu intim … Vergessen wir es.

– Nun, wenn wir uns weiterhin treffen, werden Sie noch mehr Seltsames herausfinden … Aber sagen Sie mir: Hat Ihnen das Video gefallen?

– Der Teil, in dem Sie *San Francisco* singen, ist großartig.

– Seien Sie ernst, sagte Flint kichernd , – ich meine den Rest …

– Ja, es hat mir gefallen. Sie waren dabei, stimmt's?

– Und ob ich dabei war. Ich war ein junger Mann, ich war mit dem ganzen Körper, dem Kopf, dem Herzen dabei … Es waren wirklich unglaubliche, einzigartige, nicht zu wiederholende Jahre …

– Erzählen Sie mir mehr davon …

Darauf hatte Flint offenbar nur gewartet. Verdammt, er war wirklich ein begnadeter Erzähler. Er erzählte, er sei die ganze Zeit in Haight-Ashbury dabei gewesen, fast immer „high", und er sagte auch, dass die vielen Gerüchte über diese Nacht und die Hippie-Bewegung fast alle falsch waren.

– Die Hippies waren angeblich liberal? Bullshit. Das ist bloß die britische Art zu sagen, dass sie gegen das System, jedoch keine Kommunisten waren. Sonst hätte man sie als radikal bezeichnet. Damit wir uns recht verstehen: Ein paar Kommunisten waren auch dabei. Aber wahrscheinlich fühlten sie sich in diesem Riesendurcheinander nicht wohl. Zu Drogen hatten die Kommunisten fast dieselbe Einstellung wie Leute vom Kaliber eines Garreth Senn. Sie waren Unterdrücker und Militaristen. Eingefleischte Gegner des Rausches. Gesunde Arbeiterjugend gegen die verweichlichte degenerierte Bourgeoisie. Waren Sie jemals Kommunist?

– Wenn ich nach Amerika fahre, Anwalt, und man mir dieses lächerliche Formular zum Ausfüllen gibt, schreibe ich immer „nein", um Probleme zu vermeiden.

– Gut, Sie wollen nicht darüber sprechen.

– Sagen Sie mir nicht, dass Sie Trump gewählt haben!

– Die Kommunisten sollten Trump ein Denkmal errichten. Dank ihm wird die Linke in dieser Welt wieder Bedeutung erlangen. Nein, die Hippies waren keine Kommunisten. Nicht einmal Rubin war ein Kommunist. Im Lauf der Zeit veränderte sich sein ursprünglich revolutionärer Impetus. Im Alter von vierzig wurde er ein Apostel des Kapitalismus mit menschlichem Antlitz – man muss ihm zugutehalten, dass er den Hang zum Mystizismus nie aufgegeben hat. Sein neues Idol wurde Steve Jobs, der Apple-Chef. Glauben Sie mir, dies ist eine Geschichte der Veränderungen. Der Veränderung und des Durcheinanders. Learys

Frau zum Beispiel, die wunderschöne Nena … verließ Leary und heiratete einen gewissen Thurman. Zum großen Glück der Menschheit bekam sie eine Tochter namens Uma. Uma Thurman … Auch diese Geschichte können Sie nachprüfen.

– Ich prüfe nicht mehr nach. Ich habe beschlossen, Ihrer … Erzählung zu folgen.

– Ich wiederhole: Es ist keine Erzählung. Das ist Geschichte. Das werden Sie schon noch einsehen.

Wir verließen das bequeme *Hotel Genio* und landeten in der üblichen koscheren Trattoria, wo Flint mittlerweile wie ein Stammgast begrüßt und behandelt wurde. Auch diesmal hatte er einen unbändigen Appetit. Und auch einen beträchtlichen Durst. Er trank drei Flaschen Wein, die vom Rabbiner gesegnet worden waren. Ohne betrunken zu wirken. Er beteuerte, dass er mir die Wahrheit und nur die Wahrheit erzählte. Den kleinen Elias zum Beispiel gebe es wirklich, er hatte sich aus dem Ghetto befreien können und war noch am Leben, er arbeitete als Bürgerrechtsanwalt in Lexington in Kentucky. Flint gab mir sogar seine Visitenkarte. Er erzählte mir auch, dass Bill Hitchcock, der Milliardär, der Leary in Millbrook aufgenommen und beschützt hatte, später in den Schoß der Familie zurückgekehrt und in einer internationalen Institution, die wir als Big Oil, als Zusammenschluss der amerikanischen Ölindustrie, kennen, die Karriereleiter hochgeklettert war.

– Aber das heißt nicht, dass er auch damals schon ein Erdölindustrieller war. Damals glaubte Bill wirklich an die Gegenkultur. Doch in San Francisco wurde keine Revolution angezettelt. Auch über das Treffen in Haight-Ashbury ist viel Unsinn gesagt und geschrieben worden. In dem Verschwörer-Blog, den Sie so gern lesen, diesem Müll … heißt es, das sei eine raffinierte Operation der CIA gewesen, um die Blumenkinder aus der Reserve zu locken und die wirkliche Tragweite der Bewegung einschätzen zu können. Ich bitte Sie! Zu diesem Zeitpunkt waren alle Geheimoperationen ausgesetzt. Es gab keine Undercoveragenten, und selbst wenn es sie gegeben hätte, wären

sie nicht imstande gewesen, ein Durcheinander wie das *Human Be-In*
am 14. Januar 1967 zu veranstalten. Die Bewegung war spontan.
Leute wie Kirk und Jay Dark gaben bloß einen kleinen Anstoß. Den
Rest haben die Hippies schon selbst erledigt. Die Zeit der schmutzigen
beziehungsweise wirklich dreckigen Spiele war noch nicht gekommen.

Ich begleitete ihn ins Hotel. Er war ganz nüchtern. Er sang immer
wieder „If you're going to San Francisco". Wie ein altersloser Kobold.

– In den nächsten Tagen muss ich ein paar Angelegenheiten erledigen. Schauen Sie sich das in der Zwischenzeit an.

Ich steckte den USB-Stick in die Tasche und verabschiedete mich
mit einem Händedruck.

Ich gestehe, langsam überzeugte mich dieser Mann. Eine tolle Story.
Ich begann sogar die Möglichkeit in Erwägung zu ziehen, dass er mir
die Wahrheit erzählte.

Bevor ich einschlief, hörte ich mir noch einmal *San Francisco* an.

All across the nation
Such a strange vibration
People in motion
There's a whole generation
With a new explanation
People in motion
People in motion …

Ein Song, der ein halbes Jahrhundert alt war. Wenn man *explanation*,
Erklärung, durch „neue Erzählung" ersetzte, erzählte er dann nicht
von uns, von unserer Zeit? Von mir, dem Erzähler? Erzählung, das bedeutete mehr oder weniger, dass weder zählte, was man tat, noch
wie man es tat. Es kam bloß darauf an, wie man es erzählte, in welchen Mythos man es packte, wie man es erklärte.

Die Masse folgt der neuen Erzählung. Sie folgt dem neuen Mythos.
Wie in der Fabel vom Rattenfänger von Hameln.

Doch am Grund des Mythos liegen konkrete Dinge, echte Ereignisse, Leidenschaften und Obsessionen, die tief in der menschlichen Natur verwurzelt sind.

Anders gesagt: Während Legionen von naiven Menschen dem Rattenfänger und seiner Pfeife folgen und sich in der Höhle des unmöglichen Traums verlieren, sorgt der, der die Pfeife bläst, für die Fakten. Beziehungsweise sammelt er Geld und Macht. Das einzige wirklich Konkrete auf dieser Welt. Und ich bin nicht naiv.

Warum haben die Amerikaner einen Haufen Schandtaten begangen? Natürlich für Geld und Macht. Und die Russen waren nicht anders. Bloß ärmer.

In Flints Erzählung tauchte unweigerlich immer wieder Kirk auf. Seine Rolle blieb merkwürdig unklar. Kirk schien alles bisher Geschehene als Vorspiel zu dem kommenden großen Spiel zu betrachten. Ihm zufolge war das Chaos der Motor aller Dinge.

Und Kirk interessierte nur das Chaos.

Wer manipulierte wen? Waren Senn und Stagg die wahren Befehlsgeber und Kirk nur ein Diener, der sich seiner Rolle bewusst war? Oder war es umgekehrt, war Kirk der Strippenzieher und waren Politiker und Spione nur seine Marionetten? Vielleicht waren sie aber auch so eng miteinander verkettet wie Moleküle in einer Verbindung.

Und was ist die Rolle des Schriftstellers? Manipuliert er die Geschichte oder manipuliert die Geschichte ihn?

Immer stärker spürte ich um mich die Signale des Chaos.

Sie pochten sogar in meinem Inneren.

DIE WAHRE GESCHICHTE JAY DARKS, VON ANWALT FLINT ERZÄHLT

DER AGENT DES CHAOS

1.

Jay Dark und vielleicht auch Kirk zuliebe setzte Garreth Senn so etwas Ähnliches wie ein Lächeln auf. Es war so breit und falsch, dass man ihn im *Actors Studio* augenblicklich erschossen hätte.

– Kurz und gut, die Einwände, die Senator Stagg in Vergangenheit gegen die MK Ultra hatte, sind endgültig beigelegt. Also, willkommen an Bord, Agent Dark!

– Agent Dark?

Kirk bedeutete ihm mit einer Geste fortzufahren, und Garreth Senn erklärte mit honigsüßen Worten die Situation. Die beiden Hurensöhne Kirk und Stagg hatten sich über Jays Kopf hinweg geeinigt.

Er hatte Pam umsonst verraten.

Was den „Agenten" Dark anbelangt, so bedeutete das, dass aus dem vorläufigen und halboffiziellen Mitarbeiter Doktor Kirks nun ein vollwertiger Agent geworden war. Senn gab ihm eine Marke, die zu keiner internen Abteilung und keiner Regierungsagentur gehörte.

– Wozu ist das Zeug dann gut?

– Man kann nie wissen, mein Junge.

MK Ultra nahm wieder den Betrieb auf, und zwar im großen Stil (wie Senn sagte), doch die Mission war so geheim, dass abgesehen von den Anwesenden und wenigen anderen niemand davon wusste. Und während Kirk eine ungerührte Miene machte, bat Senn Jay, einen Eid auf die Verfassung und die Regierung zu schwören.

– Zumindest einer der beiden Eide ist echt, bemerkte Senn mit sarkastischem Grinsen.

– Ich nehme an, dass sie nicht ein und dasselbe sind, stellte Jay kalt fest.

– Regierung und Verfassung? Hin und wieder überschneiden sie sich, mein Junge, aber nicht immer.

Von nun an verfügte Jay über ein großes Budget und musste nur Kirk gegenüber Rechenschaft ablegen, nicht der Regierung, die in Sachen Spesen immer knausrig und engherzig war. Falls er festgenommen wurde oder wenn Justiz oder Polizei in irgendeiner Weise in sein Leben traten, musste er seine Zugehörigkeit zur Firma bestreiten (ja, mein Junge, du darfst diesen Ausdruck verwenden, jetzt, wo du einer von uns bist), die ihrerseits – sollte die Verbindung auffliegen – abstreiten würde, Jay Dark rekrutiert zu haben, ja, sogar ihn zu kennen.

– Ich wäre fertig, Doktor Kirk.

Kirk nickte und bat Senn, einen Augenblick lang sein Büro zu verlassen. Der Agent gehorchte, als sie allein waren, hatte Jay das Gefühl, Kirk meide seinen Blick. Vielleicht war ihm bewusst, ihm übel mitgespielt zu haben. Er wusste ja sehr gut, dass Jay schon seit geraumer Zeit alle Brücken zur Vergangenheit abbrechen wollte. Und er hatte ihn ganz bewusst den Henkern ausgeliefert. Genau wie er es mit Pam gemacht hatte. Er wusste, dass Jay ihm böse war.

– Mein Sohn, wahrscheinlich bist du müde. Wir haben eine Wohnung auf der 57th Street für dich gemietet, sie ist sehr groß und geräumig und entspricht deiner neuen Tätigkeit … Morgen kannst du dich dort in aller Ruhe einrichten. Doch heute Abend möchte ich, dass du hierbleibst. Wir müssen dich einigen Tests unterziehen, und außerdem möchte ich, dass du Gretchen begrüßt …

– Ich bin wirklich sehr müde. Ich glaube, ich möchte so bald wie möglich ins Bett gehen.

– Ich würde dich wirklich gern zum Abendessen einladen, mein Sohn.

– Herr Doktor …

– Ich bitte dich.

Es war neu, dass Kirk ihn um etwas bat. Jay ließ ihn noch ein wenig zappeln, dann sagte er zu. Kirk schien sich zu freuen. Jay verabschiedete sich trotzdem kühl und ging zu Senn, der ihn in einen Behandlungsraum begleitete, wo man den Bluttest und ein paar andere Untersuchungen machen würde, die aufgrund der bürokratischen Bestimmungen notwendig waren. Unterwegs sagte Senn zu ihm, der Tod seiner beiden Freundinnen in London täte ihm leid. Sie waren gewiss nicht die wahren Zielpersonen gewesen, und die, die den Fehler begangen hatten, waren bestraft worden.

– Sicher, Garreth, das Ziel war ja ich.

– Bist du mir böse, Junge?

Er blieb mitten auf dem langen Gang stehen und reichte ihm die Hand. Jay blickte in seine klaren Augen, Augen, in denen der Fanatismus von jemandem leuchtete, der glaubte, auf der richtigen Seite zu stehen. Dieser Hurensohn hatte zwei unschuldige Frauen auf dem Gewissen, weil es ihm nicht gelungen war, ihn umzubringen. Und jetzt war Jay auf einmal kein kleiner Scheißhaufen mehr, sondern ein „Junge".

Jay wusste, dass er nicht besser war als er. Ebenfalls ein Verräter. Er war zwar zu Jay Dark geworden, doch er hatte sich noch immer nicht aus dem Elend befreit, in dem er zur Welt gekommen war. Der Gestank von Williamsburg würde ihm ein Leben lang anhaften, denn für ihn würde es keine Freiheit geben.

– Du bist mir nicht böse, oder?, wiederholte Senn etwas ungeduldig, aber hoffnungsfroh.

In diesem Augenblick wurde Jay Dark klar, wenn er unter diesen Hurensöhnen überleben wollte, musste er ein noch größerer Hurensohn werden als sie.

Der größte Hurensohn, den es je in Amerika und nicht nur in Amerika gegeben hatte.

Er reichte Senn die Hand und drückte sie fest.

– Sicher, Garreth, ich bin dir nicht böse. Ich verstehe dich sehr gut. An deiner Stelle hätte ich genauso gehandelt.

2.

Gretchen hatte Bohnensuppe gekocht, gefüllte Auberginen auf türkische Art, einen Zucchiniauflauf und einen Strudel, den Kirk mit einer beträchtlichen Menge Rheinriesling hinunterspülte. Das Essen war ausgezeichnet, das Gespräch zurückhaltend und kultiviert, in der Küche war es angenehm warm und im Schloss schien alles wie immer. Unverändert, denn Kirk, der Herr und Schlossherr, wünschte, dass sich nichts veränderte. So gingen Jay und der Doktor wie immer in der eiskalten Nacht zu Lotte. Kirk hatte eine Flasche von Gretchens „neuer Kreation" – einen Nussschnaps – und zwei Gläser bei sich. Die alte Ziege konnte inzwischen nicht einmal mehr meckern, doch als sie kamen, schleppte sie sich zumindest zum Zaun und hielt Kirk den Kopf hin, in der Hoffnung, gestreichelt zu werden.

– Und Fidelio?

– Fidelio ist davongelaufen. Sie ist über das Tor gesprungen, keine Ahnung, wie, vielleicht gibt es einfach Wesen, die man nicht einsperren kann.

– Ich hätte auch eine Ziege werden sollen, dann wäre ich jetzt frei, Doktor.

– Ich habe es dir doch gesagt, man kann dieses Spiel nicht nach Belieben verlassen. Würdest du mir bitte etwas Nussschnaps eingießen? Bei dieser Kälte tun mir die Gelenke weh …

Da hatte Jay plötzlich eine Idee. Während Kirk ihm den Rücken zuwandte, ließ er eine Kaos-Tablette in dessen Glas fallen. Dann goss er sich ebenfalls ein und reichte Kirk das Glas mit dem LSD. Der Doktor trank nicht gleich. Nachdenklich stellte er das Glas auf einen großen Stein, kraulte noch einmal Lottes Köpfchen, flüsterte ihr zärtliche Worte zu, und dann erklärte er die Entwicklung von MK Ultra. Während Kirk sprach, ließ Jay die beiden Gläser keine Sekunde aus den Augen. Danach stießen sie an und Kirk leerte endlich das

Glas. Jay bereitete sich, mit einem vagen Lächeln, auf das Feuerwerk vor. Jetzt, wo er alles akzeptiert hatte, wo er sich verkauft und sich hatte betrügen lassen, die Sklaverei akzeptiert hatte, stand ihm der Anblick des mit Kaos zugedröhnten Kirk wohl zu. Das war zwar nur eine geringe Entschädigung für sein geraubtes Leben, aber besser konnte er sich nicht revanchieren. Nachdem Kirk gute zehn Minuten in aller Ruhe an seiner Pfeife gezogen hatte, fragte er ihn, welche Substanz er in das Glas gemischt habe.

In das, von dem Jay Dark getrunken hatte, fügte er vergnügt hinzu.

– Das ist unmöglich! Ich habe die Gläser keine Sekunde aus den Augen gelassen. Sie können Sie nicht vertauscht haben!

– Als Kind, kicherte Kirk, habe ich Zaubertricks gelernt. Ich kannte ein paar sehr lustige. Im Ernst, Jay, was ist im Nussschnaps?

– LSD, log er. Er wollte Kirk nicht von „seiner Substanz", Kaos, erzählen.

– Schon gut, lächelte Kirk väterlich. Du wolltest mir einen Streich spielen, mein Sohn. Ich bin dir nicht böse.

– Doktor, darf ich Ihnen eine Frage stellen?

– Sicher, Jay, frag nur.

– Ich habe nie gesehen, dass Sie jemals eine Ihrer Substanzen geschluckt hätten.

– Gut beobachtet. Ich forsche, untersuche, studiere, verabreiche, aber ich konsumiere nicht.

– Warum nicht?

– Mein Sohn, antwortete Kirk, und füllte noch einmal sein Glas, – mir haben Drogen immer eine Heidenangst gemacht.

3.

Die neuen Richtlinien der Mission MK Ultra waren in einem von
Kirk eigenhändig verfassten Dokument festgelegt, einer Art Memo
für den internen Gebrauch, das jedoch auch als wechselseitige Verpflichtung für die Zukunft diente, denn sowohl Senn als auch Stagg
hatten es unterzeichnet. Das bedeutete, dass alle drei verantwortlich
waren, niemand konnte sich aus dem Staub machen. In der Praxis
begann nun die zweite Phase von MK Ultra, sie wurde als „opera-
tive" Phase bezeichnet, um sie von der ersten, der Forschungsphase,
zu unterscheiden. Das Ziel dieser zweiten Phase war, den Konsum
von psychotropen Substanzen, vor allem LSD, in Amerika und einigen europäischen Ländern zu steigern, denn dort gab es, wie Kirk
sagte, „sehr interessante Szenarien". Kirk meinte damit „sehr interessant im Sinne des Chaos", im Jargon von Stagg und Senn bedeutete
„interessant" jedoch: „Hilfe, die Kommunisten, tun wir was!" Die
Länder waren Italien, Frankreich, Großbritannien. Was hatten sie
mit den USA gemein? In allen diesen Ländern waren vor Kurzem
gesellschaftskritische Jugendbewegungen entstanden und Drogen im
Umlauf. Man musste noch mehr Drogen in Umlauf bringen und
beobachten, wie sich das auf die Jugendbewegungen auswirkte.

Es ging also darum, die jungen Engländer, Franzosen, Italiener
und natürlich auch die Amerikaner mit Drogen zu überschütten.
Das war die geheime Drogenpolitik eines Teils der Regierung. Die
offizielle Politik hingegen stand im Zeichen der Prohibition. Und da
die offizielle Politik öffentlich sichtbar sein musste, während die geheime Politik eben geheim bleiben musste, ergab sich verschärft das
Problem des Nachschubs. Anders gesagt, Kirk konnte nicht mehr
legal LSD produzieren oder es von autorisierten Labors beziehen,
weil es nun mal keine autorisierten Labors mehr gab.

– Was jetzt, Doktor?

– Ganz einfach, mein Sohn, wir machen es selbst. Du machst es.

Mithilfe der Firma würde Jay überall im Land Labors errichten und die Produktion von Anfang an, also von der Verarbeitung des Grundstoffs Ergotamin, überwachen. Für Gebäude, Materialien und die notwendigen Substanzen war jedoch ein großes Grundkapital vonnöten. Kirk hatte auch dafür gesorgt.

– In den nächsten Monaten wirst du wohl nach Genf reisen müssen.

Fürs Erste musste er allerdings eine Zusatzausbildung abschließen.

– Jetzt, wo du ein vollwertiges Mitglied der Firma bist, mein Junge, musst du dich um deine Muskeln kümmern. Hirn hast du genug, doch der Rest ist etwas unterentwickelt!

Einen langen Monat lang musste Jay im Fitnessstudio trainieren, Mann gegen Mann kämpfen, schießen und Selbstverteidigung üben. Die Grundlagen für einen Agenten, der sich allein durchschlagen muss, damit er nicht auffliegt. Jay musste sich auch immer wieder einem Test mit Lügendetektor unterziehen, doch das war kein Problem für ihn: Er war so gut im Simulieren, dass die Maschine sogar absurde Aussagen wie „Morgen wird die Sonne nicht aufgehen" oder „Marilyn ist am Leben und dreht einen Film mit John Wayne" schluckte. Er wurde auch etwas spezielleren Tests unterzogen: Eines Abends drangen zwei Typen mit Kapuzen in seine Wohnung ein, sagten, sie gehörten einem imaginären „Revolutionsheer aus dem East End" an, und forderten ihn auf, zu gestehen, dass er ein Agent auf dem Gehaltszettel der CIA war. Sie verprügelten ihn und gaben ihm zwei Tage nichts zu essen und zu trinken. Jay beschimpfte sie immer wieder als Arschlöcher. Sie injizierten ihm ein Skopolamin-Serum, und er verarschte sie weiter. Am dritten Tag nahmen sie die Kapuzen ab, entschuldigten sich und sagten, er habe den Test bestanden.

Von Garreth Senn, der sich mittlerweile als großer Freund aufspielte, erfuhr Jay, dass Wash und Tracey aus der Haft entlassen und abgeschoben worden waren, weit weg von Millbrook. Er ließ die Entlassung widerrufen und bat Senn, sich auf ihre Fersen zu heften. Er rief Brandon an. Er entschuldigte sich, dass er Cornwall Hals über

Kopf verlassen hatte, und sagte zu ihm, er würde sein Leben lang sein Bruder bleiben, und falls er jemals nach New York kommen würde: „Mi casa es tu casa."

Drei Tage später klopfte Brandon an seine Tür.

4.

– Du bist nach New York gekommen, um einen Scheißfilm zu sehen?

– Keinen Scheißfilm, mein Freund. Den Film. Den, der die Geschichte des Kinos ändern wird. Im Gegensatz dazu ist *Blow-Up* ein Kinderfilm!

Wie alle Künstler war Brandon ein flatterhafter Typ. Seine Vorlieben und seine Überzeugungen änderten sich ständig. In den Wochen, die Jays „kleinem Problem" in London vorangegangen waren, hatte er immer wieder von *Blow-Up* geschwärmt, Antonionis Film über das Swinging London. Jetzt war er von *Chelsea Girls* begeistert.

– Das ist ein Meisterwerk von Andy Warhol und seiner Factory.

Jay teilte seine Begeisterung nicht. Die vier Stunden im Regency-Kino am Broadway, Ecke 68th Street, bei Wahrhols langatmigen Einstellungen, kamen ihm wie eine raffinierte Art von Folter vor. Noch dazu konnte Brandon nicht den Mund halten, begeistert sprach er über die „einzigartige und revolutionäre Struktur" des Films, er verspürte offenbar die Mission, ihm seinen tieferen Sinn zu offenbaren.

– Verstehst du? Der zweigeteilte Bildschirm bedeutet, wir befinden uns im Raum der Synchronizität. Das ist ein Begriff von C. G. Jung, erinnerst du dich nicht?

– Wir haben doch gemeinsam das Seminar besucht, Brand.

– Genau. Zwei Handlungen laufen parallel ab. Nico in der Küche, Nico ist die Blondine, wahrscheinlich hast du sie in Fellinis *La dolce vita* gesehen.

– Auch diesen Film haben wir gemeinsam im Cineclub in Harvard gesehen, Bruder.

– Gut. In diesem Film unterhält sich Brigid am Telefon, lässt sich die Haare schneiden und spritzt sich Rauschgift … Man sieht aber nicht genau, was.

– Aufgrund ihrer geweiteten Pupillen würde ich sagen, Meskalin.

– Vielleicht ist es nur ein Trick … Ach, das ist Mary Might, verdammt, das ist Mary Might, was für eine Naturgewalt, Bruder, eine lesbische Domina, die eine andere Frau angreift, aber nur verbal … und Ondine setzt sich einen Schuss.

– Würdet ihr bitte den Mund halten, ihr Idioten. Wir verstehen kein Wort.

Warhol.

Wer kannte nicht den im Augenblick am meisten angesagten Avantgardekünstler? Jay und Warhol waren einander bei ein paar Gelegenheiten begegnet, hatten aber keine nähere Bekanntschaft geschlossen. Jay wusste jedoch, dass die Partys in der Factory, dem Labor, dem Apartment, dem Happening-House am Union Square, zu denen alle, die in New York Rang und Namen hatten, zumindest einmal eingeladen werden wollten, dank des von ihm gelieferten Stoffs sehr gut gelaufen waren. Aber das war vor London gewesen. Im Augenblick bezweifelte er, dass ein Star wie Warhol sich auch nur im Geringsten an ihn, Jay Dark aus Harvard, an den Mann mit dem guten Stoff, erinnerte. Zur Kunst im engeren Sinn hatte er keine Meinung. Einige Entwicklungen der Pop-Art überzeugten ihn – Lichtenstein und Rauschenberg –, andere machten ihn ratlos. Brandon sagte, alles sei besser als die von Pollocks Ergüssen besudelten Leinwände. Doch Warhol hatte einen eindeutigen Fan: Doktor Kirk.

– Interessant, innovativ. Die Idee der Siebdruck-Serien, Marilyn und die anderen, oder Elvis … Wirklich, das ist große Kunst, mein Sohn.

– Schließen wir ein Abkommen: Sie erklären mir Ihre plötzliche Liebe zur Avantgardekunst und ich beschaffe Ihnen ein Autogramm von Warhol.

– Haha, mein Sohn! Stell dir vor, Senn und die Seinen wollten einmal eine Razzia in der Factory machen. Ich habe sie davon überzeugt, sie aufzuschieben.

– Und wie? Haben Sie ihm erklärt, die Bande von Schwulen, Lesben und Perversen sei die Vorhut im Kampf gegen den Kommunismus?

– Etwas Ähnliches. Heute Marilyn und Elvis, morgen vielleicht Mao.

– Ich verstehe den Zusammenhang nicht.

– Schau, Warhol verewigt den Mythos, und zwar mithilfe seiner reproduzierbaren Kunstwerke. Doch liegt das Wesen des Mythos nicht in seiner Einzigartigkeit? Wenn man Serigrafien schafft, banalisiert man den Mythos, man verletzt seine Heiligkeit. Mit anderen Worten, Warhol ruiniert den Mythos.

– Und Ihrer Meinung nach ist das richtig?

– Richtig, falsch … Du solltest mittlerweile gelernt haben, dass diese Kategorien in meinen Augen keinen Sinn haben … Doch um zu überleben, mein Sohn, braucht der Mensch Mythen. Sobald er einen verliert, sucht er einen anderen, um ihn zu ersetzen. Darin besteht die Großartigkeit des Chaos. Und die Bedeutung Warhols. Er ist ein Mythen zerstörender Erschaffer von Mythen. Für alle, die das nicht verstehen, reicht aber auch Werbung als Erklärung.

– Hin und wieder reden Sie in Rätseln, Doktor.

– Werbung ist die ureigene amerikanische Kunst, sie sorgt dafür, dass sich eine ganze Generation in die Stars and Stripes verliebt hat. In ihren Augen, ich meine, in den Augen von Typen wie Garreth Senn, ist das alles, was zählt …

– Und in Ihren Augen, Doktor?

– Du solltest den Mythos des Königs Indra studieren, beziehungsweise der vielen Könige Indra. Wir unterhalten uns später darüber. In Bezug auf Warhol könnte es nützlich sein.

– In welcher Weise nützlich?

– Bevor wir das Produkt beziehungsweise LSD auf den Markt werfen, werden wir dich, beziehungsweise den Produzenten, auf den

Markt werfen, mein Sohn. Wir müssen einen Ruf als Alternativer für dich kreieren.

– Aber es kennen mich doch alle. Zwischen Harvard und London wissen alle, wer ich bin, und …

– Überschätz dich nicht und vor allem nicht die soziale Aufmerksamkeit. Du warst eine Zeit lang weg. Wahrscheinlich haben sie dich vergessen. Helfen wir ihrem Gedächtnis ein wenig auf die Sprünge, oder?

Man hatte Kirk erlaubt, eine gewisse Menge zu produzieren, damit der Markt nicht völlig unversorgt blieb. Der Kontakt zur Factory würde für die richtige Verbreitung sorgen.

Jay tauchte mit der besten Visitenkarte in der Factory auf: einer Blisterpackung mit dreißig ausgezeichneten Trips. Er wurde dankbar empfangen, doch man hätte ihn auch mit leeren Händen willkommen geheißen, denn an diesem Tag waren ein paar Sternchen der Londoner Szene da, die jemanden kannten, der wiederum jemand kannte, der einen der Stones kannte, der von diesem schwulen Maler-Bilderhauer-Performer, nämlich Brandon, geschwärmt hatte, also war der Weg geebnet.

Brandon hatte den dünnen, gelangweilten Warhol in eine Ecke gedrängt und erzählte ihm etwas, das Jay aufgrund des Hintergrundgeräusches und dem schrillen Lachen der zugedröhnten Models und der Schwulen auf der Jagd nach Frischfleisch nicht hören konnte.

Brandon übergab Warhol etwas Kleines, Funkelndes. Warhol drehte und wendete das Ding in seinen Händen und sagte etwas, was Brandon enthusiastisch stimmte. Plaudernd machten sich die beiden auf den Weg in ein separates Zimmer. Jay nahm sich ein Glas Cola Rum und verzog sich in einen Winkel. Kreativität, sexuelle Erregung, Narzissmus lagen in der Luft, Freude und auch ein wenig Verzweiflung. Schöne Körper und vom Rauschgift zerstörte Körper. Imaginierte akrobatische Übungen, zur Schau gestelltes Gerede. Das Beste der New Yorker Szene im Jahr 1967. Er bot einer Dunkelhaarigen mit erloschenem Blick LSD an. Sie nahm an, ohne zu lächeln.

Dann ging sie. Sie kam mit zwei Freunden und einem sehr jungen Schwulen zurück. Sie warfen gemeinsam einen Trip. Brandon tauchte wieder auf, überaus aufgeregt. Zufälligerweise gefiel Warhol das kleine Modell seiner Skulptur, Kaos, das er ihm gezeigt hatte. Es hatte sich das Gerücht verbreitet, dass Jay guten Stoff verteilte. Warhol war verschwunden. Zwei lärmende Drag Queens tauchten auf, und es gab auch Stoff für sie. Alle waren sehr freundlich und höflich zu Jay.

Auch für ihn hatten sich die Dinge verändert. Das Zugehörigkeitsgefühl, das er in London verspürt hatte, war verschwunden, er fühlte sich wieder in seiner Andersartigkeit bestätigt. Aber gleichzeitig spürte er eine neue, energische Entschlossenheit. Er war anders? Dann würde er Kraft daraus beziehen. Alle glaubten an das, was sie machten, und fühlten sich bei ihren Taten von einer Art Glauben bestätigt: Senn glaubte ans System, Tracey an die Revolution, Kirk ans Chaos. Er glaubte an nichts. Auch daraus würde er Kraft beziehen.

Jay Dark, der einsame Ritter im Dienste seiner selbst.

Eine Party folgte auf die andere, er bekam immer mehr Einladungen, und da er immer genug LSD zur Verfügung hatte, war er bald sehr populär. Es war nicht schwierig gewesen, „einen guten Ruf als Alternativer" zu kreieren, wie Kirk es sich gewünscht hatte. Er ging regelmäßig mit Diana X ins Bett, einem Ex-Model, das früher einmal Warhols Favoritin gewesen und jetzt die umsichtige Verwalterin der Finanzen des Unternehmens war. Eine zähe Frau, die eine große Willenskraft besaß. Eines Nachts – sie hatten gerade miteinander geschlafen – fragte sie ihn, ob er ein reicher Erbe sei.

– Warum willst du das wissen?

– Nur aus Neugier. Schau, Jay, hier laufen nur hübsche Jungs von der Ivy League rum, intelligente Schwule, denen sie gefallen, und schöne Debütantinnen, die die hübschen Jungs der Ivy League ködern wollen. Es ist ein Wettbewerb von Stämmen. Keine Ahnung, ob du mich verstehst. Welchem Stamm gehörst du an?

– Harvard.

– Dort hat alles begonnen, oder?

– Könnte man so sagen.

Diana blickte ihn beunruhigt an.

– Woher kommst du?

– Von da draußen, antwortete Jay vage.

– Und warum kommt ihr alle nach New York, Jay?

– Sag du es mir, Diana.

– Ich bin aus Palo Alto, Kalifornien. Andy ist aus Pittsburgh. Aber jetzt sind wir hier alle zusammen. In New York. Wir sind die Crème de la Crème, beautiful people, und alle sehr verrückt. Sehr verrückt! Doch wenn sie uns in diesen Scheißcolleges einsperren, denken wir bloß: Das langweilt uns, wir haben es so satt, in den Unterricht zu gehen, wir wollen das wirkliche Leben erleben. Und weißt du, was das Leben ist, Jay?

Jay hätte am liebsten herzlich gelacht. Diese Frau wollte ausgerechnet ihm etwas über Wahrheit erzählen? Was wusste sie über das wahre Leben? Nun, das war eine der seltenen Gelegenheiten, in denen er den Wunsch verspürte, sich zu outen. Die Wahrheit zu erzählen. Zu schauen, wie sie auf andere wirkte: Schaut her, ich bin J. Dark, ein Spion, ich bin überhaupt nicht reich, das ist alles eine Lüge, und ich mache mich über euch lustig, Brüder. Doch anstelle aller Überlegungen und Wünsche gab er nur ein lakonisches Nein von sich.

– Nein.

– Das wirkliche Leben bedeutet für mich, dass in Zeitschriften Fotos von mir und Berichte über mich erscheinen. Träumst du nicht davon, dass eine „Vogue"-Sondernummer über dich erscheint?

– Das habe ich mir ehrlich gesagt noch nie vorgestellt.

Diana biss ihn in den Arm und lachte herzlich.

– Du bist großartig, Jay. Du scheißt darauf, das ist die Wahrheit. Hin und wieder frage ich mich, ob dich all das, was vor deiner Nase passiert, wirklich interessiert, oder ob das nur eine Pose ist. Aber auch egal. Hör mir zu: Es gibt zwei Typen von reichen Jungs. Die,

die immer versuchen, arm zu wirken, und sein wollen wie alle anderen auch, und die, die relaxen und es genießen, die glücklich sind, reich zu sein. Die sind lustig, die anderen sind unerträglich.

Es war einer der ersten Frühlingstage, der Aufbruch stand kurz bevor. Jay verließ Diana in ihrem Loft auf der 33rd Street und ging zu Fuß nach Hause. Starke Windstöße, er hatte Lust, zu Fuß zu gehen, den Wind im Gesicht zu spüren. Auf der 49th Street aß er einen Hot Dog und goss dazu ein eiskaltes Bier hinunter. Er gab dem Jungen mit dem Handwagen ein großzügiges Trinkgeld. Wer weiß, ob auch er davon träumte, eines Tages auf dem Cover der „Vogue" zu sein.

Sein Gespräch mit der ehemaligen Warhol-Muse hatte ihn zum Nachdenken gebracht. Nicht nur, weil sie ihm den x-ten Beweis der weiblichen Intuition geliefert hatte (beim Verständnis der Damen hatte er noch Nachholbedarf), sondern weil sie eine grundlegende Frage gestellt hatte: War es wirklich so simpel, handelte es sich bloß um reiche Jungs und um eine gelangweilte Elite, die auf exzentrische und originelle Weise alles tat, damit man über sie sprach? Die Künstlertruppe vermittelte gewiss nicht die Vorstellung eines Clubs von ernsthaften Verschwörern, die ein Komplott schmiedeten, um die Welt zu verändern. Gewiss nicht so, wie Lenin und Mao es sich vorgestellt hatten. Mit der Zeit verfestigte sich immer mehr die Meinung, die er sich in London von ihnen gemacht hatte: Es waren harmlose und hin und wieder etwas bekloppte Verrückte, sobald ihre Zeit vorbei war, würden sie wahrscheinlich der Depression anheimfallen. In Haight-Ashbury hatte ein ganz anderer Wind geweht. Hier wurde Avantgardekunst produziert, dort hatte man für die Hippie-Revolution gearbeitet. Offensichtlich zwei verschiedene Dinge, die von zwei Elementen zusammengehalten wurden: Jugend und Rauschgift. Fürchtete sich die CIA wirklich vor diesen Leuten? Wirklich?

5.

In Connecticut stellte Garreth Senn Jay dem Anwalt Raymond Allsworth vor, seine Freunde nannten ihn Ray.

– Ray und Jay, was für ein Zufall!

Allsworth war ein kleiner, unauffälliger Mann mit erloschenem Blick, ein paar Haarsträhnen klebten auf einem birnenförmigen Kopf.

Senn forderte Jay auf, sich nicht vom Schein trügen zu lassen.

– Im Geschäftsleben ist er ein Teufel. Privat ein Erotomane. Keine Ahnung, wie er das macht, mit seinem Mausgesicht, aber er lässt nichts anbrennen. Vielleicht bezahlt er sie, wer weiß.

Noch dazu hatte Allsworth eine unangenehme, schrille Stimme, und das Gespräch mit ihm, das er mit Witzen würzte, die einen schrecklichen Mangel an Humor offenbarten, war einschläfernd. Ein Blick auf seine riesige Villa und auf die beiden Mädchen im Mikrobikini, die im türkischen Bad Cocktails servierten, hatte jedoch gereicht, um zu verstehen, dass Senn zweifellos recht hatte: Offenbar besaß der Knirps geheime Ressourcen. Allsworth erklärte Jay, dass er sich um alle rechtlichen Aspekte der „Sache" kümmern würde, sobald er alle „Titel" besaß und die „Umwandlung" vornehmen konnte. Jay nickte und sagte, dass er dem Anwalt in allem vertraute. Dann verließen die drei schweißgebadet das Chalet und sprangen in ein eiskaltes Bassin. Später brachten die Mädchen kubanische Zigarren und Senn gab eine Tirade gegen die verweichlichte Jugend von sich, Jay hörte bald nicht mehr zu.

Zwei Tage später saßen er und Allsworth in einem Flugzeug nach Genf.

– Bei Douloux rede ich, Jay.

– Und wenn er mich was fragt?

– Ich kann dir ja keinen Beißkorb umlegen, haha … aber erinnere dich daran: Du bist Jakob von Drakich.

– Wer könnte das je vergessen? Aber wer ist dieser Douloux ... wirklich?

– Was heißt, wer ist er? Du hast wohl keine Ahnung! Douloux ist ein Finanzgenie! Stell dir vor, er hat sich die Operation Fafnir ausgedacht ...

– Noch nie gehört. Erzählen Sie mir ...

Allsworth lächelte zufrieden. Wenn er einen Gesprächspartner fand, der bereit war, ihm zuzuhören, hätte er ihn um kein Geld der Welt mehr hergegeben. Während sich Jay die Geschichte über den Bankier Douloux anhörte, dachte er, dass alle Nazis, auch die pragmatischsten, vom nordischen Mythos besessen gewesen waren. Fafnir war ein Drache, der Sohn eines Zwergenkönigs. Fafnir war ein Symbol der Gier, aber auch Wächter eines Schatzes. Die Operation Fafnir wurde so genannt, weil es darum ging, einen Schatz zu bewachen. Den Nazi-Schatz. Mitte des Jahres 1943 begriffen alle Nazis, die ein bisschen Grips hatten, dass der Krieg verloren war. Abgesehen von Hitler und wenigen Fanatikern in seiner unmittelbaren Nähe – dem magischen Kreis – sahen alle anderen die Niederlage voraus und trafen Vorsorge. Manche Nazis kehrten im letzten Augenblick um und versuchten ein Attentat auf Hitler, doch es ging schief. Andere trafen ein Abkommen mit den Alliierten, wiederum andere konnten nicht verduften, weil sie zu gut bewacht waren, oder sie wollten nicht verduften, weil sie das Schicksal akzeptierten, das ihnen bevorstand. Doch ob sie nun abhauten oder nicht, viele überlegten sich, wie sie die Gewinne in Sicherheit bringen sollten, die sie während des zehnjährigen Regimes gemacht hatten. Also wandten sie sich an Schweizer Banken. Die Schweiz war während des ganzen Krieges neutral geblieben und die Banken machten noch immer Geschäfte mit allen Parteien, egal ob sie Krieg führten oder nicht. Xavier Douloux war der intelligenteste, gierigste, fähigste und skrupelloseste Bankier. Douloux sympathisierte mit den Nazis und würde immer mit ihnen sympathisieren. Aber vor allem war er ein großer Geschäftsmann. Deshalb lieferte er den englischen und amerikanischen Geheimdiensten Informationen über die Geldflüsse der Nazis. Als die Nazis den Keller seiner Bank mit Kunstwerken, Pfandbriefen und Gold überschwemmten, also mit der Beute, vor allem den geraubten Kunstschätzen der Juden, baten die Amerikaner Douloux, er möge ein ausführliches Inventar erstellen. Diese ganzen Schätze ... dieses ganze Zeug konnte nach Kriegsende dazu dienen, die Schäden zu bezahlen, die Opfer zu entschädigen und – warum nicht – die Kassen der Sieger zu füllen. Douloux würde sich an die Regeln der Buchhaltung halten, selbst wenn die Amerikaner ihn nicht darum gebeten hatten, natürlich, er war ja ein seriöser Bankier! Während des ganzen Jahres 1944 wurden ständig Wertgegenstände geliefert. Die Nazis waren überzeugt, dass sie beiseitelegen konnten, was sie und ihre Familien nach dem Krieg zum Überleben brauchten, und die Alliierten waren überzeugt, dass sie die Schätze in die Finger bekommen würden. Als die Lager rammelvoll waren und der Krieg so gut wie vorbei war, veranstaltete Douloux auf neutralem Boden ein Treffen der verschiedenen Parteien und schlug ein Abkommen vor. Ein Drittel des Schatzes sollte den Alliierten übergeben werden, die damit machen konnten, was sie wollten; ein Drittel würde im Besitz der Nazis und ihrer Familien bleiben; ein Drittel würde von Douloux im gemeinsamen Interesse aller Parteien verwaltet werden. Douloux' offensichtlich nicht nachvollziehbare Logik – warum sollten die Sieger den Besiegten so viel Geld überlassen? – entsprach der Logik der verschiedenen Spionagenetze, die die Alliierten seit dem Winter 1943 etabliert hatten. Antikommunismus. Die Nazis machten keine Angst mehr, jetzt galt der Kampf den Roten. Der Feind meines Feindes ist mein Freund, oder so ähnlich. Die Nazis hatten sich bei Massakern eine gewisse Kompetenz erworben, also konnten sie nützlich sein. Der Feind meines Feindes ... Mithilfe des gemeinsamen Fonds konnte man Operationen finanzieren, die jede Regierung, die über eine Spur von Gewissen verfügte, im Lichte der Sonne abstreiten würde. Und so überzeugte Douloux die Feinde, einander die Hand zu reichen, und es entstand die Operation Fafnir, beziehungsweise „Wächter des Schatzes".

Douloux war ein großgewachsener, schlanker und aalglatter, sechzigjähriger Mann. Er empfing Jay und den Anwalt in einem nüchternen Büro seiner kleinen, aber sehr effizienten Privatbank in der Rue du Rhône. Nach einem raschen Händedruck bedeutete er Allsworth mit einer brüsken Geste, er solle schweigen, und wandte sich an Jay, sein Englisch hatte einen eindeutigen französischen Akzent.

– Ihr Name?

– Jakob von Drakich.

– Der junge Graf von Drakich hat meines Wissens eine Tätowierung auf der rechten Schulter.

– Genauer gesagt, antwortete Jay, ebenfalls auf Französisch, – handelt es sich um die linke Schulter.

Jay zog das Sakko aus und begann das Hemd aufzuknöpfen.

– Immer misstrauisch, haha …, wandte Allsworth ein.

Doloux machte sich nicht die Mühe, ihm zu antworten.

Als der Bankier die Tätowierung sah, die ihm Kirk in weiser Voraussicht in dem Augenblick hatte verpassen lassen, als die Legende Jay Darks geschaffen wurde, schien er sich zu entspannen. Auf seinem schmalen Gesicht erschien eine Art Lächeln, er bedeutete Jay mit einer Geste, er solle sich wieder anziehen, und klingelte. Durch eine kleine Tür hinter ihm tauchte ein Angestellter in dunklem Anzug auf, der ihm eine Art Metallkoffer reichte. Douloux ließ das Schloss aufspringen. Jay und Ray beugten sich über den Koffer, um besser zu sehen.

– Das sind Pfandbriefe des Dritten Reichs. Sie stammen von damals legalen Transaktionen und Käufen. Die Pfandbriefe sind noch immer gültig, selbst heute noch. Anwalt Allsworth wird dafür sorgen, sie in aktuelle Währungen umzuwechseln. Nun, wenn Sie bitte hier unterschreiben …

Der Angestellte reichte Jay und Ray einige auf Französisch verfasste Formulare und zeigte ihnen, wo sie unterschreiben sollten. Douloux überprüfte, ob alles ordnungsgemäß war, schloss den

Koffer und bedeutete Ray mit einer Geste, er könne ihn an sich nehmen. Alle standen auf und reichten einander die Hand. Jay hielt die Hand des Bankiers einen Augenblick länger als notwendig in seiner und flüsterte ihm auf Französisch zu:

– Können Sie mir fünf Minuten Ihrer Zeit opfern, Monsieur?

Douloux sah ihn schweigend an, dann entzog er ihm die Hand und wandte sich an Allsworth.

– Um die Konten besser verwalten zu können, empfehle ich Ihnen, die Summe auf mindestens vier getrennte Konten aufzuteilen. Wenn Sie mich damit beauftragen, erledige ich das gerne für Sie.

– Aber sicher!, sagte Ray, heftig nickend.

Sie setzten sich wieder. Der Angestellte tauchte wieder auf und reichte ihnen neue Formulare. Douloux erklärte, die Pfandbriefe würden für den Gegenwert von einer Million amerikanischer Dollar einer deutschen Gesellschaft verkauft werden. Angesichts der außergewöhnlichen Umstände der Transaktion würde sich seine Provision auf zehn Prozent beschränken. Die neunhunderttausend Dollar netto würden auf vier Konten aufgeteilt werden, drei zu zweihundertfünfzigtausend Dollar und eines zu hundertfünfzigtausend. In den folgenden Tagen würde Douloux die Zugangscodes zu den Konten liefern. Zweigeteilte Codes, die immer nur Jay und Ray gemeinsam und gleichzeitig geliefert würden, wenn sie auf die Konten zugreifen wollten. Douloux nahm den Koffer wieder an sich, und schließlich kam der Augenblick des Abschieds.

Später auf der Straße fragte der Anwalt Jay, was er zum Bankier beim Abschied gesagt hätte.

– Nichts. Ich habe mich bei ihm bedankt.

– Gut. Hör mir zu …

Der Erotomane Allsworth hatte ein paar „heiße" Adressen und war bereit, sie mit seinem neuen Freund zu teilen.

– Brigitte wird sich sehr freuen, dich kennenzulernen. Ich sage zu ihr, sie soll eine Freundin mitnehmen. Was hältst du davon, Jay?

– Wann?

– Was heißt, wann? Morgen Vormittag geht unser Flug … jetzt natürlich!

– Ich bin etwas müde. Tut mir leid. Ich mache noch einen kleinen Spaziergang und dann gehe ich ins Hotel.

– Okay, ich habe es versucht, aber du willst es nicht versuchen, haha …

Jay begleitete Allsworth zu einem Taxistandplatz, verabschiedete sich mit einer herzlichen Umarmung von ihm, und dann ging er zurück und schlüpfte durch die Tür der Bank.

Douloux wartete auf ihn und rauchte eine lange Zigarre. Der Bankier hatte die Botschaft wohl augenblicklich verstanden. Der junge Mann wollte die Operation Fafnir im Kleinen wiederholen. Und einen fetten Gewinn von einer Million Dollar einstreichen.

– An wie viel haben Sie gedacht, von Drakich?

– Die Hälfte, sagte Jay kühn.

Douloux schüttelte den Kopf.

– Zu viel. Das würden Ihnen die Amerikaner nicht durchgehen lassen.

– Dann machen Sie einen Vorschlag.

– Sie haben wohl bemerkt, dass ich den Erlös auf vier leicht manövrierbare Konten aufgeteilt habe. Was schließen Sie daraus?

– Kleine Gewinne auf jedem Konto.

– Genau.

Douloux schloss die Augen und schnalzte mehrmals mit der Zunge. Offenbar stellte er im Kopf eine ausgeklügelte Rechnung an. Abschließend sagte er, hundertfünfzigtausend Dollar seien wohl eine akzeptable Stornosumme.

– Das halte ich auch für vernünftig, stimmte Jay zu.

– Wir werden immer wieder so vorgehen, so erwecken wir keinen Argwohn. Die Summen werden auf zwei getrennte Konten fließen. Zwei Konten, denn eines wird fetter sein, entschuldigen Sie den Ausdruck. Für den Fall, das Sie schnell kleinere Summen benötigen, werden Sie auf das andere Konto zugreifen. Merken Sie sich diese beiden

Codes und sorgen Sie dafür, dass sie nicht den Falschen in die Hände geraten. Ich warne Sie: Wenn jemand mit diesen Codes zu mir kommt, muss ich ihm anstandslos die Summe geben, die er von mir verlangt.

Douloux reichte ihm einen Zettel mit zwei Ziffernfolgen. Jay las sie, prägte sie sich ein, dann nahm er ein imposantes Feuerzeug, das auf dem Schreibtisch neben einem Jugendfoto von Douloux im Smoking stand, und verbrannte den Zettel.

Dem Bankier schien das zu gefallen.

– Gut. Sie haben richtig entschieden, von Drakich. Stellen Sie sich vor, als ich ein Junge war, habe ich Seine Exzellenz Adolf Hitler kennengelernt. Einen sehr charismatischen Mann. Im privaten Kreis war seine Konversation allerdings etwas eintönig, der Führer sparte sich seine Rhetorik für die Massen auf ... Ich glaubte an ihn und glaube noch immer an ihn. Die Welt wäre für uns alle ein besserer Ort, wenn er gesiegt hätte. Leider ist es anders gekommen, doch gewisse Prinzipien müssen hochgehalten werden. Und zu diesem Zweck gibt es nur ein Mittel ... – Douloux klopfte auf den Koffer mit den Pfandbriefen – das da! Geld. Es ist der einzige Verbündete ... oder wenn es Ihnen lieber ist, der einzige Diener, auf den wir uns absolut sicher verlassen können. Und wissen Sie auch, warum, mein junger Freund? Weil Geld konkret, greifbar, lebendig und vital ist. Alles andere sind nur Träume, Schall und Rauch, Wolken, die ein etwas stärkerer Wind mühelos vertreiben kann ... Meine Provision beträgt fünfzehn Prozent. Nicht verhandelbar. Wenn Sie mich jetzt bitte entschuldigen ...

Auf dem Weg ins Hotel beglückwünschte sich Jay. Er hatte Senn und die Seinen um eine schöne Summe erleichtert. Und das war nur der Anfang. Er hatte gerade den ersten Treffer in seiner neuen Phase als J. Dark, der Hurensohn, gelandet.

Eine Woche nach seiner Rückkehr nach Amerika war er Besitzer, einziger Gesellschafter und Inhaber einer Düngemittelfabrik. Seine neue Tarnung.

Kirk ließ ihm ein Flugticket zukommen, das ihn zu seinem neuen Ziel brachte.

6.

Am Nachmittag des 23. Dezember landete Jay an Bord eines Linienflugs in Beirut und bezog eine Suite im *Hotel Saint George*.

Er hatte einen Termin mit seiner Kontaktperson im *Duke of Wellington*, dem klassischen Pub des *Hotels Mayflower*.

Doch er kam dort nie an.

Während er durch eine kleine Gasse im Hamra-Viertel ging, packten ihn vier entschlossen dreinblickende, westlich gekleidete junge Männer in weißem Leinenanzug und Jachtschuhen und führten ihn gefesselt und mit verbundenen Augen in die Oase von Abu Dhara, dem Reich von Scheich Walid, der ihn Kirks Anweisungen zufolge wie einen verlorenen Neffen mit offenen Armen hätte empfangen sollen, Papa von Drakich, sein vorgeblicher Vater, hatte ihn ja während einer Liebesaffäre mit einer schönen, reichen Araberin gezeugt, nämlich der Tochter von Scheich Mousa, dem Herrscher über das Abu-Dhara-Tal und einem wertvollen Kollaborateur der Deutschen während des Zweiten Weltkriegs. In Wirklichkeit waren Mutter, Sohn und Großvater im Bombenhagel gestorben. Der Legende zufolge hatte Jay, also Jürgen von Drakich, überlebt. Und jetzt kehrte er zu Walid, dem Sohn Mousas und älterem Bruder der verstorbenen Fathma, zurück. Eigentlich zu seinem Onkel, Onkel Walid. Der war ein großgewachsener fünfzigjähriger Mann, ein sportlicher und feierlicher Mann mit warmem Lächeln und durchdringendem Blick.

– Scheich Walid, wie ich annehme.

– Mister Dark, ich freue mich sehr, Sie kennenzulernen. Ich habe schon viel von Ihnen gehört.

– Warum nennst du mich nicht *Brahim,* Onkel?

Sie befanden sich in einem prächtig ausgestatteten Zelt, saßen auf Stühlen aus kostbarem Leder vor einem Tisch, der überging vor Fleisch, Gemüse, Obst und köstlichen Süßspeisen.

– Mein Enkel Brahim ist unter den Bomben Ihrer Leute gestorben, Mister Dark.

– So war es nicht, Onkel. Hör mir zu …

Jay sagte die Legende auf, und zwar in seinem exzellenten Arabisch. Während seiner ganzen Erzählung hörte Walid nie zu lächeln auf. Und antwortete in fließendem Englisch, dass sie das Gespräch zu gegebener Zeit fortführen würden. Darauf sperrten sie ihn in ein winziges, schmutziges Zelt und stellten eine Wache davor auf, einen Palästinenser namens Samir, der eine Narbe im Gesicht hatte.

Jay war unruhig, besorgt. Zum ersten Mal befand er sich in so einer Situation. Wehrlos im Spiel der Spione.

Samir drang Nacht für Nacht ins Zelt ein, weckte ihn auf und ließ ihn die „Legende" aufsagen. Und Nacht für Nacht ließ Jay geduldig das Ritual über sich ergehen. Der Instinkt sagte ihm, dass man ihn einer Art Test unterzog. Sie hätten ihn ja auch augenblicklich umbringen können. Wenn sie ihn am Leben ließen, glaubten sie vielleicht, dass er noch nützlich sein konnte.

Er beschloss mitzuspielen. Er ließ sich einen Koran geben und legte einen Gebetsteppich auf, was ihm argwöhnisches Grinsen und hasserfülltes Stirnrunzeln eintrug. Und nachts drang Samir unerbittlich in sein Zelt ein und nahm das Verhör wieder auf.

Die Folter dauerte fünfundvierzig Tage.

Eines Vormittags verbanden sie ihm die Augen, hievten ihn auf ein Kamel und führten ihn durch unwegsames Gelände in ein anderes Tal. Walid empfing ihn in einem improvisierten Pavillon oben auf einem Hügel. Unten trainierten bewaffnete Männer für den Guerillakrieg, schossen mit Gewehren und Maschinenpistolen auf Pappkameraden.

– Palästinensische Kämpfer, erklärte Walid, die Truppe des Kommandanten Maalouf. Eines sehr tapferen Mannes. Später werde ich ihn dir vorstellen.

Jay atmete auf. Walid duzte ihn und sprach Arabisch. Jay dachte, er habe sich von seiner Legende überzeugen lassen.

Ganz im Gegenteil.

– Jay, du hast mir eine schöne Geschichte erzählt. Aber nur eine schöne Geschichte. Ich würde dir gern glauben, doch leider, leider … Dennoch bin ich dir wohlgesinnt. Wenn ich einer dieser Araber wäre, die ihr in euren Filmen so gern darstellt, würde ich dir auch eine schöne Geschichte erzählen. Die von den beiden Kamelen, die gleichzeitig aus verschiedenen Richtungen zu demselben Wassertümpel kommen. Sie sind beide durstig, doch es gibt nicht genug Wasser für beide. Die beiden Kamele sehen einander feindlich an, bereit zu kämpfen. Doch irgendetwas hält sie zurück. Sie könnten kämpfen, einander totbeißen, und vielleicht würden beide draufzahlen. Doch sie tun es nicht. Sie schließen ein Abkommen. Das kräftigere Kamel trinkt als Erstes, sagen wir, zwei Drittel des Wassers, und setzt sich wieder in Bewegung. Es wird den nächsten Brunnen erreichen und das andere Kamel holen, das in der Zwischenzeit den Rest getrunken hat und wieder zu Kräften gekommen ist. Ja, ich könnte dir diese Geschichte erzählen, sie ist genauso falsch wie die, die du mir erzählt hast. Stattdessen sage ich zu dir: Sprechen wir über Geschäfte.

Jay dachte nach. Das war vielleicht wieder ein Trick, mit dem man ihn aufs Neue auf die Probe stellen wollte. Wenn er nachgab, wurde er vielleicht umgebracht.

– Ich verstehe dich nicht, Onkel. Warum behandelst du mich so? Ich habe dir sogar meine Tätowierung gezeigt!

Walid seufzte, dann lächelte er breit und umarmte Jay.

– Willkommen zu Hause, Neffe!

Nach einer kurzen Verhandlung schlossen Jay und der Scheich ein Abkommen. Walid würde jeden Monat eine gewisse Menge hervorragendes Haschisch liefern, das seine Männer produzierten. Jay würde es vertreiben und zu diesem Zweck ein Netzwerk von Vertrauenspersonen aufbauen. Walid würde sechzig Prozent des Gewinns einstreifen, fünfzig für ihn, zehn für die palästinensische Causa. Es folgte wieder ein Ritual mit Tee und Umarmungen.

Walid stellte Jay dem Kommandanten Maalouf vor, der ihm eine Kufiya schenkte. Die Nacht verging mit Feuerwerken, Tänzen und Gesängen.

Am Morgen darauf fuhr Samir Jay nach Beirut, diesmal nicht gefesselt und nicht mit verbundenen Augen. Mittlerweile war Samir freundlich und sogar unterhaltsam, er erzählte ihm unterwegs, die Jungs in der Oase hätten ihn „passabel" gefunden. Für einen Amerikaner nämlich. Jay antwortete, er sei aus Notwendigkeit Amerikaner geworden, doch sein Herz sei noch immer arabisch. Samir quittierte den Satz mit einem sarkastischen Blick, dann sagte er, Amerika müsse wohl ein Scheißland sein, wenn es einen Scheißsport wie Baseball erfunden hatte. Samir mochte Fußball. Die italienische Meisterschaft war seine Droge.

Am Flughafen Beirut wurde Jay einem Kontaktmann übergeben, der ihm ein Ticket nach New York via London aushändigte.

7.

Walid wusste natürlich sehr gut, wer Jay Dark war und für wen er arbeitete. Die Haft war tatsächlich eine Probe gewesen, die Jay auf brillante Weise bestanden hatte. Im Grunde hatte man ihm einen Streich gespielt.

– Die Geheimdienste machen sich einen Spaß daraus, sagte Kirk, während sich auf dem Plattenspieler Verdis *Falstaff* drehte: das höchste Lob auf Spiel und Verstellung.

Wie immer bewies er Stil.

– Das nennt man „Abschottung", mein Sohn. So bezeichnen Typen wie Senn das Abc der Geheimdienste.

– Im Wesentlichen: Du weißt von nichts, bis sie beschließen, dass du was wissen darfst.

– Mehr oder weniger. Aber Kopf hoch, mein Sohn. Auf uns warten große Dinge. Das Chaos ist drauf und dran zu explodieren. Wir sind im Jahr 1968, dem Jahr des Chaos!

Dann erzählte Kirk wieder von seiner Lotte, deren Tage seiner Meinung nach gezählt waren, und er fragte Jay, auf welche Weise er sich würdig von seiner treuen Gefährtin verabschieden sollte.

– Verdammt, braten Sie sie und essen Sie sie auf mein Wohl!

Jay war wütend auf Kirk. Je älter der Doktor wurde, desto mehr schien sich ein Dämon in ihm breitzumachen, der Gefallen an hinterhältigen Streichen fand.

– Lotte braten? Was ist das für eine Idee, ha, meine Alte?

Er ging zu der Ziege und streichelte sie, die inzwischen bewegungsunfähig war und nicht einmal mehr die Fliegen verjagen konnte. Plötzlich sah Jay, wie Kirk schwankte, das Gleichgewicht verlor, stürzte.

Er beugte sich über ihn. Er war kreideweiß, sein Körper bebte unaufhörlich.

– Gretchen, schrie er, – schnell! Dem Doktor geht es nicht gut!

Er drehte Kirk auf den Rücken und hob seine Beine an. Langsam wurden dessen Wangen wieder rosig. Gretchen kam gelaufen wie eine Furie, stieß Jay weg und stürzte sich buchstäblich auf Kirk, sie heulte und schüttelte ihn heftig.

– Langsam, langsam, meine Liebe, du tust mir ja weh …

Kirk erholte sich rasch. Sie halfen ihm aufzustehen. Er machte ein paar unsichere Schritte, dann nickte er.

– Alles in Ordnung. Ein kleiner Zusammenbruch infolge Übermüdung.

Gretchen hörte nicht auf ihn, sie bestand darauf, dass Kirk ins Bett ging. Der Doktor protestierte, doch schließlich gab er klein bei. Er schlüpfte in ein besticktes Nachthemd, bei dessen Anblick Jay lachen musste, und begann wieder zu sprechen. Doch er wurde immer wieder von Gretchen unterbrochen.

– Wir befinden uns am Vorabend eines Revolutionsepos, mein Sohn ... Danke, meine Liebe, ja, die Kissen sind gut so ... Die Welt erlebt endlich das Chaos in seiner größtmöglichen Ausformung ... Die Suppe ist brennend heiß, mein Schatz ... Mein Sohn, ich und du, wir gehören zu den Urhebern dieser großen Umwälzung. Und weißt du, was das Komischste an der ganzen Sache ist? Nein, Gretchen, ich bitte dich, du kitzelst mich an den Füßen ... Warum wirfst du nicht einen Blick auf Lotte, mein Schatz, das arme Tier hat wohl einen Schrecken abbekommen, meine arme Freundin ist ja so alt und gebrechlich ... Ja, mein Sohn, das Komische daran ist, dass es niemand weiß und dass sie es wahrscheinlich auch nicht wissen werden. Die Jugendlichen, die bald die Straßen in Brand stecken werden und sich einbilden, die Protagonisten eines großen Umschwungs zu sein, sind bloß die Komparsen einer Komödie, die wir beide inszeniert haben ... Ach, Lotte hat es geschafft, sich wieder aufzurichten? Was für ein Wunder! Dann hat meine Ohnmacht ja einen Sinn gehabt ... Natürlich, das war ein Scherz, Gretchen! Warum bringst du ihr nicht ein wenig Salz, sie wird sich freuen ... Wir haben geheime Geschichte geschrieben, die Geschichte des Chaos, und wir erwarten einen Brand, der Neros Ruhm in den Schatten stellen wird. Ja, Gretchen, du hast recht, ich bin etwas müde, Jay geht jetzt ...

Rom, heute

– Was für ein Ende hat Douloux genommen?
– Waren Sie in letzter Zeit nicht auf Wikipedia?
– Damit habe ich aufgehört, Anwalt.
– Eine kluge Entscheidung, mein Freund. Gut. Douloux hat an dem Tag Selbstmord begangen, an dem die Schweiz das Bankgeheimnis gelockert hat. Für ihn war das so eine Art persönliche Beleidigung. Er hat Harakiri begangen, wie Mishima.
– Ein Abgang wie ein Nazi.
– Ja, aber gut inszeniert, muss ich zugeben.
Flint rauchte wie immer eine kubanische Zigarre und genoss auf der Terrasse des Pincio den Sonnenuntergang. An diesem späten Frühlingsnachmittag war der Anwalt in elegischer Stimmung.
– Ich liebe Rom, glauben Sie mir! Vor allem in dieser Jahreszeit. Hin und wieder glaube ich, es ist eine verzauberte Stadt. Ich meine: Rom kann zaubern wie eine Hexe. Das liegt an dem Wind, der zwischen die Ruinen schlüpft und die gelbliche Oberfläche des Tiber leicht kräuselt, dem Wind, der auf den Plätzen herumwirbelt, und die Sonne darüber ist nicht mehr blass, aber auch noch nicht zu kräftig. Und die Judasbäume beginnen zu knospen und das Geräusch von Stimmen und das Knattern von Mopeds auf dem Pflaster …
– Ja, so sieht es für gewöhnlich der Tourist …
– Ach, lassen Sie sich nie von so viel Schönheit verzaubern?
– Ja, aber ich spreche nicht darüber. Ich will ja nicht unhöflich sein, Anwalt, aber das alles ist ein Klischee. Die Beschreibungen sind wirkungslos, solange es sich um Orte handelt, die alle kennen … wunderbarer Sonnenuntergang auf der Engelsbrücke … Petersplatz taghell erleuchtet … das Kolosseum und seine Zenturios … Die Kultur der Bilder hat uns die Vorstellungskraft geraubt, Flint. Alles ist verfügbar

und mit einem Klick im Netz zu haben. Es gibt keine neuen Worte, um das uralte Gefühl zu beschreiben, das wir vor dem unsterblichen Monument empfinden. Sprechen wir also von etwas anderem, okay?

– Ach, so spricht ein Schriftsteller … Sie überraschen mich. Nicht einmal Jay in seinen schlimmsten Momenten hätte so zynisch sein können!

– Das ist kein Zynismus. Ich würde es vielmehr als Hassliebe bezeichnen. Ich lebe seit vierzig Jahren in Rom und habe immer noch nicht begriffen, was ich von dieser Stadt erwarte, so wie ich auch noch nicht begriffen habe, was Sie von mir erwarten. Von Rom erwartet man vergeblich, bemerkt, geschätzt zu werden und einen Platz zugewiesen zu bekommen.

– Sie sind ein verschlossener Mensch, nicht wahr? Warum erzählen Sie mir nicht ein wenig von sich?

– Weil ich nicht glaube, dass das interessant ist. Und weil wir wegen Jay hier sind.

Die Laternen auf dem Pincio gingen der Reihe nach an, und es erhob sich ein Wind, wie ich ihn schon seit Jahren nicht mehr gespürt hatte. Oder vielleicht hatte ich auch einfach nicht darauf geachtet. Ich gab Flint jedoch recht, dass ich ihm eine Art Stadtführung schuldete. Er gab den Rest der kubanischen Zigarre in eine Dose, die er seufzend einsteckte. Dann hakte er sich bei mir ein – zum ersten Mal erlaubte er sich so eine kameradschaftliche Geste – und schlug vor, das Gespräch beim Abendessen fortzuführen.

– Bei allem Respekt … Die Situation wiederholt sich allmählich. Wenn einem bei einem Drehbuch die Ideen ausgehen, setzt man ein Abend- oder Mittagessen ein. Die Protagonisten müssen dem Publikum ein paar Informationen liefern, damit die Geschichte weitergeht, und da stellt sich die Frage, wo sie sich treffen sollen. Ein gedeckter Tisch ist die einfachste, wenn auch banalste Lösung.

– Wirklich? Bei allem Respekt, das ist mir egal. Ich habe Hunger, und wenn Sie die Fortsetzung der Geschichte hören wollen, gehe ich mit Ihnen auf die Piazza San Calisto.

An diesem Abend verwarf ich die Diät, zu der ich mich zwang, seitdem ich den fatalen Irrtum begangen hatte, ein Blutbild machen zu lassen. Flint war, wie gesagt, ein hemmungsloser Gourmet. Und er liebte die traditionelle italienische Küche, vor allem die römische. Bei einer Suppe aus Brokkoli und Rochen geriet er ins Schwärmen. Bei einigen Gläsern Nebbiolo (in Sachen Wein war sein Geschmack zumindest genauso exzentrisch) bat er mich, von „meinem" 68 zu erzählen.

– Was soll ich Ihnen sagen? Der Zug der Jugend fuhr vorbei und ich war bereit aufzuspringen. Schön langsam gewöhnte ich mich an die Hormone. In meiner Heimatstadt ging ich am Nachmittag auf dem Corso spazieren und beäugte die Mädchen. Es gab auch schwarz gekleidete Faschisten und die Genossen im Parka, aber die waren für mich von einem anderen Stern. Für mich waren nur die Röcke interessant, die Tag für Tag kürzer wurden.

– Also waren Sie nie in einer Partei aktiv?

– Sehe ich so aus? Die Versammlungen waren todlangweilig, das war nichts für mich.

– Also wissen Sie überhaupt nichts über 68.

– Eigentlich nicht. Nicht aus eigenem Erleben.

Flint lachte herzlich.

– Jetzt erzähle ich Ihnen mal, worin Jay Darks 68 bestand. Und aufgepasst, ich gebe Ihnen nur eine ungefähre Idee dessen, was dieser Teufel in diesem denkwürdigen Jahr alles zustande gebracht hat … Hören Sie mir zu!

Liste der wichtigsten Tätigkeiten Jay Darks 1968

1. Kauf einer neuen Düngemittelfabrik in Ghana. Sie wurde das Zentrum der Ergotaminproduktion. Überweisung von fünf Prozent des Gewinns an den Bankier Douloux.

2. Aufbau eines Labors zur LSD-Produktion in Paris.

3. Treffen mit Jacques Marcelli, dem Boss des Clans der Marseiller. Er übernahm den Vertrieb von LSD in Südfrankreich. Überweisung von fünf Prozent des Gewinns an Douloux.

4. Aufbau eines weiteren LSD-Labors in Brüssel.

5. Besuch in der Oase Abu Dhara, um den Pakt mit Scheich Walid zu bekräftigen.

6. Teilnahme an der Eröffnung der Ausstellung *Urban Kaos* in London. Brandon stellte seine riesige, vier Meter achtzig hohe Skulptur aus. Eine Dekonstruktion des Vitruvianischen Menschen von Leonardo, kombiniert mit der Molekularstruktur von Lysergsäure. Brandon hatte die Figur geschaffen, nachdem er wegen einer gescheiterten Liebesbeziehung Selbstmord versucht hatte. Zum Glück war er nicht gestorben. Zu seinem weiteren Glück verkaufte er die Statue für eine halbe Million Pfund Sterling an einen reichen Sammler.

7. Teilnahme gemeinsam mit Brandon an der sogenannten „Schlacht am Grosvenor Place", einer Demonstration gegen den Vietnamkrieg. Fünfundzwanzigtausend Jugendliche auf der Straße. Die Fans des Millwall Football Clubs schrien „Studenten, Studenten, haha". Brandon und Jay hatten sich einer Gruppe Hippies mit einem besonders kreativen Spruchband angeschlossen, auf dem stand: „Angriff auf die Wirklichkeit. Wiedereroberung des Universums". Als sie den Trotzkisten nahe kamen, die „Ho, Ho, Ho Chi Minh" schrien, äfften sie ihren Ruf nach: „Ho, Ho, hot chocolate! Ho, ho, ho, let's drink chocolate", und dann liefen sie davon, weil die Genossen sie mit gutem Grund verprügeln wollten.

8. Teilnahme an einem Protest-Sit-in an der Universität Berkeley, gemeinsam mit Wash in der Uniform der *Black Panthers* und Tracey. Teilnahme an weiteren Zusammenstößen. Festnahme. Unmittelbar danach Freilassung mit vielen Entschuldigungen, infolge der Intervention eines verärgerten Garreth Senn.

9. Teilnahme am Pariser Mai. Abgabe von beträchtlichen Mengen LSD an die jungen Revolutionäre. Dank der Fürsprache des Dichters Trocchi Kontaktaufnahme mit Guy Debord, dem Gründungsmitglied

der Situationisten. Jay fühlte sich sehr zu den Situationisten hingezogen. Die Idee der „Situation" kam Kirks Vorstellung von Chaos so nahe wie sonst nichts in diesen Jahren. Debord war misstrauisch, wenn nicht gar feindlich. Trocchi verstand nicht, warum. Debord weigerte sich, einen Trip zu schlucken, und bezeichnete Jay als „Falschgeld".

10. Teilnahme an der *Democratic National Convention* in Chicago. Die demokratische Partei hatte als Präsidentschaftskandidat den farblosen Humphrey gewählt und den liberalen McGovern übergangen. Die Wut der Jugendlichen explodierte. Zusammenstöße mit der Polizei, Tränengas. Wash und Tracey in der ersten Reihe, das Mädchen war völlig außer sich. Jay trug nicht einmal einen Kratzer davon. Er hatte schnell gelernt, sich in Gefahrensituationen aus der Affäre zu ziehen.

Wir beendeten den Abend auf der Piazza Navona, mit einem Tartufo-Eis in den *Tre Scalini*. Ich platzte beinahe. Flint gab sich erst zufrieden, als ich einwilligte, mit ihm einen letzten Whisky zu trinken.

– Ihnen zufolge hat es also 68 nie gegeben. Es war alles nur eine Inszenierung der CIA und Genossen.

– Das habe ich nie gesagt, wenn Sie das denken, haben Sie mir nicht gut zugehört. 68 war ein spontanes, universales Phänomen … Sie, also die von der CIA, Kirk und die anderen, Jay … versuchten es einerseits zu ersticken und andererseits zu befeuern … Was ist daran so schwierig zu verstehen? Wissen Sie, was Garreth Senn mir einmal gesagt hat? Er hat zu mir gesagt: Wir initiieren einen Haufen Operationen. Manche gelingen und werden Geschichte. Alle anderen, die scheitern, heißen Komplotte …

Ich blickte Flint spöttisch an und richtete den Zeigefinger auf seine Brust.

– „Garreth Senn hat zu mir gesagt" … Ihr habt euch also kennengelernt? Wie? Wo? Waren Sie einer von ihnen, Flint?

Einen Augenblick lang schien er verwirrt, wenn nicht gar peinlich berührt. Hatte er mir mehr offenbart, als er wollte oder durfte? Hatte er sich unfreiwillig verraten oder gehörte auch sein „er hat mir gesagt" zu der Legende Jay Darks, die wir gemeinsam konstruierten?

Flint nahm einen Schluck Whisky und schnalzte mit der Zunge.

– Tja, natürlich hat er es nicht zu mir, sondern zu Jay gesagt, und der hat mir davon berichtet … Jedenfalls, sagte er dann schnell – … in diesem Jahr wurde beschlossen, im Ernstfall … kommt *Fuck-the-Rat* zum Einsatz …

DIE WAHRE GESCHICHTE JAY DARKS, VON ANWALT FLINT ERZÄHLT

FUCK-THE-RAT

1.

In den ersten Monaten des Jahres 1969 beschloss die CIA, alle verdeckten Counterinsurgency-Operationen unter einem einzigen Kennwort zusammenzufassen:

Kaos (wie Jays Spezialdroge).

Zwei Hauptziele waren: a) Intensivierung der Verbreitung von Rauschgift in den Jugendbewegungen; b) Radikalisierung der Bewegungen. In Bezug auf MK Ultras Drogencocktail handelte es sich um einen Paradigmenwechsel. Nun galten nicht mehr ausschließlich LSD und Marihuana als bevorzugte Suchtmittel. Heroin trat auf die Bühne. Das Programm sah eine massive Verbreitung von Heroin vor, mit dem hauptsächlichen Ziel, die schwarzen Ghettos zu überschwemmen, beziehungsweise die Orte, wo die Black-Panther-Bewegung die zukünftigen Revolutionäre rekrutierte. Unter „Radikalisierung" der Jugendbewegung verstand man die Anstiftung von bewaffnetem Kampf und echtem Terrorismus. Die geistigen Väter dieser komplexen Operation zielten einerseits darauf, die Bewegungen zu diskreditieren, denn die Radikalisierung schreckte Liberale und Pazifisten ab, und andererseits die revolutionären Kräfte mithilfe von drogeninduzierter Selbstzerstörung zu schwächen. Zahlreiche auf diesem Gebiet ausgebildete Agenten wurden in die Bewegungen eingeschleust. Kaos-Agenten wurden in jenen Ländern eingeschleust, in denen man „rote Gefahr" aufkommen sah.

Codename dieser Operationen: *Fuck-the-Rat.*

Zu den jungen Agenten sagte man: Nehmt euch Jay Dark zum Vorbild. Er macht diesen schmutzigen Job schon seit einiger Zeit und ist noch nicht aufgeflogen. Das liegt zum Teil an seiner „Gabe" – doch davon wussten nur sehr wenige – und zum Großteil am chaotischen Zustand der Bewegung und der Leichtgläubigkeit ihrer Anhänger.

Ein junger Agent, den das FBI bei den *Weathermen* eingeschleust hatte – einer militanten linksradikalen Untergrundorganisation –, knickte in Cincinnati nach einem Trip ein und gestand öffentlich, ein Undercoveragent zu sein. Was taten die *Weathermen* daraufhin? Anstatt ihn nach einem Schauprozess hinzurichten oder ihn, was billiger gewesen wäre, gleich umzulegen, trösteten sie ihn: Sein Geständnis, sagten sie, sei das Ergebnis des schlechten Gewissens, das er aufgrund der Ausbeutung durch das System habe. Du bist kein Spion, Bruder, du glaubst bloß, einer zu sein, denn infolge der Entfremdung ist dir das Hirn abhandengekommen.

Jay hingegen lebte in seinem sicheren Londoner Versteck wie die Made im Speck.

Er hatte überhaupt kein schlechtes Gewissen, jetzt brachte er eben nicht mehr die Glücks-, sondern die Todesdroge unter die Leute.

An einem Vormittag im Februar 69 wurde *Fuck-the-Rat* offiziell vom Stapel gelassen.

Kirk lag mit Grippe im Bett. Der Doktor war abgemagert und unrasiert und schien unter dem aufmerksamen Blick Gretchens zu zittern.

In Wahrheit war der Doktor sehr krank, und er wusste es. Er trug eine Krankheit in sich, die ihn langsam aufzehrte, doch im Augenblick wollte er das noch nicht zugeben. Die einzige Person, die davon wusste, Gretchen, wahrte das Geheimnis. Jay würde er es erst auf dem Totenbett gestehen. Ein vertrauliches Geständnis, damit er ein für alle Mal begriff, wie tief ihre Verbindung war. Nahezu ein echtes Vater-Sohn-Verhältnis. Und da Jay sich auch ein wenig als Sohn fühlte, stellte er nie die richtigen Fragen. Obwohl alles eindeutig war: der Schwindel, die Gewichtsabnahme, Gretchens Angst, die immer dünner werdende Stimme, die Atemnot, die Tatsache, dass er nicht mehr seine Tiroler Pfeife rauchte … Nein, Jay fragte nie.

Er wollte nicht sehen. Ein Vater ist für den Sohn unsterblich. Unsterblich und strahlend.

Die Labors in Brüssel und Paris waren in sicheren Händen. Er schloss ein Abkommen mit Phil und Sam, zwei Geschäftsmännern, die Interesse hatten, ins Acid-Geschäft einzusteigen, und übertrug ihnen die Geschäftsführung im Stadtgebiet von London. In Bezug auf Heroin wusste man, dass die Marseiller der Mafia in Brooklyn seit dreißig Jahren Ladungen weißes Pulver lieferten, das in Frankreich raffiniert wurde. Jay einigte sich mit Jacques Marcelli auf eine Produktionssteigerung. Abnehmer: Garreth Senn und die Seinen.

Merkwürdigerweise war Italien an alldem nicht beteiligt.

– Probleme mit den lokalen Diensten, sagte Garreth Senn. – Aber die werden wir bald lösen, wir müssen eine kleine Reise nach Rom machen.

Jay überwies dem Anwalt Allsworth regelmäßig seine Anteile, die er in Immobilien und Aktien reinvestierte. Jeden Monat schickte er dem Bankier Douloux Bargeld, der die Konten noch fetter machte. Jay übersiedelte in ein Gebäude auf dem Mecklenburgh Square, in King's Cross, und kaufte sich einen scharlachroten Aston Martin DBS. Er kontrollierte den Handel, ohne sich die Hände schmutzig zu machen. Für Brandon und seine Künstlerfreunde, für alle, die annähernd berühmt waren, war LSD gratis.

Jay war nun ein reicher Mann, offiziell durch seine Düngemittelfabrik. Er war ein reicher Mann, der sich in der Kulturschickeria für Bewusstseinserweiterung und Veränderung einsetzte. Er war ein Mäzen, der Kapital für die bevorstehende Revolution sammelte.

Unsterblich und strahlend.

Die beiden skrupellosesten Operationen im Rahmen von *Fuck-the-Rat* waren, wie erwähnt, das Anfixen der jungen Schwarzen im Ghetto und die Unterwanderung der *Weathermen*. Bei dieser Operation stand Jay an vorderster Front.

Die *Students for a Democratic Society* waren 1960 gegründet worden. Eine Gruppe liberaler weißer Studenten, die sich nichts Geringeres vorgenommen hatten, als Armut und Rassismus zu bekämpfen.

Nach ersten Demonstrationen für die Selbstbestimmung der Schwarzen ließ die Antwort der Polizei nicht auf sich warten. Es folgten Demos gegen den Vietnamkrieg. Viele Jugendliche begnügten sich nicht mehr mit legalen Kampfmaßnahmen und radikalisierten sich. So entstanden die *Black Panthers* und *Progressive Labor*, eine „marxistisch-leninistisch-maoistische" Partei, eine Abspaltung der *Students for a Democratic Society*. Genau in dem Augenblick, in dem die SDS sich von einer liberalen Gruppe mit guten Absichten in eine linksradikale Bewegung verwandelten, begannen die Abspaltungen. Ein nahezu unvermeidlicher Vorgang bei linken Bewegungen, wie die Italiener, die Meister in der Kunst des Abspaltens, Jay später erklären würden.

Der größte Konflikt bestand zwischen den *Black Panthers* und den Marxisten der *Progressive Labor*: Für die *Panthers* bestand das Hauptziel in der Befreiung der Farbigen, die Marxisten hingegen bezeichneten diesen Kampf als reaktionär, weil nationalistisch. Für die Marxisten stand die Befreiung der Arbeiter im Mittelpunkt. Dann kam es zum Showdown. Die Marxisten wurden aus den SDS ausgeschlossen, diese fanden Zuflucht bei der Gruppe namens *Weathermen*. Ihren Namen bezogen sie von einem Song Bob Dylans: „Du brauchst keinen Wetteransager, um zu wissen, woher der Wind weht."

Jay war bei der Versammlung der SDS anwesend, in deren Verlauf die *Black Panthers* und die *Weathermen* ein Abkommen trafen. Sie fand in einem rappelvollen Hinterzimmer in Harlem statt. Die Schwarzen hatten Heimvorteil. Jay hielt eine besonders gelungene Rede. So feurig, dass er fast selbst an den Enthusiasmus glaubte, der seine Worte beseelte. Ein Schauspiel, wie er in diesem glühend heißen Sommer mit aufgeknöpftem Hemd eine Brandrede hielt, ein Extremist unter Extremisten, ein Mörder mit blutunterlaufenen Augen.

– Die Zeit der legalen Aktionen ist vorbei, die Zeit der direkten, radikalen Aktion ist angebrochen. Die revolutionäre Kraft, die die Macht erobern wird, weil es so in der Geschichte geschrieben steht, wird notwendigerweise skrupellos sein. Ihr schwarzen Brüder seid eine innere Kolonie, eine von den USA unterdrückte Kolonie. Der Befreiungskampf der Völker der Dritten Welt und euer Kampf sind ein und dasselbe: zugleich antikapitalistisch und antiimperialistisch! Ihr seid die Avantgarde der revolutionären Bewegung und wir Weiße sind an eurer Seite. Ohne euch kontrollieren oder lenken zu wollen, sondern einzig und allein als Verbündete, bereit, Blut für die Sache zu vergießen! (Überzeugtes Klatschen. Ovationen. Glühende Blicke.) Ihr Arbeiter (die waren nur spärlich vorhanden, doch so pingelig musste man in diesem Moment nicht sein), die ihr durchaus die Vorteile des amerikanischen Kapitalismus genießt (leises Gemurmel, die Arbeiter hatten sich, wie gesagt, nach der Abspaltung verzogen), müsst es mit der technischen Entwicklung aufnehmen, die das Wesen der Ausbeutung verändert hat. Ihr seid entfremdet und aufgrund der Entfremdung werdet ihr kämpfen (erleichtertes Gemurmel, das so viel wie *alles hängt zusammen* bedeutete), ihr Studenten (die Mehrheit der Zuhörer, daher große Aufmerksamkeit) seid ebenfalls Opfer der Entfremdung. Eure Zukunft ist prekär, wie die der ausgebeuteten Arbeiter. Der erste Schritt besteht also darin, sich der Entfremdung bewusst zu werden und darauf zu reagieren. Mit der einzigen Waffe: revolutionärer Gewalt (Standing Ovations, glühende Blicke). Und ihr, Genossinnen! (Endlich auch ein Funkeln in Traceys Augen.) Eure Befreiung ist das zentrale Moment in unserem gemeinsamen Kampf, eurem Kampf und dem der schwarzen Brüder, der Arbeiter und der Studenten (was heißen soll: alle gemeinsam, alle begeistert, alle in einem Topf, aber es hatte ja schon genug Abspaltungen gegeben und irgendjemand musste ja dieses Scheißrevolutionsprojekt auf die Beine stellen), denn aufgrund eurer unverzichtbaren Anwesenheit wird die Subjektivität des Individuums ans Tageslicht treten, bei Frauen wie Männern. Die revolutionäre Kraft wird zwar skrupellos, jedoch offen für neue Formen des Zusammenlebens sein, für sexuelle Befreiung, für die Liebe, die wir dem Hass der Ausbeuter und Unterdrücker entgegenstellen. Wir kämpfen auf viele Arten. „Gras" ist eine unserer Waffen. Aufgrund der Marihuana-Gesetze sind wir Gesetzesbrecher, noch bevor wir endgültig mit dem System brechen. Gewehr und Gras sind in der Untergrundbewegung der Jugendlichen eins. Die Freaks sind revolutionär und Revolutionäre sind Freaks. Wenn ihr uns finden wollt, wir sind in jedem schwarzen Stamm, in jeder Gemeinde, in jedem Studentenschlafsaal, in jeder Fabrik, in jeder Heeresbaracke und in jeder Wohnung, wo Jugendliche Sex haben, Gras rauchen und Pistolen laden – überall dort finden die Gegner des amerikanischen Imperialismus Zuflucht.

Wow.

Ein Beifallssturm. Und da Jay Dark, verdammt, nicht nur ein Schaumschläger war, sondern eben Jay Dark, verteilte er auch Trips und Joints, und als Tracey und Wash ihn beiseitenahmen, reichte er ihnen zwei kleine Köfferchen mit fünfzigtausend Dollar und eine Tasche mit fabrikneuen Waffen.

Jay Dark meinte es ernst.

Tracey und Wash begannen sofort zu streiten. Über das Geld, über die Aufbewahrung der Waffen, über das Verfassen eines Manifests, das zum Waffengebrauch aufrief, und im Besonderen darüber, ob das Logo der *Black Panthers* eigenständig neben dem der *Weathermen* stehen durfte, oder ob Letzteres reichte, um die neugegründete Allianz zu repräsentieren. Doch der Streit darüber, ob drei von einem Zickzackpfeil durchquerte Bögen (*Weathermen*) oder die schwarze, sich duckende Raubkatze (*Panthers*) vorherrschen sollte, war nur ein Vorwand, um zu verschleiern, wie es wirklich um sie stand.

Wash und Tracey hielten einander nicht mehr aus.

Sie waren kein Paar mehr.

Wash: – Deine Freundin ist völlig durchgeknallt, Jay. Sie weiß nicht, wo ihr Platz ist.

Tracey: – Wash ist ein verdammter Chauvinist. Er wird sogar bigott.

Jay verbrachte eine lange Nacht damit, sich Traceys Klagen anzuhören. Doch sie war gar nicht so sehr wegen Washs wiedererwachter Religiosität verärgert, sondern weil er ihr entglitt.

– Die *Panthers* haben ihn einer Hirnwäsche unterzogen, Jay. Diese militaristischen Arschlöcher.

Die Mission war ein voller Erfolg. Garreth Senn beglückwünschte ihn. Garreth war außer sich vor Freude.

– Wir sind auf dem Mond gelandet, ist dir das bewusst, mein Junge! Auf dem Mond! Vor den Russen! Niemand kann Amerika mehr aufhalten, Verdammt, niemand!

Mit hintergründigem Grinsen dachte Jay an die fünfzigtausend Dollar, die er einen Tag nach Neil Armstrongs Triumph an Douloux überwiesen hatte.

– Ja, du hast recht, Garreth, wir sind wirklich eine große Nation. Die größte!

2.

Wash war in Harlem mit einer Pistole gefasst worden.

Tracey erzählte Jay davon. Weinend. Nicht, weil sie ihn noch liebte, fügte sie hinzu, sondern weil er wirklich verrückt sein musste, wenn er sich mit solchen Idioten einließ.

Jay bezahlte die Kaution, führte seinen Freund aus dem Knast und gab ihm den Rat, sich eine Zeit lang von New York fernzuhalten.

– Du könntest mich nach Woodstock begleiten, Wash.

– Ich habe keine Lust, mich zu den Zugedröhnten zu gesellen, Bruder.

– Verdammt, hast du nicht gehört, was ich gesagt habe? Die Freaks sind revolutionär und die Revolutionäre sind Freaks!

– Das Ghetto ist mit Heroin überschwemmt, Jay. Sie ficken die Köpfe unserer Brüder. Wir müssen was tun.

– Sicher. H ist ein hässliches Tier, ich bin ganz deiner Meinung. Aber Trips, Joints … komm schon, Wash!

– Manche sagen, es ist alles derselbe Scheiß. Ein Revolutionär muss immer einen klaren Kopf haben und bereit sein, zu den Waffen zu greifen.

– Schon gut, trinken wir ein Bier.

– Alkohol kann sogar zu einer noch schlimmeren Abhängigkeit führen.

Tracey hatte recht. Wash war bigott und fanatisch geworden. Deshalb fuhr Jay allein nach Woodstock.

In Woodstock wurde gesungen, getanzt, man dröhnte sich zu und vollführte Rituale, um den Regen zu bannen, der das weitläufige, nur wenige Kilometer von New York entfernte Gelände in einen morastigen Sumpf verwandelte. Die drei Tage „peace, love and music" besiegelten die offizielle Anerkennung der psychedelischen Kultur als Quelle eines lukrativen Business. Als zugleich leuchtendes und spöttisches Bild würde Jay immer Joan Baez in Erinnerung behalten, die *Drug Store Truck Drivin' Man* sang:

He's a drug store truck drivin' man
He's the head of the Ku Klux Klan
When summer rolls around
He'll be lucky if he's not in town

Well, he's got him a house on the hill
He plays country records till you've had your fill
He's a fireman's friend he's an all night DJ
But he sure does think different from the records he plays

He's a drug store truck drivin' man
He's the head of the Ku Klux Klan
When summer rolls around
He'll be lucky if he's not in town

Well, he don't like the young folks I know
He told me one night on his radio show
He's got him a medal he won in the War
It weighs five-hundred pounds and it sleeps on his floor

He's a drug store truck drivin' man
He's the head of the Ku Klux Klan
When summer rolls around
He'll be lucky if he's not in town
He's …

Jay hatte sich mit dem Großen Spiel angefreundet. Er verstand jetzt, dass das Jahr 68 der Welt zwei große Amerikaner geschenkt hatte, die dazu bestimmt waren, die Geschichte zu verändern: Richard Nixon und Ronald Reagan. Joan Baez machte sich über Reagan lustig, dem Chauffeur des *Drug Store,* der Gouverneur von Kalifornien geworden war. Tausend Jugendliche demonstrierten, überall herrschte ein großes Durcheinander, und in den Wahlkabinen triumphierten die Freunde von Garreth Senn.

Doch er war nicht in Woodstock, um an der Quelle der alternativen Weisheit zu trinken.

Er war hier, um Geschäfte zu machen.

Leary hatte mit den Bikern eine Abmachung getroffen.

Er war Geschäftspartner von John Griggs geworden, auch „Flegel" genannt. Griggs hatte seine Gang als Glaubensgemeinschaft eintragen lassen, als *Brotherhood of Eternal Love,* was ihm Steuervorteile einbrachte: Amerika ist bekannterweise eine religiöse Nation. Von der Gründung an.

Griggs und die Seinen produzierten große Mengen LSD. Sie hatten das Monopol beim LSD-Verkauf in ganz Kalifornien und auch bei einem Großteil der Staaten an der Westküste. Aber das reichte ihnen nicht. Senn und Kirk fürchteten, sie könnten expandieren, es gab diesbezügliche Gerüchte. Jay war nach Woodstock geschickt worden, um das in Erfahrung zu bringen. Und er stellte in der Tat fest, dass Dutzende Jugendliche für Griggs in Woodstock Acid verkauften. Sein Stoff war minderwertig, aber er verlangte nicht viel dafür. Solange die Bärtigen mit der Harley-Davidson und den Ketten um den Hals in Kalifornien blieben, konnte man ein Auge zudrücken. Aber Woodstock war eine feindliche Invasion, ein Akt unlauterer Konkurrenz, eine Kriegserklärung.

Das konnten Senn und Konsorten nicht hinnehmen.

3.

Doch eigentlich wollte sich Jay nur an den Geschäften beteiligen. Die *Brotherhood* hatte ungefähr dreihundert aktive Mitglieder, und jedes einzelne „Familienoberhaupt" konnte bei Bedarf ein gutes Dutzend Jungs mobilisieren, um zu dealen und ihr Terrain mit effizienten Maßnahmen zu verteidigen. Der Stützpunkt von Griggs und den Seinen befand sich in Idyllwild, auf einer großen Ranch mitten im kalifornischen Riverside County. Sie bestand aus Baracken, Scheunen, Schlafsälen, kleinen und größeren Häusern und Villen (für die ranghöheren Mitglieder). Es gab auch eine Kapelle – verdammt, es handelte sich ja um eine Kirche! – und die Felder wurden von mexikanischen Landarbeitern bestellt, die auch als Drogenkuriere eingesetzt wurden. Die *Brotherhood* war eine echte kriminelle Gesellschaft: Nicht umsonst wurde sie auch als „Hippiemafia" bezeichnet. Leary, der arme Teufel, war offiziell Gast der Ranch, doch in Wirklichkeit war er die meiste Zeit unterwegs, auf Konferenzen und bei Gruppensitzungen, er wurde ständig von Bullen und Richtern überwacht und kam gar nicht in den Genuss der Gewinne der Hippiemafia, er wusste nicht einmal, wie hoch diese waren. Grob geschätzt zwanzig Millionen Dollar pro Jahr.

Als Jay sich Griggs vorstellte, befand sich die *Brotherhood* gerade in einer Krise.

Das Tate-Massaker in Los Angeles hatte zu Panik in der alternativen Szene geführt. Ein Kommando blutjunger Mädchen, Hippies der ersten Stunde, war nachts in eine Villa am Cielo Drive Nr. 10050 eingedrungen und hatte fünf Menschen umgebracht. Der Hausherr, Roman Polanski, war gerade im Ausland, Sharon Tate, seine schwangere Freundin, leider nicht. Der Auftraggeber war Charles Manson, ein gescheiterter Musiker und Verführer von Mädchen mit Blumenkränzen in den Haaren. Manson war zwar ein Verrückter, ein Psychopath, ein Sadist, doch leider auch ein Mitglied der Hippie-Bewegung. Er war einer von ihnen. Viele kannten ihn, viele hatten eine Beziehung zu ihm, manche hatten ihn sogar beschützt, obwohl sie ahnten, dass er gewalttätig war. Vielleicht weil Manson guten Stoff und willige Mädchen hatte, vielleicht auch, weil sie ihn fürchteten. Oder vielleicht – das wurde in der *Brotherhood* heftig diskutiert – weil manche auf ungewisse, jedoch nicht zu leugnende Weise das Gefühl hatten, er sei ein Teil von ihnen. Mit einem Wort: Griggs hatte eine öffentliche Stellungnahme verfasst, in der er Manson verurteilte, doch die Mitbrüder hatten sie bei der Versammlung verworfen. Es gab auch noch eine andere Stellungnahme, die den revolutionären und antibürgerlichen Aspekt von Mansons Tat hervorhob, doch sie erzielte keine Mehrheit.

Jay stellte sich Griggs vor, wie es sich gehörte, beziehungsweise – wie es im Straßenjargon hieß – mit größtem Respekt.

Praktisch mit einem Liter Orange Sunshine, dem besten LSD auf dem Markt.

– Damit könntest du Dutzend Millionen Trips herstellen, John.

– Was verlangst du dafür?

– Nichts. Betrachte es als kleines Geschenk.

Griggs misstraute Jay instinktiv. Man nannte ihn „Flegel", weil er in den Country Clubs des Bible Belt in Bierfässer sprang, doch der Instinkt hatte ihn nicht verlassen. Ungefähr zwölf Tage nach seiner

Ankunft in Idyllwild überraschte ihn Jay dabei, wie er in seinen Sachen stöberte.

– Was soll das, Johnny?

– Du gefällst mir nicht, Dark. Ich habe diesen Ort und alles, was er darstellt, geschaffen, ich habe die Pflicht, ihn zu verteidigen. Du gefällst mir nicht. Ich habe mich über dich informiert. Du bist ein Bubi von der Ostküste mit einem Haufen Geld, der auf Revolutionär macht. Doch du täuschst mich nicht, mein Freund, du täuschst mich nicht. Niemand weiß, woher dein Geld kommt …

– Ich bin ein reicher Erbe, wenn du dich wirklich über mich informiert hast, solltest du das wissen.

– Blödsinn. Du stinkst nach Bulle. Wer schickt dich? Die CIA? Die Regierung?

– Warum erkundigst du dich nicht bei Leary über mich?

– Tim ist leichtgläubig. Er vertraut den Menschen zu sehr. Ich nicht.

– Wenn ich wirklich ein Spion wäre, würde ich dann deiner Meinung nach mit einem Liter reinen Stoffs rumlaufen und ihn dir zur Verfügung stellen?

– Genau das würde ich tun, wenn ich ein Spion wäre.

– Tja, dann musst du deine Meinung ändern. Ich möchte bloß eurer *Brotherhood* beitreten. Das ist alles. Ich bringe Stoff, Rohmaterial, Geld und Fachwissen mit. Ich bin schon seit mehr als zwei Wochen hier und verliere nur meine Zeit. Lass über meinen Vorschlag abstimmen und bringen wir die Sache zu Ende.

Doch Griggs hatte überhaupt keine Lust, die Sache zu beenden. Er wühlte in dem Koffer und bekam den Flakon mit den letzten Kaos-Trips in die Hände.

– Und was ist das, Dark?

– Ich erkläre es dir gleich …

An einem Vormittag im Herbst wurde Griggs tot aufgefunden.

Der Leichenbeschauer schloss die Untersuchung schnell ab.

Jay nahm die Aufgabe auf sich, eine schöne Trauerrede zu halten, die um zwei Themen kreiste: Niemand würde je die bedeutenden

Lehren des großen Bruders vergessen; am besten ehrte man sein Andenken, indem man sein Werk fortsetzte.

Jay wurde der Boss der *Brotherhood of Eternal Love*. Unter dem Aspekt der Buchhaltung und der Einhaltung der Bundesgesetze bezüglich der Akkumulation von Kapital war die *Brotherhood* ein einziger Sauhaufen. Man deklarierte zwar Steuern und Abgaben, doch bei den Profiten und den Tarnaktivitäten (beziehungsweise den kleinen Betrieben, hinter denen sich die Labors versteckten) gab es so viele Lücken, dass Allsworth sich die Haare raufte.

– Was für Leute. Selbst der schlampigste Buchhalter könnte ihnen in zwanzig Minuten den Prozess machen. Wir müssen die Ärmel aufkrempeln, Jay.

Es dauerte fast zwei Monate, bis sie den Aktivitäten der *Brotherhood* einen legalen Anstrich gegeben hatten. Jay nutzte die Zeit, um seine Beziehung zu Griggs Waisen zu stärken, sodass ihn selbst die rebellischsten akzeptierten und liebten, um mit ein paar zugedröhnten und tätowierten Mitschwestern ins Bett zu gehen und um zehn Prozent der Gewinne auf die Schweizer Konten zu überweisen.

Was den Rest der Geschäfte anbelangte, so lief es immer besser. Die Labors in Europa arbeiteten auf Hochtouren. Stoff wurde in Windeseile in Umlauf gebracht. Die Jugendbewegungen waren inzwischen derart von Gewalt und Aggressivität durchdrungen, dass die gemäßigten Anführer der Reihe nach verduftеten und sich öffentlich von der Radikalität distanzierten, die von vielen Gruppen, vor allem den *Weathermen,* verlangt wurde.

In den Ghettos versuchten die *Panthers* das Heroinproblem zu lösen, indem sie den spärlichen Dealern, die sie als solche erkannten, eine Kugel in den Nacken verpassten. Doch das war, als würde man den Ozean mit einem Löffel trockenlegen wollen.

Garreth Senn triumphierte.

– Ich muss zugeben, diese durchgeknallte Idee mit dem Kaos hat funktioniert, Junge. Dank uns gibt es nun eine Generation süchtiger Mörder. Noch ein paar Jahre in dieser Gangart und wir haben in der westlichen Welt sogar die Vorstellung des Kommunismus ausradiert!

– Okay, aber ich brauche jetzt ein wenig Erholung, Garreth.

– Die hast du dir verdient. Wir sehen uns im nächsten Jahr, Junge.

Jay verbrachte den letzten Tag des Jahres im Schloss. Kirk wurde immer dünner, er hinkte und stützte sich auf einen Stock. Auch Gretchen schien zu leiden, sie war bleich und nicht so mollig wie gewöhnlich.

– Heute Abend sprechen wir nicht über Politik, mein Sohn. Heute Abend gedenken wir einer alten Freundin, die nicht mehr ist. Gehen wir zu Tisch.

Sie nahmen Platz. Kirk faltete die Hände und hielt eine kurze Rede, fast ein Gebet.

– Adieu, meine geliebte Lotte. Sie hat zu sehr gelitten, Jay, ich musste es tun. Glaub mir, es ist mir sehr schwergefallen. Ich werde nie wieder eine so treue Freundin haben wie sie.

Als Gretchen mit tränennassen Augen drei Portionen Ziegenbraten mit Reis und Kartoffeln servierte, begriff Jay den Sinn der Predigt.

Entsetzt schob er den Teller von sich.

– Verdammt, Doktor, wir essen Lotte!

– Das hast du mir nahegelegt!

– Das war doch nur so dahingesagt! Sie waren doch immer Vegetarier!

– Bei Jägern hat es immer den Brauch gegeben, fuhr Kirk fort, ohne auf den Einwand einzugehen, – sich die Beute günstig zu stimmen, indem man ihre besten Teile verspeist, das Herz, das Hirn, die Leber, damit der Mut und die Intelligenz des Tieres, das am Höhepunkt eines harten Kampfes gefallen ist, auf den Jäger übergehen!

– Herr Doktor, wir sprechen von Lotte, und nicht vom Säbelzahntiger!

– Guten Appetit, mein Sohn, und denk daran, Gretchen möchte wissen, wie es dir schmeckt!

Langsam führte Jay Dark ein Stück Braten an den Mund. Er kaute lange, bevor er eine Meinung abgab, er genoss es, die beiden zappeln zu lassen. Lotte war zwar alt gewesen, doch sie war gut zubereitet.

– Sehr gut, wirklich. Hervorragend, Gretchen.

Rom, heute

Schließlich gab ich Flints Drängen nach und lud ihn in mein „Dichterstübchen" ein, wie er es nannte. Beziehungsweise in mein Arbeitszimmer. Hinter meinem schweren Mahagonischreibtisch sitzend sagte ich zu ihm, dass ich die Zusammenarbeit beendete. Ich wolle nichts mehr mit ihm zu tun haben. Ich würde den Roman nicht schreiben.

– Wegen der Ziege? Ein großer Naturforscher, Konrad Lorenz, hat dreiundzwanzig Jahre mit einer Graugans namens Martin zusammengelebt, und als sie starb, zögerte er nicht, sie zu ehren und zu essen. Sie müssen sich auf die Kultur dieser Art von Wissenschaftlern einlassen …

– Blödsinn. Das ist keine Kultur. Das ist bloß Grausamkeit. Doch wie dem auch sei, die Ziege hat nichts mit meiner Entscheidung zu tun.

– Dann geht es also um Griggs, oder? Sie glauben, Jay habe ihn umgebracht, um die Kontrolle über die *Brotherhood* zu übernehmen? Wenn Sie das glauben, sind Sie auf dem Holzweg. Griggs schluckte vier Kaos-Pillen und als er von dem Trip runterkam, war er gesund und munter, zwar ein wenig benommen, aber zufrieden, er hat sogar seine Meinung über Jay revidiert. Doch Griggs war ein hemmungsloser Junkie. Ein paar Tage darauf nahm er freiwillig einen anderen Stoff, der ihn umbrachte. Minderwertiges, mit Strychnin verschnittenes Heroin, das ihm ein skrupelloser Dealer verkauft hatte. Jay war an seinem Tod unschuldig. Das schwöre ich Ihnen. Doch wenn Sie wegen Griggs unsere Zusammenarbeit beenden wollen …

– Nein, Griggs hat nichts damit zu tun.

– Was dann?

– Langsam empfinde ich Widerwillen gegen diesen Herrn Jay Dark.

Es war zwar erst Vormittag, doch Flint goss sich ein ordentliches Glas Whisky ein und forderte mich auf, weiterzureden.

– Da gibt es nichts mehr hinzuzufügen, Anwalt. Dieser Jay ist ein Arschloch, ein skrupelloser Hurensohn … ein Lügner vor allem, ein pathologischer Lügner. Hören Sie auf mit dieser Litanei vom armen Jungen, dem die Welt die Tür vor der Nase zuschlägt, der vor Selbstmitleid heult und derweil die Menschen kühl lächelnd in den Untergang treibt … Ich habe die Nase voll von diesem Soziopathen.

Flint ließ das Eis im Glas klirren. Er saß auf meinem Lieblingsfauteuil, einem gelben Sessel aus den Siebzigerjahren, mit der Lehne zum Fenster, das Sonnenlicht schien seine schmale Gestalt zweizuteilen.

– Soziopath? Pah. Sind Sie sich denn sicher? Wissen Sie, was ein Soziopath ist? Jemand, der keine Empathie empfindet. Für den die andern nicht existieren. Wenn ein Soziopath als armer Teufel auf die Welt kommt, landet er im Knast oder im Irrenhaus, wenn er jedoch die richtige Straße einschlägt, wird er ein großer Heerführer, ein ausgezeichneter Künstler, ein Industriekapitän, ein angesagter Bankier, ein Friedensnobelpreisträger oder Don Pablo Escobar. All das war Jay nicht. Er war imstande zu leiden und er hatte Gefühle. In den Jahren darauf …

– Ach, hören Sie doch auf. Wissen Sie, wie man Typen wie Jay Dark in Neapel nennt? *Chiagne e futte*, eine Heulsuse!

– Aber ja doch!, sagte Flint, plötzlich strahlend, und sprang auf. – Jetzt verstehe ich Sie endlich. Sie haben Angst!

– Wovor bitte? Ich habe keine Angst. Ich habe Ihnen doch gerade gesagt, der Protagonist widert mich an.

Flint ging um den Schreibtisch herum und stellte sich neben mich, legte mir eine Hand auf die Schulter.

– Mein Freund, Ihre Entscheidung hat einen Unterton von *Political Correctness* …

– Schlagen Sie es sich aus dem Kopf.

– Ach, so ist es! Sie haben Angst vor Polemik. Sie haben Angst, dass sich ein Schwall von Moral über Sie ergießt, wenn Sie den Roman publizieren, doch Sie werden ihn publizieren, das garantiere ich Ihnen. Was für ein Buch hast du da bloß geschrieben? Ein Loblied auf einen Dealer des Todes! Sie stellen sich schon vor, dass die Elternvereine, die Bigotten, die Moralisten jeglicher Couleur anklagend den Finger auf Sie richten und Ihnen stirnrunzelnd vorwerfen, ein bösartiger Erzieher zu sein, ein Propagandist gefährlicher Illusionen …

Touché.

Flint hatte recht. Mit brüsker Offenheit gab er den Ängsten Ausdruck, die ich tief in meinem Inneren spürte, mir jedoch nicht eingestand.

In der Vergangenheit hatte ich mäßig erfolgreiche Bücher geschrieben, mit skrupellosen Verbrechern als Protagonisten. Es hatte Polemiken gegeben. Doch sie beschränkten sich nicht auf das übliche Geschwätz, wie anspruchsvoll der Roman nun war und ob man einen Krimi als „Literatur" bezeichnen konnte. Das war akademisches Gewäsch. Nein, es ging um etwas anderes. Man hatte mir vorgeworfen, ich hätte Verbrecher als Helden dargestellt. Ich hätte die Jugend angestiftet, sich ihre Taten als Vorbild zu nehmen.

Ein paar Rechte hatten mir sogar die moralische Schuld an einer Messerstecherei gegeben. Das hatte mir zugesetzt, obwohl ich es nicht zeigte. Ich war fest der Überzeugung, ein Künstler dürfe sich nicht von moralischen Vorwürfen knebeln lassen. Ich war stur meinen Weg weitergegangen und hatte der Reihe nach auf die Vorwürfe geantwortet. Die wiederholten guten Ratschläge meines Verlegers hatte ich in den Wind geschlagen: Erfinde einen gutaussehenden, männlichen, vierzigjährigen, einsamen Kommissar mit einem tiefen existenziellen Leid: sarkastisch, aber gerecht und ironisch. Einen Helden, der im Schutz der Uniform das Unrecht rächt, der jedoch selbst bei der Lösung verzwickter Fälle nie das Mitleid vergisst und wenn möglich auch nicht das gute Essen.

Inzwischen bereute ich es längst, dass ich ihm nicht Gehör geschenkt hatte. Ich hatte keine Lust mehr zu kämpfen. Missverständnisse und Feindseligkeit beherrschten die Szene. Man brauchte schon breite Schultern, um durchzuhalten. Meine waren ganz schmal geworden.

Flint zündete sich eine Zigarre an und zeigte damit auf mich.

– Wenn Ihr Problem darin besteht, als schlechter Lehrmeister dazustehen, könnten Sie eine Person erfinden, die die Funktion des Gewissens übernimmt. Die hin und wieder zu Jay sagt: Du bist widerwärtig, du bist hinterhältig …

– Ich könnte ihn direkt zum Leser sprechen lassen wie in *House of Cards,* erwiderte ich spöttisch, – „Ich zerstöre einen Traum! Was für ein Arschloch ich doch bin! Bin ich nicht unwiderstehlich?"

– Sehen Sie! Es gibt jede Menge dramaturgische Lösungen!

– Das war ironisch gemeint.

– Es gibt wenig zu ironisieren. Wenn sich Dostojewski so viele Skrupel gemacht hätte wie Sie, hätte er niemals Stavrogin erfunden. Doch die Zeiten haben sich in der Tat geändert. Ganz zu schweigen von Hollywood und dem Fernsehen. Filme werden heutzutage auf die Goldwaage gelegt. Alle achten darauf, keine Bevölkerungsgruppen zu verletzen, egal ob sie gesellschaftlich wichtig sind oder nicht. Alle haben Angst vor der Verurteilung in den sozialen Medien. Der Böse ist ein Schwarzer? Und schon hagelt es Rassismusvorwürfe. Die Bösen sind heutzutage nur mehr Aliens, Nazis, IS-Terroristen und natürlich Raucher!

Verdammt, es war unmöglich, Flint zu widerstehen. Seine Tirade entlockte mir mehrmals ein Lächeln. Ein immer zustimmenderes Lächeln.

– Und vielleicht Fleischesser?, schlug ich vor.

– Oder Darwin-Anhänger, warum nicht. Bei uns sind Billy-Sunday-Anhänger en vogue.

– Da kann ich nicht mitreden, Pardon, ich bin noch nicht so … amerikanisch.

– Billy Sunday war in den Zwanzigerjahren ein Baseball-Champion. Dann bekehrte er sich zur Mystik. Er war einer der ersten Kreationisten, er wollte sogar verbieten, dass von Dinosauriern gesprochen wurde. Wollen Sie vor diesen Feiglingen kapitulieren?

– Aber hat Jay Dark nicht für Leute wie diese gearbeitet?

– Sie enttäuschen mich. Erinnern Sie sich, als wir über die Mythologie des Chaos sprachen?

– Wie sollte ich es vergessen?

– Nun, ein für alle Mal: Jay arbeitete für sie und gegen sie. Ob absichtlich oder nicht, tut nichts zur Sache. Ich gestehe, das ist das Faszinierende an ihm. Wir nähern uns dem Ende, also …

– Ich könnte dieses Gespräch ins Buch aufnehmen.

– Sehr gute Lösung. Dann ist es beschlossen. Hören Sie auf zu jammern und fahren wir fort.

– Nein. Trinken Sie Ihren Whisky und verschwinden Sie.

– Aber was für ein Schriftsteller sind Sie? Wollen Sie nicht erfahren, wie diese Geschichte zu Ende geht? Machen wir es so: Schenken Sie mir noch ein paar Stunden Ihrer kostbaren Zeit, und dann dürfen Sie sich verdrücken. Einverstanden?

Ich akzeptierte. Flint hatte wieder einmal die richtige Saite angeschlagen.

DIE WAHRE GESCHICHTE JAY DARKS, VON ANWALT FLINT ERZÄHLT

DER ANFANG VOM ENDE UND DAS ENDE VOM ANFANG

1.

Jay lebte wieder in seiner Wohnung in Bloomsbury und kaufte sich einen roten Ferrari. Es gab keinen Grund, sich zu verstecken, seine offiziellen Tätigkeiten garantierten ein hohes Einkommen, und der Ferrari war ein Wunder, gerade die richtige Entschädigung für einen Jungen aus Williamsburg. Gleichzeitig kümmerte er sich weiter um die Geschäfte mit der *Brotherhood,* mit der er eine enge Verbindung pflegte, er machte immer wieder zwei- bis dreitägige Besuche in Idyllwild. Die Labors liefen auf Hochtouren, der Stoff war in Umlauf, das Geld strömte, die Schweizer Konten wurden immer fetter.

Senn fragte ihn, ob er nicht auch in London die Geschäfte vorantreiben konnte.

– Denk an das amerikanische Modell. Lass dir was Ähnliches einfallen.

Unter „amerikanischem Modell" verstand er die Radikalisierung der Jugendbewegungen. Doch die Sache erwies sich als nicht machbar. Jay nahm Kontakt mit einem Typ von der IRA auf und schlug ihm einen Tausch vor: Drogen gegen Waffen. Dieser nahm an, doch ohne die Rechnung mit seiner Organisation zu machen, die gegen Drogen war.

Jay ließ es bleiben. Mehr Glück hatte er bei einigen Radikalen, er überredete sie, eine Art bewaffnete Gruppe nach dem Vorbild der *Weathermen* zu bilden, doch nachdem sie ein paar harmlose Böller geworfen hatten, lösten sie sich wieder auf.

Dann versuchte er Ronald D. Laing zu rekrutieren. Laing war damals einer der trendigsten Psychiater. Die gute Gesellschaft stellte sich vor seiner Praxis an. Laing war ein Vertreter der Antipsychiatrie, einige seiner Ideen waren dem radikalen Denken sehr nahe, das Jay als guter Schüler Kirks mit allen Mitteln zu verbreiten suchte. Nachdem Learys Stern gesunken war, hatte die Bewegung – oder das, was davon übrig geblieben war – keinen Guru mehr. Laing hatte das Zeug dazu, ein neuer zu werden.

Brandon stellte ihm Laing vor. Jay bereitete eine Trip-Session für sechs vor: Laing und seine Freundin, Brandon und seinen Freund, einen Hundezüchter, der sich auf die Rasse Cavalier King Charles Spaniel spezialisiert hatte, und Jay selbst. Die Gruppe genoss Jays exzellentes Orange Sunshine und schließlich bat Jay Laing, ihn zu analysieren. Er willigte ein. Jay unterzog sich einigen Sitzungen. Schließlich trafen sie sich allein in Laings wunderschöner Wohnung in Chelsea, vor dem Kaminfeuer, mit einem Glas Whisky und einer guten Zigarre. In entspannter Atmosphäre. Jay schlug Laing vor, in seine Geschäfte mit einzutreten. Um die Wahrheit zu sagen, schlug er ihm sogar vor, die Nummer eins zu werden. Er würde alle Gesellschaften Jays kontrollieren, der seinerseits garantierte, dass sich die Investitionen rentierten. Er bat ihn darum, seine Forschungen zu intensivieren und zum Guru des experimentellen Gebrauchs von LSD zu werden. Ein Geschäft von fünfzig Millionen Dollar.

Laing blickte ihn an, lächelte und sagte, bei der Analyse sei zutage getreten, dass er eine narzisstische Persönlichkeitsstörung habe, mit Neigung zu Manipulation und Lüge. Jay war praktisch ein zwielichtiger Hanswurst. Dann stand er auf und warf ihn eigenhändig aus dem Haus, nicht ohne sich vorsorglich das Glas mit dem teuren Whisky aushändigen zu lassen. Laing war Schotte, und für die Schotten ist Whisky ein kostbares Gut.

Lebenswasser.

Jay schrieb Kirk, England sei Zeitverschwendung, und fragte ihn, was für einen Sinn es verdammt noch mal mache, ein Land zu unterwandern oder zu destabilisieren, das ohnehin genug Probleme mit den Bomben der IRA hatte und noch dazu der beste Verbündete Amerikas war. Der Alte antwortete mit einem rätselhaften Kärtchen. Es sei eine Pflicht, mit dem Feind zu spielen, und ein Spaß, mit

Freunden zu spielen. Mit einem Wort, das Chaos müsse überall aktiv sein. Das war bizarr und entsprach Kirks Charakter, doch im Grunde oblag es nicht Jay zu entscheiden.

Jay hatte es sich in seinem Alltag bequem gemacht, und während die amerikanische Linke Selbstmord beging, die englische Linke sich nicht darum kümmerte und die Firma schwieg, wurde er immer reicher und genoss sein schönes Leben.

Eines Tage bekam er unerwartet Besuch von Allsworth. Der Anwalt stürmte herein und sagte, niemand, schon gar nicht Senn, dürfe von diesem Besuch erfahren.

– Was ist los, Ray!

Allsworth raufte sich die Haare.

– Wenn ich bis Montag nicht hunderttausend Dollar auftreibe, bin ich ruiniert.

Jay bot ihm ein schönes Glas Whisky an. Der Anwalt stürzte es mit einem Schluck hinunter und erzählte ihm eine rührselige Geschichte. Er hatte eine Affäre. Die fragliche Dame war über die Maßen geldgierig. Ray hatte immer wieder auf die Konten zugegriffen, doch sie war nie zufrieden. Sie wollte Schauspielerin werden. Ray hatte sich an der Produktion eines Films beteiligt, bei dem sie die Hauptrolle hätte spielen sollen. Sie war mit dem Regisseur und der Kasse davongelaufen.

– Entschuldige, aber dieses Geld …

– War ein Treuhandkonto. Ich hätte es für jemanden verwalten sollen, mit einem Wort, ich muss es am Montag zurückgeben.

– Und wem gehört dieses Geld?

Schließlich gestand Allsworth. Das Geld gehörte der Firma. Er hatte versucht, die CIA zu betrügen. Nicht schlecht. Jay machte seit geraumer Zeit dasselbe.

– Hunderttausend Dollar … Warum nimmst du nicht eine Hypothek auf deine große Villa auf?

– Das habe ich leider schon gemacht.

– Verkauf sie.

– Dann kann ich mich nie wieder sanieren! Verdammt, Jay, hilf mir, du bist meine letzte Hoffnung.

– Glaubst du, ich besäße so einen Betrag?

– Douloux. Wir könnten von Douloux' Konten abheben. Ein wenig hier und ein wenig dort. Ich schwöre dir, innerhalb von zwei, drei Monaten kann ich dir alles bis auf den letzten Cent zurückgeben.

– Douloux? Du bist verrückt. Du meinst, ich betrüge mit dir gemeinsam die Firma! Kommt gar nicht in Frage, Ray …

– Dann bringe ich mich um.

Natürlich waren hunderttausend Dollar für Jay gar kein Problem. Und vielleicht war es eine gute Investition, Ray einen Gefallen zu erweisen. Er ließ sich eine gute Geschichte einfallen, sicher würde er ihn nicht im Stich lassen. Doch er ließ ihn ein paar Tage lang zappeln, bevor er das Geld rausrückte. Ray dankte ihm mit Tränen in den Augen.

– Ich werde dir ewig dankbar sein, mein Freund, glaub mir!

Sehr bald würde Jay jedoch leidvoll zur Kenntnis nehmen müssen, dass man einem Anwalt nie vertrauen durfte.

Eines Abends Ende Mai rief Kirk ihn weinend an. Gretchen hatte das Zeitliche gesegnet.

2.

Jay eilte ins Schloss, doch aufgrund eines verspäteten Flugs kam er erst an, als die Trauerfeier schon vorbei war. Kirk hatte gerade die Asche seiner Lebensgefährtin verstreut. Er war nicht wiederzuerkennen. Ein Schatten seiner selbst. Er ließ sich umarmen, flennte wie ein alter Mann, weigerte sich, Nahrung zu sich zu nehmen, höchstens einen Schluck Wasser oder gezuckerten Tee.

Jay brachte es nicht übers Herz, ihn allein zu lassen. Er zog ins Schloss. Einige Nächte nach seiner Ankunft wurde er vom Prasseln eines Feuers und schrillen Schreien geweckt. Jay lief in den Garten hinunter.

Auf dem Platz vor dem Stall, der mittlerweile eine Ruine war, hatte Kirk Fotos, Kleider, ein paar wenige Schmuckstücke, Porträts angehäuft – alles, was ihn an Gretchen erinnerte. Er hatte den Haufen mit Benzin übergossen und angezündet. Und nackt, wie ein nacktes Skelett, tanzte er rund um das Feuer und brüllte unverständliche Sätze.

– Doktor, hören Sie auf. Sie sind ja nicht bei sich!

– Wer bin ich, ha? Ein Leben im Dienst des Chaos, der einzigen wichtigen Realität, und der Tod entzieht sich meinem Verständnis. Wir sind hoch geflogen, zu hoch, wie Ikarus, dieser Idiot, und wir haben es absichtlich gemacht. Es ist alles Betrug, verstehst du nicht? Alles!

– Das können Sie nicht sagen, Doktor, nicht Sie! Seit wir uns kennen, haben wir das Chaos idealisiert, die Unwahrscheinlichkeit, die Veränderung und jetzt …

– Und jetzt sage ich dir, dass ich gelogen habe. Ich habe gelogen. Wir können die Götter als Zeugen meiner Lüge anrufen!

Er riss sich los und versuchte sich ins Feuer zu stürzen. Jay konnte ihn nur mit Mühe und in letzter Sekunde davon abhalten. Kirk trat um sich und knirschte mit den Zähnen, sein ausgezehrter Körper legte eine überraschende Energie an den Tag.

Jay musste ihn mit einem Kinnhaken überwältigen.

Kirk fiel zu Boden.

Jay brachte ihn ins Bett und bewachte ihn die ganze Nacht.

Am nächsten Morgen war sein Blick wieder klar und seine Stimme friedlich.

– Gestern habe ich ein schönes Theater aufgeführt, was, mein Sohn.

– Sie waren von Schmerz überwältig. Ich verstehe Sie.

– Geh jetzt, ich muss nachdenken.

– Ich bringe es nicht über mich, Sie allein zu lassen.

– Los, geh. Das Schlimmste ist vorbei.

– Warum kommen Sie nicht mit mir nach London?

Kirk grinste.

– Mein Sohn, ich bin im Winter 1944 in dieses wunderbare und widersprüchliche Land gekommen. In diesen siebenundzwanzig Jahren habe ich nie auch nur das geringste Verlangen verspürt, das alte müde Europa wiederzusehen. Am Ende meines Lebens werde ich es mir nicht anders überlegen.

– Was zum Teufel bedeutet „am Ende meines Lebens"?

– Ich trage eine unheilbare Krankheit in mir.

– Und die Behandlung?

– Die Behandlung nützt nicht mehr.

– Wollen Sie sagen, dass Sie mich allein lassen?

– Wenn ich dir die Wahrheit sagen soll, ich habe es satt, dich in meiner Nähe zu haben.

– Dann sage ich Ihnen, ich habe es satt, wie eine Marionette behandelt zu werden.

Kirk erhob sich mühsam und öffnete die Schublade eines kleinen Holzschranks, auf den er jede Nacht vor dem Schlafengehen ein Glas Milch stellte. Er holte ein Kuvert heraus und reichte es Jay. Er bedeutete ihm mit einer Geste, er solle es öffnen. Darin befand sich das Memo, das Stagg und Senn vor fünf Jahren, als Jay offiziell in die Firma aufgenommen worden war, hatten unterschreiben müssen.

Der Gründungsakt von Phase zwei von MK Ultra.

– Solange das in deinem Besitz ist, können sie dir nichts anhaben. Das ist deine Lebensversicherung, mein Sohn. Benutze sie, um deinen Austritt zu verhandeln. Du wolltest frei sein? Jetzt kannst du es sein. Und jetzt hau ab.

– Ich denke gar nicht daran.

Seit zehn Jahren arbeitete Jay nun mit Kirk zusammen. Von Anfang an hatte er Fluchtpläne gehegt. Im Drehbuch ihrer Beziehung war Jay der aufmüpfige Rebell und er der Weise, der ihn durch das Geheimnis des Chaos führte und seine Gefühlsausbrüche zügelte, ihn erzog wie ein Vater und seinen jugendlichen Furor dämpfte. Ihr Dialog hatte im Wesentlichen immer aus zwei Sätzen bestanden:

„Ich gehe, Doktor."

„Bleib, mein Sohn."

Jetzt war auf einmal alles anders. Kirk jagte ihn fort und anstatt die Gelegenheit zu ergreifen und sich zu befreien, verspürte Jay ein schmerzliches Gefühl von Leere.

Die Freiheit wiedererlangen? Immer, wenn er nur einen Schritt davon entfernt gewesen war, hatten sie ihn zurückgepfiffen.

Jay sagte zu Kirk, er habe sich an sein Leben als Agent des Chaos nicht nur gewöhnt, er mochte es sogar und war überzeugt, dass es für ihn keine Alternative gab.

Es war spät, Jay Dark hatte sich verändert. Jay Dark wollte das Geld, seinen Ferrari, seinen Drogenring nicht aufgeben. Wenn man ihn aufgefordert hätte, einen Mord zu begehen, hätte er es ohne zu zögern gemacht.

So hatte ihn Kirk geformt, und er wollte nichts anderes sein.

– Wissen Sie, was die wahre Freiheit ist, Doktor? Die Freiheit, den besseren Herrn zu wählen. Erinnern Sie sich an diese Worte. Ihre Worte. Ich habe meine Wahl getroffen. Deshalb behalten Sie den Fetzen Papier und gehen Sie zum Teufel!

3.

Ein paar Tage nach dem Krach mit Kirk, während sich Jay auf seine Rückkehr nach London vorbereitete, erhielt er einen Anruf von Wash.

– Ich muss dich sehen, Jay.

– Okay, ich bin hier, Bruder.

– Kannst du zu mir nach Harlem kommen? Wir müssen uns unterhalten.

– Kein Problem, ich komme.

Jay hegte keinen Verdacht. Vielleicht hatte das schöne Leben, das er führte, den Straßeninstinkt zum Verschwinden gebracht. Vielleicht hatte er zu großes Vertrauen zu Wash, dem alten Freund Wash, der ja ein aufrechter Kampfgefährte war. Deshalb dachte er sich nichts dabei, als er die Garage auf der 134th Street betrat: Darin saß ein an einen Stuhl gebundener Schwarzer, dessen Gesicht geschwollen war und dem ein Speichelfaden aus dem Mund lief, seine Zähne waren eingeschlagen. Vor ihm stand Wash in der Uniform der *Panthers* mit einer Halbautomatischen in der Hand.

Vielleicht einer der Pistolen, die er seinerzeit ausgeteilt hatte.

Der Typ auf dem Stuhl war ein Provokateur aus den Reihen Garreth Senns, ein Junge aus Pennsylvania, den man rekrutiert hatte, um im Ghetto mit Heroin zu dealen. Wash hatte ihn auf einer der Patrouillen geschnappt, die die *Panthers* – mit geringem Erfolg – organisierten, um die Brüder vor der Ansteckung zu retten. Der Junge, der übrigens Ulysses hieß und vielleicht glaubte, über die List des griechischen Helden zu verfügen, hatte angesichts der bevorstehenden Exekution geplaudert.

– Verdammt, das Ganze ist geplant, ich bin ein Undercoveragent!

Bis jetzt hatte er nichts preisgegeben, was die *Panther*s nicht von selbst kapiert hätten. Doch Ulysses, der unbedingt seine Haut retten wollte, hatte ein paar Namen genannt. Ganz oben auf der Liste stand der Jays.

– Jay Dark, den ihr für einen Revolutionär haltet! Verdammt, er ist einer der Chefs! Du musst mir glauben, Bruder! Er manipuliert euch seit Jahren, er und sein Nazidoktor! Du hast diesem Arschloch vertraut. Ich bin nur ein kleiner Fisch. Lass mich gehen, ich bitte dich, Bruder, nimm es mit jenen auf, die euch im großen Stil verarschen, nicht mit mir!

Wash war sich unsicher. Auf der einen Seite war da das Geständnis des Spions, auf der anderen Seite Jay Dark. Sein Bruder Jay Dark.

Die Situation war sehr, sehr unangenehm. Wash hatte gegen einen Haufen Regeln verstoßen. Er hatte den Undercoveragenten nicht auf der Stelle erschossen und er hatte seine Freunde nicht informiert. Aus Freundschaft und brüderlichen Gefühlen hatte er beschlossen, im Alleingang zu handeln. Jay sagte zu sich, an Washs Stelle hätte er wahrscheinlich genauso gehandelt.

Jay witterte eine Chance.

– Komm schon, Wash, Bruder! Du wirst dem armen Teufel doch nicht glauben! Du siehst doch selbst, dass er seine Mutter verraten würde, um seine Haut zu retten. Verdammt, Wash, wir kennen uns seit Jahren! Ich habe dir Waffen, Stoff, Geld besorgt … Glaubst du, das hätte ich getan, wenn ich auf der anderen Seite stünde? Und Tracey? Glaubst du, ich hätte auch sie betrogen? Und Pam? Los, komm, siehst du nicht, dass das nur eine Lüge ist, um uns gegeneinander auszuspielen?

Jay hätte hinzufügen sollen: Erschieß das Arschloch und gehen wir nach Hause. Doch es war eine schwierige Entscheidung. Immerhin standen Ulysses und er auf derselben Seite. Vielleicht konnte Jay Wash überzeugen, ohne dass es zum Äußersten kam.

Wash starrte ihn noch immer an.

– Was soll ich tun, Bruder?

– Lass ihn gehen. Er ist ein armer Irrer. Du hast ihm eine Lektion erteilt, in Harlem ist er erledigt. Lass ihn gehen.

Fast hätte Jay es geschafft. Wash sah ihn lange an und Jay hielt seinem Blick stand. Was las Wash in seinem Blick? Die klare Tiefe einer Freundschaft, der der Verrat fremd war. Jay hatte alle seine Fähigkeiten in diesen Blick gelegt. Er war absolut überzeugend!

Aber die Geisel kapierte nicht. Anstatt zu heulen und um Erbarmen zu flehen, begann er zu schwatzen, er könne Beweise für seine Behauptungen liefern. Er sprach vom Stützpunkt, er sagte, er würde einem Bataillon von militanten Schwarzen die Tür öffnen und ihnen helfen, ein Massaker anzurichten. Er sagte, er habe mit eigenen Augen gesehen, wie Jay Stoff von den Chefs bekam (das war eine absolute Lüge: Jay stellte den Stoff selbst her, er lieferte ihn allenfalls Typen wie ihm).

Mit einem Wort, er delirierte auf gefährliche Weise. Wash raufte sich die Haare.

– Los, Dark, nimm seine Pistole, schrie Ulysses.

Wash war einen Augenblick zerstreut gewesen. Er hatte die Waffe auf einen niedrigen Tisch gelegt. Jay hätte losschnellen und die Situation lösen können wie ein Cowboy. Doch allein wegen dieses Ausrufs, dachte er, verdiente Ulysses eine Kugel in den Kopf.

Wie konnte man nur so dumm sein?

Warum erschoss Jay Wash nicht auf der Stelle? Der Grund war weder Freundschaft noch Mitleid. Selbst in diesem so kritischen Augenblick überlegte Jay, wie er seine Haut retten konnte. Und vielleicht dachte er, dass ihm Wash später noch nützlich sein konnte.

Wash nahm die Pistole und reichte sie Jay.

– Ist gut, Jay. Verpass ihm eine Kugel in den Kopf und beenden wir die Geschichte!

Wash konnte sich nicht entscheiden, welcher Seite er Glauben schenken sollte.

Jay richtete die Waffe auf Wash und befahl ihm, die Geisel zu befreien.

– Endlich!, schrie Ulysses.

Jay würde Washs Blick nie vergessen. In diesem Augenblick war er auf seiner Seite. Und gleichzeitig war ein Teil seiner selbst sehr froh darüber, auf der richtigen Seite der Waffe zu sein. Jay entschied sich für die stärkere der beiden Kriegsparteien.

– Los, Wash, forderte er ihn auf. – Ich kann dir einen günstigen Deal vorschlagen. Sagen wir, zwei bis fünf Jahre in einem Gefängnis der mittleren Sicherheitsstufe. Und aufgepasst: Ich fordere dich gar nicht auf, jemanden zu verraten. Sagen wir, es ist das Angebot eines Freundes. Los, gehen wir. Wash, das Spiel ist aus. Binde diesen Trottel los.

Wash war nicht wie er. Wash war wie alle anderen. Er glaubte. Mit einer Art schmerzerfülltem Brüllen stürzte er sich auf Jay.

Jay schoss ihm eine Kugel in den Kopf.

Dann band er Ulysses los.

– Verdammt, Bruder, dafür werden sie dir eine Medaille geben. Verdammt, das war ein Meisterwerk!

Dann machte der unwürdige Epigone des Königs von Ithaka etwas, was er nicht hätte tun dürfen. Er trat auf Washs Leiche ein.

– Einen Augenblick lang habe ich geglaubt, dass du ihm tatsächlich einen Deal anbieten wolltest, Bruder. Diesem Arschloch. Verdammt, jetzt bist du tot, ha? Arschloch, Arschloch!

Jay packte ihn an den Schultern.

– Hör mir zu, Ulysses. Du hast einem Feind geheime Informationen weitergegeben, du hast die ganze Mission gefährdet und hast dich benommen wie ein Feigling.

– Verdammt, du hättest an meiner Stelle dasselbe getan.

– Meinst du?

Und Jay schoss auch ihm in den Kopf. Zweimal.

Vielleicht hätte auch er gesungen wie ein Kanarienvogel, um seine Haut zu retten. Aber er hätte niemals auf die Leiche eines Kämpfers eingetreten.

Jay hatte Wash nicht retten wollen, und er hatte auch kein schlechtes Gewissen, weil er einen Bruder getötet hatte. Er erschoss Ulysses nicht, weil ihn plötzlich das Gewissen drückte.

Jay erschoss Ulysses und auch Wash und alle anderen, weil diese glaubten.

Und Jay glaubte an nichts.

Deshalb musste er sich die Hände schmutzig machen.

Er bekam keine Medaille. Er wurde bloß von Garreth Senn umarmt.

– Du hast Eier, Junge. Um den gefallenen Agenten zu rächen, hast du nicht gezögert, deinen alten Freund umzubringen. So etwas zählt in unserer Welt!

4.

Jay kehrte nach Bloomsbury zurück und stürzte sich in die Arbeit. Er hatte seine „Schattenlinie" überschritten. Doch er war weder stolz noch enttäuscht. Es war einfach passiert, und er konnte damit leben.

Er eilte auf den Anfang vom Ende zu, noch nie hatte er sich so kalt und leicht gefühlt.

Ein paar Monate nach den Ereignissen des sogenannten schwarzen Septembers, als der König von Jordanien die palästinensische Elite aus seinem Land vertrieben hatte, erhielt Jay einen Hilferuf von Scheich Walid. In der Oase wimmelte es von Flüchtlingen, das Volk litt, es gab kein Geld, et cetera, et cetera. Er sprach mit Garreth Senn darüber. Dieser befahl ihm, es bleiben zu lassen. Im Augenblick gab es keine eindeutigen Direktiven in Bezug auf die Palästinenserfrage. Also konnte man auch keine Operationen genehmigen, außer der laufenden, den Haschischhandel mit Walid. Jay legte den Befehl auf seine Weise aus. Er gewährte dem Scheich weitere zwanzig Prozent des Profits und überreichte ihm höchstpersönlich zwei Köfferchen mit Geld, das er von den Schweizer Konten abgehoben hatte.

Dann überstürzten sich die Ereignisse.

Alles begann in London.

Ein gewisser Kommissar Masterson von der Londoner Polizei, der ehrwürdigen Institution, die die Welt als Scotland Yard kannte, schickte ein Dutzend Polizisten in trendige Lokale. Die Polizisten gaben sich als junge Künstler aus, die sich für die alternative Szene interessierten. Sie nahmen Kontakt mit den Dealern auf und es gelang ihnen, den Produktionsweg der Drogen ein Stück weit zurückzuverfolgen. Als Masterson genug Informationen besaß, ließ er zwei Labors schließen und konfiszierte eine Menge Stoff. Alarmiert benachrichtigte Jay Garreth Senn. Senn sagte zu ihm, er solle sich keine Sorgen machen, und aktivierte einen Kontakt beim MI5, dem englischen Geheimdienst. Der Agent rief Masterson zu sich und legte ihm nahe, von den Ermittlungen Abstand zu nehmen. Masterson antwortete, das würde er tun, wenn man ihm schriftlich gab, dass die Regierung Ihrer Majestät einem Polizeibeamten den Auftrag gab, den LSD-Handel in London zu unterstützen. Und fügte hinzu, er wolle Jay verhören.

Noch alarmierter räumte Jay weitere Labors, nahm alle Ergotamin-Vorräte an sich, und schickte Sam und Phil, die beiden Geschäftspartner, samt dem Stoff und einem von Garreth Senn besorgten Pass nach Frankreich. Die Vorladung kam nicht zustande. Masterson schrieb einen verärgerten Bericht, worin er den Agenten beschuldigte, Sam von der gegen ihn laufenden Ermittlung informiert zu haben. Der Geheimdienstler verlor die Geduld, und ein paar Tage später wurde Masterson unter dem Vorwand des LSD-Besitzes verhaftet. Doch Mastersons Bericht war in den oberen Rängen von Scotland Yard auf offene Ohren gestoßen, dort gab es immerhin ehrliche Beamte. Es folgte eine Geheimverhandlung, Masterson wurde mit vielen Entschuldigungen freigelassen. Allerdings wurde der mutige Kommissar versetzt, und Jay stand nach wie vor im Brennpunkt von Ermittlungen.

Jay sperrte alle Labors zu, London war somit verloren.

Zu allem Überdruss hatte Masterson seine Informationen mit seinen Amtskollegen in Frankreich und Belgien geteilt. Die lokalen Gendarmen setzten sich in Bewegung. Und Jay musste auch die Labors in Paris und Brüssel schließen.

Ein echtes Debakel.

Aber das Schlimmste kam noch.

Die kalifornische Polizei durchsuchte zwei Labors der *Brotherhood* und nahm alle Anwesenden fest.

– Garreth, was ist los? Haben wir nicht getarnt gearbeitet?

– Alles unter Kontrolle, mein Junge. Bloß eine kleine Panne.

Doch es war alles andere als eine Panne. Senn, die Schlange, log. Eine Woche später machte eine riesengroße Razzia den Aktivitäten der *Brotherhood* ein Ende.

Jay rief Allsworth an. Das FBI, Drogendezernat, hatte sein Büro durchsucht. Sie hatten einen Haftbefehl für Jay. Allsworth riet ihm, in London zu bleiben. Jay rief Senn an. Er erhielt den Befehl, augenblicklich zurückzukommen, denn, wie er sagte, das Blatt hatte sich gewendet.

Jay fuhr zu Kirk.

5.

Es waren nicht viele Worte nötig. Es genügten ein Blick und der Händedruck, mit dem ihn der zu Haut und Knochen gewordene Erfinder von MK Ultra auf dem Sterbebett im Jewish Center in Manhattan begrüßte. Kirk war der Vater, Jay der verlorene Sohn mit Asche auf dem Haupt. Jay nahm das Memo und versicherte seinem Mentor, dass er es nutzen würde. Kirk nahm die Sauerstoffmaske ab und bedeutete ihm mit einer Geste, näher zu kommen. Er atmete mühsam, sein Atem war der eines Sterbenden und roch zugleich scharf und süß.

– Es gab einmal einen großen König namens Indra. Um seine Stadt groß und ruhmreich zu machen, beauftragte Indra den Weltenbaumeister Vishvakarman, den schönsten Palast aller Zeiten zu errichten. Der Gott machte sich ans Werk, doch Indra wurde mit jedem Tag anspruchsvoller. Vishvakarman wusste nicht mehr ein noch aus und wandte sich an Brahman, den Gott der Schöpfung. Brahman wandte sich an Vishnu, die Manifestation des Höchsten. Mit einem Kopfnicken bedeutete ihm Vishnu, dass er sich darum kümmern würde. Am Morgen darauf tauchte in Indras Palast ein Brahmane auf, ein überaus schöner und weiser Jüngling. Indra empfing ihn in seinem festlichsten Saal. Der Junge sagte zu ihm, er habe von ihm und seinem Wunsch, einen unvergleichlichen Palast zu errichten, gehört. Und er fragte ihn, wie lange es noch dauern würde, bis er fertig war und Vishvakarman freigelassen würde. Er sagte, er frage das, weil noch kein König vor ihm so einen prächtigen Palast gehabt habe. Indra fragte ihn etwas überrascht und spöttisch, wie viele Könige er denn kannte, er war ja noch so jung. Der junge Brahmane antwortete, er habe schon vieles gesehen, er habe der Zerstörung des Universums beigewohnt und am Ende eines jeden Zyklus habe er gesehen, wie die Dinge starben. „Wer wird die Zeitalter zählen, die aufeinanderfolgen? Wer wird die untergegangenen Universen zählen und die Neuschöpfungen, die aus den Abgründen auferstehen? Und wer wird je die Zahl der Universen kennen, die in einem beliebigen Augenblick Seite an Seite existieren und in denen es immer einen Brahmanen und einen Indra gibt?" Während der König allmählich begriff und er ihm mit größer werdender Angst zuhörte, kam eine Prozession von Ameisen in den Saal gekrochen. Der Junge lächelte und sagte zu ihm, jede einzelne Ameise war einmal ein König der Götter gewesen, doch dann waren die Könige gestorben und als Ameisen wiedergeboren worden. Denn heute bist du Indra und morgen wirst du eine Ameise sein. Denn jeder Sterbliche und jeder Gott wird geboren, lebt, stirbt, verwest und wird wiedergeboren …

– Sehr schön, Doktor! Strengen Sie sich nicht zu sehr an!

– Aber du verstehst nicht! Mit letzter Kraft drückte Kirk Jays Hand. – Stagg ist Indra, Senn ist Indra, Amerika ist Indra. Heute ist Indra. Morgen werden sie alle Ameisen sein. Vertrau ihnen nicht. Arbeite für, aber auch gegen sie. Erinnere dich, morgen werden sie Ameisen sein.

Kirk bedeutete Jay mit einer Geste, ihm wieder die Sauerstoffmaske anzulegen, und ließ sich auf das Kissen sinken. Er schwitzte. Er schwitzte und litt.

Jay holte den Flakon mit den letzten Kaos-Trips aus der Tasche.

– Vertrauen Sie mir, Doktor?

Kirk verstand. Oder vielleicht akzeptierte er einfach das Unausweichliche. Er nickte. Jay gab ihm zwei Pillen.

Eine sanfte Heiterkeit trat an die Stelle des Schmerzes. Einen kurzen Augenblick lang wurde Kirks Blick wieder klar.

Jay nahm seine Hand und flüsterte.

– Lass los, Vater, sei leicht und frei. Geh hinaus und hinauf, ins Licht …

Und er ließ Kirks Hand erst los, als er ins Licht eingetreten war.

6.

Kirk hatte Jay ein schwieriges Erbe hinterlassen. Im Namen des Chaos sollte er dem System der Senns und Staggs den Krieg erklären. Beziehungsweise sollte er, nachdem er selbst zur Ratte geworden war, die Ratten bekämpfen.

Vor allem musste er seine eigene Haut retten.

– Stagg will deinen Kopf. Keine Ahnung, warum, aber dieses Arschloch hat es auf dich abgesehen.

Das steckte ihm Allsworth bei Kirks Begräbnis. Eine minimalistische Zeremonie, doch selbst das war noch ein Euphemismus: ein von Jay bezahlter Leichenwagen, bloß zwei Trauergäste – er und Allsworth – und der leere Hof des Jewish Center – der alte Nazi hatte sich zum Sterben ausgerechnet ein jüdisches Krankenhaus ausgesucht.

– Sie bieten dir einen Deal an, Jay. Du legst ein volles Geständnis über deine Tätigkeit als Dealer ab und gibst die Beute beziehungsweise das ganze Geld zurück, das du in diesen Jahren eingenommen hast. Dafür bekommst du eine Strafe von höchstens fünf bis fünfzehn Jahren, mit der Möglichkeit, nach dreißig Monaten auf Bewährung freigelassen zu werden, in einem Gefängnis mit minimaler Sicherheitsstufe. Das ist ein guter Deal, oder?

– Gut, sag ihnen, ich bin bereit zu verhandeln, antwortete Jay und zeigte Allsworth das Memo.

Der warf einen Blick darauf und machte erschrocken einen Schritt zurück.

– Spinnst du? Du willst die Firma erpressen! Das lassen sie dir nicht durchgehen!

– Hörst du mir nicht zu? Ich habe gesagt, Verhandlung, nicht Erpressung!

Allsworth schüttelte den Kopf.

– Das wird Senn nie akzeptieren. Der lässt dich vielmehr von hinten erschießen. Glaub mir, es gibt keinen Ausweg.

– Organisier mir ein Treffen.

– Kommt gar nicht in Frage.

Jay blickte sich um, sah, dass weit und breit niemand zu sehen war, und packte den Knirps am Kragen.

– Willst du, dass ich ihm die Geschichte mit den hunderttausend erzähle, Arschloch?

– Und warum sollte er dir glauben? Das Geld ist dort, wo es hingehört, es hat nie einen Fehlbetrag gegeben … Nein, wenn du glaubst, du kannst mir Angst einjagen, bist du auf dem Holzweg.

– Verdammt, Ray, ich habe Kopf und Kragen riskiert, als du knapp daran warst, Selbstmord zu begehen!

– Und dafür bin ich dir dankbar. Aber die Dinge haben sich verändert.

– Du bist mein Anwalt.

– Ich bin der Anwalt beider Parteien, und mit Verlaub bin ich lieber auf der Seite des Stärkeren.

Jay packte fester zu und hob den Anwalt buchstäblich vom Boden auf.

– Verdammt, lass mich los, bist du verrückt geworden? Garreths Jungs sind schon bei dir zu Hause, sie sind am Friedhof, da draußen, du bist erledigt … Das dürfte ich dir eigentlich gar nicht sagen …

– Dann danke.

Jay ließ ihn los. Während Allsworth versuchte, seine Kleider zu richten, verpasste er ihm zwei Schläge auf den Kopf und fügte einen

Tritt in die Weichteile hinzu. Der Anwalt ging röchelnd zu Boden. Jay durchsuchte seine Taschen. Nur fünfhundert Dollar. Mit weit ausholenden Schritten ging er zum Chauffeur des Leichenwagens, einem fetten Italiener mit grauem Schnurrbart, der die Szene beobachtet hatte. Als er Jay kommen sah, hob er kapitulierend die Hände. Jay sprach ihn auf Italienisch an.

– Das sind fünfhundert Dollar. Ich brauche die Uniform und den Wagen.

Der Italiener kapierte sofort, um was es ging, und willigte in den Tausch ein. Kaum hatte er die Uniform angezogen, gab ihm Jay einen nicht allzu heftigen Kinnhaken und setzte sich ans Steuer.

Ein paar Minuten später fuhr er an den beiden Dienstwagen – zwei Mustangs – vorbei, die der Geheimdienst am Tor des Krankenhauses postiert hatte.

Die Bösen brauchten eine Zeit lang, bis sie begriffen.

Lass einem Jungen aus Williamsburg nie zu viel Zeit.

Ein Junge aus Williamsburg ist schnell wie ein Windhund.

7.

Windhund heißt auf Englisch *Greyhound*. Und so heißen auch die berühmten Busse, die viele amerikanische Städte miteinander verbinden. Mit ihnen erreichte Jay Chicago. Sein Gepäck bestand aus seinem letzten Stoff, seinen letzten Dollars und einem ordentlichen Rucksack aus Wut und Frustration. Er klopfte an die Tür eines Drei-Zimmer-Apartments in der Division Street, am Rande des Ukrainian Village. Eine würdevolle Lehrerin mit Brille und im Kostüm, mit Haarknoten, unauffälliger Schminke und zartem Parfüm mit Tabaknote öffnete. Niemand wäre auf die Idee gekommen, dass die schöne, vielleicht etwas zu strenge Dame unter ihrem einschläfrigen Bett eine

Kiste mit Pistolen, Munition, einem Maschinengewehr und Granaten aufbewahrte.

– Tracey, Gott sei Dank! Ich sitze in der Scheiße!

– Und du stinkst wie ein Ziegenbock. Geh dich duschen, Jay.

Jay und Tracey hatten nach Washs tragischem Tod den Kontakt aufrechterhalten. Er schickte ihr regelmäßig Geld für die Sache, und sie hielt ihn über ihre revolutionären Projekte auf dem Laufenden. Tracey legte die Regeln des Lebens im Untergrund auf ihre eigene Weise aus. Ihre dicke Akte hatte Jay mithilfe von Senn verschwinden lassen. In den Stunden, in denen sie sich gerade nicht der Revolution widmete, unterrichtete sie zur besseren Tarnung die Kinder der armen Einwanderer in Englisch und Französisch und besuchte eifrig die katholische Kirche.

Als Jay mit nassen Haaren aus der Dusche kam, bot sie ihm einen Joint an und küsste ihn schwesterlich.

– Erzähl mir alles.

Es gab wenig zu erzählen. Oder besser gesagt, er konnte ihr nur das erzählen, was er erzählen durfte. Jay sagte, das FBI habe ihn wegen dem LSD im Visier, er habe jedoch kurz vor seiner Verhaftung fliehen können. Er müsse sich eine Zeit lang verstecken, um herauszufinden, wie er seine Haut retten konnte. Sein Plan bestand darin zu warten, bis der Sturm sich gelegt hatte, dann wollte er in die Schweiz fahren, bei Douloux sein Geld abheben und in ein tropisches Land ohne Auslieferungsabkommen verduften. Das konnte er seiner Freundin Tracey jedoch nicht sagen. Für sie war er nach wie vor der Genosse Jay Dark, ein kühner Revolutionär und Opfer der staatlichen Unterdrückung. Und das musste er auch bleiben.

– Jay, du hast viel für die revolutionäre Sache getan. Ich wäre ein Arschloch, wenn ich dir nicht helfen würde. Du darfst bleiben, solange du willst. Aber ich warne dich: Wenn du mit den *Weathermen* Kontakt aufnimmst, ist es vorbei.

Tracey hatte mit ihren alten Genossen gebrochen. Eines schönen Tages hatte sie ihre Waffen und ihren Anteil aus dem Erlös des letzten Überfalls zur Selbstfinanzierung an sich genommen und den Kampf allein weitergeführt. Nach Washs Tod, der offiziell einer Fehde zwischen Drogendealern zum Opfer gefallen war, hatte sie sich weiter radikalisiert.

– Ich hatte die Nase voll von diesem verbalen Extremismus.

– Verbalem Extremismus? Die *Weathermen*? Verdammt, Tracey, was redest du da?

In den letzten beiden Jahren hatten die *Weathermen* Bombenanschläge auf die Federal Bank verübt, auf das United States Naval Research Laboratory, auf die American Legion, auf die Waffenkammer der Nationalgarde in Santa Barbara (Kalifornien), den Gerichtssaal im Marin County (Kalifornien), wo Jonathan Jackson einige Monate zuvor während eines Prozesses schwarze Gefangene zu befreien versucht hatte. Aus Solidarität mit den revoltierenden Häftlingen hatten sie die Strafkammer des Gerichts von Long Island demoliert. Aus Solidarität mit der Revolte in Puerto Rico hatten sie Bombenanschläge im Center for International Affairs in Harvard und im Forschungsinstitut der Stanford University verübt, gegen die Jamaica Defence Force, gegen das Naval Armory in Whitestone und auf das Kapitol in Washington, auf die Räume neben den Büros der Senatoren. Dann hatten sie die Büros der Strafvollzugsverwaltung in San Francisco, Sacramento und New York angegriffen. Und sie sprach von verbalem Extremismus!

– Ein paar Bomben kitzeln das System doch nur und werden nichts verändern, Jay. Wir brauchen radikalere Maßnahmen. Blut muss fließen!

– Wovon sprichst du?

– Von gezielten, exemplarischen Aktionen. Die etwas bewirken. Einen treffen, um hundert zu erziehen.

– Du könntest mit Stagg anfangen!

Jay hatte keine Ahnung, warum ihm diese Worte entschlüpft waren. Der Hass auf Stagg war nur eine oberflächliche Erklärung, da hatte wohl Kirks Testament untergründig gewirkt: Zuerst hatte er sie unterstützt, jetzt war der Augenblick gekommen, sie zu bekämpfen. Den Namen Staggs hatte er mit einem ironischen Unterton dahingesagt.

Doch Tracey nahm die Aufforderung sehr, sehr ernst.

– Das wäre wirklich ein guter Anfang.

– Komm schon, meine Liebe, das habe ich nur so gesagt. Wie willst du einen der mächtigsten Männer Amerikas angreifen?

– Mit Blei, mein Lieber.

Dann blickte sie ihn entschlossen an und sagte:

– Ich habe Pam getroffen. Sie könnte uns helfen.

Jay begriff, dass das Rad sich wieder in die richtige Richtung drehte.

8.

Nachdem Jay Pam ihrem Vater übergeben hatte, hatte der sie wieder in eine Privatklinik eingeliefert, damit sie von den besten Psychiatern behandelt wurde. Zwei Jahre lang hatten sich berühmte Spezialisten um die Patientin gekümmert. Pam war apathisch, ließ die Behandlung über sich ergehen, aß kaum. Als wolle sie sterben. Sie hatten sie mit Medikamenten vollgestopft. Man hatte sogar eine Frontallappen-Lobotomie in Erwägung gezogen, in der Art von *Einer flog übers Kuckucksnest,* doch zu ihrem Glück hatte sogar ein hinterhältiges Aas wie Stagg seine Grenzen, und man hatte davon abgesehen. Die Diagnose schwankte zwischen Persönlichkeitsstörung, posttraumatischem Stresssyndrom, Depression.

Im Grunde verstand niemand, was mit ihr los war.

Doch dann erholte sich Pam allmählich.

In den beiden folgenden Jahren hatte sie Interesse an Musik und Zeichnen an den Tag gelegt. Sie hatte begonnen, klassische Gitarre zu lernen. Sie malte. Plötzlich war sie freundlich und kollaborierte.

Sie hatte eingewilligt, ihren Vater wiederzusehen, die Ärzte hatten die Überwachung gelockert. Man hatte ihr erlaubt, unzensierte Briefe zu schreiben. Das hatte Pam genutzt, um Tracey zu kontaktieren. Als man ihr Besuche erlaubte, war Tracey gekommen. Die beiden Freundinnen hatten sich umarmt, Pam hatte ein wenig geweint. Und hatte Tracey anvertraut, dass sie ein einziges Ziel in ihrem Leben hatte: ihren Vater umzubringen. Im letzten Halbjahr hatte man Pam Ausgänge in Begleitung von Betreuern erlaubt. Schließlich durfte sie sogar allein ausgehen unter der Bedingung, dass sie berichtete, wen sie traf und wohin sie ging. Pam hatte ein paar Wochenenden im Haus ihres Vaters verbracht. Doch sie hatte ihren Mordplan nicht ausgeführt. „Allein schaffe ich es nicht", hatte sie Tracey anvertraut. Die Freundin hatte sich angeboten, ihr zu helfen.

– Ich habe einen Plan, Jay.

Bei ihrem nächsten Ausgang würde Pam Jay und Tracey in die Villa Stagg einschleusen und mit ihrer Hilfe würde sie ihr Vaterproblem endgültig lösen.

Jay sah die Sache anders. Fürs Erste war klar, dass nicht er auf die Idee gekommen war, einen Mord zu begehen – die beiden Mädchen dachten schon seit längerer Zeit darüber nach, und das Gespräch hatte seiner Guerilla-Freundin allenfalls klarer gemacht, dass die Sache zu schaffen war. Jay war überhaupt nicht an Staggs Tod interessiert. Und er wollte auch nicht wegen eines aufsehenerregenden politischen Mordes auf dem elektrischen Stuhl landen.

Jay wollte nur seine Haut retten und – soweit das möglich war – auch sein Vermögen.

Er versuchte, Tracey davon abzubringen.

– Das ist kein exemplarischer Mord, Tracey. Du willst bloß Pam helfen. Das ist schmutzige Politik, Politik im Dienste der persönlichen Probleme einer Freundin.

– Das Persönliche ist politisch, Jay, warst du nicht einer der Ersten, die das bei der Versammlung der SDS gesagt haben? Ich erinnere mich noch an deine Worte über die subversive Subjektivität …

– Was hat das damit zu tun! Pam ist verrückt, das solltest du doch wissen.

– Dann handelt es sich eindeutig um eine *Heterogonie der Zwecke*.

– Wäre er uns nicht viel nützlicher, wenn wir ihn entführten und nicht umbrächten? Wir könnten ihn filmen, ihm ein Geständnis abringen ...

– Und was soll er gestehen? Der Bastard ist das System, und das System gesteht nicht!

– Dann würden wir wenigstens erfahren, warum Pam so wütend auf ihn ist. Hast du dich das nie gefragt? Ich schon, aber ich habe es nicht herausgefunden. Bist du nicht neugierig?

Nein, sie war nicht neugierig. Aufgrund ihres revolutionären Bewusstseins und weil sie außerdem eine tiefe Freundschaft mit Pam verband, war Tracey zu einer dumpfen Kriegsmaschine geworden. Nichts und niemand würde sie von ihrem Vorhaben abbringen.

So musste Jay allein zurechtkommen. Und diesmal erledigte er die Dinge so, wie es sich gehörte: Immerhin stand sein Leben auf dem Spiel.

Jay und Tracey übersiedelten nach Boston, in ein kleines Apartment, das sie unter ihrem echten Namen mieteten, einen provisorischen Stützpunkt auf halbem Weg zwischen Staggs Villa und der Klinik. Freitag nachmittags verabschiedete sich Pam von den Betreuern und ging zu Traceys Chrysler.

Doch am Steuer saß nicht Tracey.

Tracey schlief in ihrem Bett, eine ordentliche Dosis Phenobarbital, die Jay in ihrem Tee aufgelöst hatte, hatte sie außer Gefecht gesetzt.

Am Steuer saß Jay. Mit einem Aufnahmegerät und einem Riesenbammel.

– Jay, du? Aber was ...

Er ließ ihr keine Zeit zum Nachdenken. Er zog sie ins Innere des Wagens, verschloss die Türen und schoss los.

– Tracey wartet zu Hause auf uns, Pam.

– Ich will aussteigen.

– Alles in Ordnung, meine Kleine.

– Verdammt, nichts ist in Ordnung. Ich war glücklich und frei und du hast mich diesem Ungeheuer ausgeliefert! Das werde ich dir nie verzeihen!

– Ich war blind, ich konnte es nicht wissen, Pam. Ich bin auf deiner Seite.

– Lass mich aussteigen oder ich greife dir ins Steuer und verreiße den Wagen.

– Trink den Kaffee, Pam. Bald sind wir zu Hause.

Genau, der Kaffee. Tracey hatte ihm gesagt, Pam tränke bei ihren Treffen literweise Kaffee. Und Jay hatte einen speziellen Kaffee vorbereitet. Mit zwei Kaos-Trips. Seinem letzten Vorrat.

Er ging ein großes Risiko ein. Er hatte nicht die leiseste Idee, wie sie reagieren würde. Wenn sie in der Klinik ordentlich gearbeitet hatten, war Pam seit vier Jahren clean. Und sie hatte noch nie Kaos genommen.

Pam trank den Kaffee. Zwanzig Minuten später ging sie, von Jay gestützt, ins Souterrain hinunter. Lächelnd und halluzinierend beantwortete sie die einzige Frage, die Jay ihr gestellt hatte.

– Erzähl mir von ihm, Pam. Erzähl mir alles.

9.

Ich, Pamela Lucy Stagg, gebe folgende Erklärung ab:

Mein Vater, der demokratische Senator Donald Stagg, hat mich missbraucht, seitdem ich elf Jahre alt war. Mein Vater war Alkoholiker. Er streichelte mich und zwang mich, sexuelle Handlungen an seinem Körper vorzunehmen. Nachdem er zum Orgasmus gekommen war, begann mein Vater zu weinen und zeigte sich reuig. Meine Mutter bemerkte, dass etwas zwischen uns nicht stimmte, und stellte ihn zur Rede. Mein Vater schlug sie. Meine Mutter drohte, ihn anzuzeigen. Mein Vater erschoss sie. Ich war Zeuge des Vorfalls. Ich war dreizehn oder vielleicht vierzehn Jahre alt. Das Verbrechen wurde aufgrund der Aussage meines Vaters als Selbstmord zu den Akten gelegt, ich bestätigte seine Aussage und gab fälschlicherweise zu Protokoll, ich sei anwesend gewesen, als meine Mutter die Pistole auf ihre Schläfe richtete und abdrückte. In der Folge unterzog sich mein Vater einem Programm bei den Anonymen Alkoholikern, und die sexuellen Belästigungen nahmen ein Ende.

Für die Richtigkeit
Pamela L. Stagg

Jay stellte zwei maschinengeschriebene Kopien von Pams Erklärung her, der Kurzfassung der langen Erzählung, die er aufgenommen hatte, und ließ sie unterschreiben. Dann verabreichte er Tracey, die aus ihrem komatösen Schlaf aufgewacht war, noch einen spezialbehandelten Tee.

Es war tiefe Nacht.

Pam wirkte heiter, sogar fröhlich. Sie machte alles, was Jay ihr auftrug. Sie wollte mit ihm schlafen, doch er weigerte sich. Stagg, der sie zu Hause erwartete, war wohl schon besorgt wegen ihrer Verspätung. Jay befahl ihr, ihn anzurufen. Sie gehorchte. Sie erklärte ihrem Vater, sie übernachte bei einer Freundin und würde morgen kommen. Pam war sehr gut darin, ihren wahren Zustand zu verschleiern. Jay verabreichte auch ihr einen spezialbehandelten Tee.

Im Morgengrauen ließ er die beiden schlafenden Mädchen zurück und lief in die nächste Western-Union-Filiale. Er schickte Brandon das Band und eine Kopie der Erklärung, mit einer Nachricht, in der mehr oder weniger stand: Mach alles öffentlich, wenn ich mich in den nächsten fünf Tagen nicht melde. Er fügte hinzu: Nicht lesen. Aber das war nicht notwendig, er vertraute Brandon blind. Immerhin war er Engländer, die Zurückhaltung lag in seinen Genen.

Dann rief er Stagg an.

– Kommen Sie allein, wenn Sie Pam wiedersehen wollen.

Während er wartete und die beiden schlafenden Frauen beobachtete, überlegte er, wie viele Indizien es im Laufe der Jahre gegeben hatte, wie einfach und naheliegend die Erklärung gewesen wäre. Was sollte der Grund für Pams Hass auf ihren Vater sein, wenn nicht Missbrauch? Warum hatte er das nicht früher begriffen? Sicher, damals war die Sensibilität für Pädophilie, noch dazu in der Familie, noch nicht so hoch. Dennoch war Jay blind gewesen. Und wie er waren auch Kirk, Tracey, der arme Wash und alle Ärzte blind gewesen, die in den Abgründen von Pams Seele gekramt hatten.

Was für Esel waren sie doch gewesen! Leary hätte das gefallen: Wo die Liebe, die Freundschaft und die Wissenschaft versagt hatten, hatte Rauschgift zum Erfolg geführt!

Jay verspürte echtes Mitleid mit Pam. Ihr Schmerz berührte ihn, auch wenn er für ihn wie gerufen kam.

Wie würde Stagg reagieren? Und wie konnte er überhaupt reagieren! Er war erledigt, am Ende. Jay würde als Sieger aus der Sache hervorgehen und es würde auch für Pam eine Zukunft geben.

Das Happy End stand bevor.

Doch leider kam es ganz anders.

10.

Stagg hielt sein Wort.

Er kam allein.

Doch mit einer Pistole bewaffnet.

Ein Blick auf die von Pam unterzeichnete Erklärung genügte und er war davon überzeugt, dass er Gewalt anwenden musste.

In diesem Augenblick beging Jay einen Fehler, aufgrund dessen sich die Dinge überstürzten. Als der Senator die Pistole auf den Tisch zwischen Jay und dem Sofa legte, auf dem Pam noch immer schlief, verabsäumte er es, die Waffe an sich zu nehmen. Er fühlte sich seiner Sache sehr, sehr sicher. Und er gab sich sogar der Illusion hin, das Geständnis würde Pam von ihren Phantasmen befreien.

Doch zuerst musste er mit Stagg einen Deal abschließen.

– Sie können das Dokument gern vernichten, Senator. Ein zweites Original ist zu einem sicheren Ort unterwegs. Gemeinsam mit dem Band, auf das Pam ihre Erklärung gesprochen hat. Ich an Ihrer Stelle würde versuchen, die Sache so pragmatisch wie möglich zu lösen.

Stagg protestierte schwach. Er sagte, nicht er habe diese schrecklichen Dinge gemacht. Ein Dämon habe sich seiner Seele bemächtigt und sie abartig werden lassen. Als die Besessenheit vorüber war, hatte er versucht, die Fehler der Vergangenheit wiedergutzumachen, er war ein guter Vater, ein Patriot geworden …

Jay lachte ihm ins Gesicht.

– Ich bitte Sie, Senator!

Zuerst hast du eine ganze Generation mit Drogen überschwemmt, dann hast du dich zum Zaren der Drogenbekämpfung gemacht und als Hüter der Moral aufgespielt, du hast deine Tochter gefickt, ihre Mutter umgebracht, und jetzt willst du dich an meiner Schulter ausweinen? Der gute Vater!

– Das sind die Bedingungen. Die Anklage gegen mich wird fallen gelassen. Ihr lasst mir das Geld. Dafür bekommen Sie Pam und die Erklärung bleibt geheim. Sie können annehmen oder nicht.

Stagg senkte den Kopf und sagte, er akzeptiere.

Plötzlich wachte Pam auf. Oder vielleicht war sie schon wach, hatte sich nur schlafend gestellt, das Gespräch zwischen ihrem Vater und Jay belauscht und begriffen, was für Ratten sie waren. Sie sah die Pistole, packte sie, hielt sie ihrem Vater an den Kopf und drückte ab.

– Pam!

Zu spät.

Sie blickte Jay mit kalter Verachtung an.

– Jay Dark, du bist schlimmer als er.

Dann hielt sie sich die Waffe an die Schläfe und drückte ab.

Jay riss sich zusammen. Er betrachtete die Leichen von Vater und Tochter. Blut lief aus den Wunden. Er steckte die Pistole ein.

Tracey war von den Schüssen wach geworden.

Sie schrie. Sie warf sich auf Pam. Sie hielt sie in ihren Armen wie eine Renaissance-Pietà. Dann weinte sie.

Mord in der Theorie ist eine Sache, warme Leichen, aus denen eben erst das Leben gewichen ist, der süßliche Geruch des Blutes, das Bild der Verwesung ist etwas ganz anderes.

– Verschwinde. Sofort. Ich kümmere mich um dieses Chaos, befahl Jay.

Tracey gehorchte benommen.

11.

– Mein Junge, ich unterschätze dich noch immer. Ich weiß zwar nicht, wie du das geschafft hast, aber … mit einem Wort, du hast sieben Leben wie eine Katze, haha. Nun, Kompliment! Ich glaube, ich schulde dir einen Gefallen.

Garreth Senn war beim ewigen Kampf um die Vorherrschaft von Stagg überholt worden und jetzt, nach Staggs Tod, war er der neue starke Mann. Eigentlich war er der Letzte auf dem Schauplatz des glorreichen Projekts *Fuck-the-Rat*. Wer, wenn nicht er, sollte den Staffelstab übernehmen, den Stagg in ein Meer aus Blut hatte fallen lassen?

Verrückte Tochter bringt demokratischen Senator um und begeht Selbstmord

Der Chef der Antidrogen-Behörde von der eigenen drogensüchtigen Tochter umgebracht

Nacht über Amerika

Im Nachklapp der Story wurden Senn und die Seinen auch noch verspottet. Stagg war ein Held, der im Kampf gegen das Gift gefallen war, das die Jugend zerstörte. Es war ihm nicht gelungen, seine Tochter zu retten, doch sein Kampf war nicht umsonst gewesen, andere würden sein Werk weiterführen, blablabla. Die traurige Geschichte des Vaters, der seine Tochter missbraucht hatte, wurde selbstverständlich nicht erwähnt, und sie würde auch nie erwähnt werden. Jay ließ Senn wissen, dass die Zeit der Spielchen vorbei war. Das Band und die Erklärung waren nach wie vor in seinem Besitz. Seine Lebensversicherung.

– Okay, mein Junge, du bist sauber. Und ich schulde dir einen Gefallen. Aber du weißt, dass ich dich nicht einfach gehen lassen kann …

– Das habe ich auch nicht vor.

Tracey Deveraux wurde im August 1972 verhaftet. Sie erklärte sich zur politischen Gefangenen, weigerte sich, beim Verhör zu antworten, nahm ohne mit der Wimper zu zucken ein Urteil von fünf bis fünfzehn Jahren wegen Waffenbesitzes hin. Nach vier Jahren kam sie auf Bewährung frei. Nach ihrer Freilassung fand sie in einem Gymnasium in Minnesota Arbeit als Französischlehrerin. Sie heiratete einen Autohändler, bekam vier Kinder, ließ sich scheiden, kehrte kurz nach Kanada zurück und übersiedelte schließlich endgültig nach Chicago, wo sie sich um elternlose Minderjährige kümmerte. 2000, kurz nach ihrer Pensionierung, erkannte das Opfer eines vor dreißig Jahren von den *Weathermen* begangenen Raubüberfalls sie auf einem Foto in der Zeitung wieder (sie war als „Lehrerin des Jahres" geehrt worden). Der Staatsanwalt kam zu dem Schluss, es sei nicht der Mühe wert, das Geld der Steuerzahler für eine so alte Geschichte auszugeben, bei der es nicht einmal Tote gegeben hatte. Also wurde Tracey in Ruhe gelassen. Sie verstarb ein paar Jahre später friedlich im Kreis ihrer zahlreichen Enkel.

Epilog

Aufgeregt und lauthals sang Flint *All'alba vincerò*. Ich folgte ihm im Abstand von einigen Schritten und tat, als würde ich ihn nicht kennen. Die Menge, die aus der Oper strömte, betrachtete den exzentrischen alten Herrn im Smoking, der Puccinis unsterbliche Melodie vergewaltigte, mit einer Mischung aus Neugier und Belustigung. Wir hatten der Premiere einer Neuinszenierung von *Turandot* beigewohnt. Keine Ahnung, wie Flint es geschafft hatte, die besten Plätze zu bekommen.

– Los, singen Sie mit mir! Sagen Sie nicht, dass Sie sich genieren. „Tu pure principessa, nelle tue fredde stanze" … Los, Sie müssen doch stolz sein. Die Oper ist die Seele Italiens!

– Das bestreitet auch niemand. Aber ich will nicht unangenehm auffallen. Außerdem singen Sie ja nicht gerade richtig …

– Da muss ich Ihnen recht geben. Los, trinken wir ein Glas!

Es war mein Schicksal, dass es mit Flint immer mit einer Fresserei und Sauferei endete. Und er kannte viel besser als ich ungewöhnliche und gemütliche Lokale. Um das Ende der Geschichte zu feiern, sagte er, oder den Anfang einer neuen Geschichte – das hinge nur von mir ab. Er hatte sich für ein Weinlokal entschieden, das von einem jungen Rastafari mit Dialekt aus Molise geführt wurde. Ein paar Minuten nach dem Ende der Oper saßen wir auf unbequemen, wackeligen Hockern, vor uns standen zwei Gläser und eine Flasche Rum aus Barbados.

– Sie haben hoffentlich nicht die Absicht, sie allein auszutrinken.

– Sie werden mir hoffentlich helfen. Sonst bin ich dazu gezwungen. Ach, die Oper! Als Jay hier in Rom war, lernte er allmählich das Wunder des italienischen Lebens kennen. Die schönen Frauen, das Essen, Ferrari, Pavarotti, eure wunderbaren Klamotten …

Ich nippte am Rum und sagte, ich hätte mir etwas Besseres von ihm erwartet. Ich war es leid, immer dieselbe Litanei über die Schönheiten Italiens zu hören. Die Klischees über Pizza, Mafia, Spaghetti und Mandolinen gingen mir schon ordentlich auf die Eier.

Flint leerte ein erstes Glas, dann füllte er es aufs Neue, trank aus und füllte es wieder.

– Klischees, sagen Sie? Mag sein. Wie Leonardo, Dante und Michelangelo? Wären Ihnen das Empire State Bulding, der sitzende Stier, Joe di Maggio und die Wall Street lieber?

– Mir wäre lieber, wenn ich nicht wie der Bürger eines Operettenstaates behandelt werden würde. Oder wie der Pförtner eines Gartens der irdischen Freuden für reiche Einfaltspinsel mit markantem Kiefer.

– Haha, reiche Einfaltspinsel! Mein Lieber, siebzig Prozent meiner Landsleute haben noch nie von Italien gehört. Wenn sie Rom hören, denken sie an einen Flughafen, der achtzig Meilen von New York entfernt ist. Für sie ist Albanien die Region um Albany, NY, und wenn sie einen Ausflug in die Lagune von Venedig machen wollen, fliegen sie nach Las Vegas und kaufen sich eine Eintrittskarte ins Casino. Sie brauchen wenig, um zu träumen … Würden Sie gegen diesen Mist Cellini, Mantegna und Ferrari eintauschen?

– Ehrlich gesagt, keine Ahnung. Im Grunde weiß ich so gut wie nichts oder fast nichts über Amerika. Und Sie helfen mir auch nicht gerade beim Verständnis. Sie haben mir viel über Jay Dark erzählt, aber ich bezweifle, dass Jay Dark Amerika ist.

Flint nickte. Goss sich Rum ein.

– Los, fragen Sie. Was wollen Sie wissen?

– Zum Beispiel: Was essen die amerikanischen Jugendlichen?

– Die Reichen essen nicht. Essen ist vulgär, vor allem Fett. Die Mittelklasse ernährt sich von Haferflocken und Burgern. Die Armen sind schon seit Jahren fettleibig.

– Baseball habe ich auch nie verstanden.

– Ich auch nicht, lebe aber trotzdem sehr gut.

– Und wie sind die berühmten Studentenvereinigungen? So schrecklich, wie man hört?

– Entschieden schlimmer. Eine Versammlung von Idioten, die Pseudotraditionen aufrechterhalten, die außerdem grausam und blutrünstig sind. Manche sagen, sie dienen dazu, den Patriotismus zu stärken und die Elite zu formen.

– Wer ist nun ein typischer Vertreter der amerikanischen Mittelklasse?

– Jemand, der nur an sich denkt, jeden Morgen dem lieben Gott dankt, dass er in Amerika zur Welt gekommen ist, und überzeugt davon ist, dass der Rest der Welt das auch tun sollte: Ich meine, dem lieben Gott dafür danken, dass er Amerika geschaffen hat, Amerika folgen und gehorchen, und Amerika nicht auf die Nerven gehen. Zufrieden?

– Eher erleichtert. Sie lästern ziemlich unverfroren über Ihre Landsleute. Aber wir haben von unterschiedlichen Dingen geträumt. Rock, *Easy Rider*, die sexuelle Befreiung.

– Inzwischen sollten Sie es verstanden haben. Ihr habt unsere Träume geträumt, ich meine, die Träume, die wir euch gegeben haben. Doch etwas ist geblieben, ja, etwas ist geblieben …

Flint bestellte zwei Nutella-Crêpes und fragte mich, ob ich eine Entscheidung getroffen hätte.

– Werden Sie das Buch also schreiben? Den Roman über den wahren Jay Dark?

– Ich weiß noch nicht, gestand ich.

– Sagen wir es so: Würden Sie *Blue Moon* neu schreiben, nach dem, was ich Ihnen erzählt habe?

Die Crêpes wurden serviert. Flint widmete sich ihnen mit voller Konzentration: ein Bissen und ein Schluck, ein Schluck und ein Bissen.

Dann wurde er plötzlich ernst und erklärte mir mit einer nüchternen Stimme, derer ich ihn nach dem vielen Alkohol gar nicht fähig gehalten hatte, in welchen Punkten ich richtig gelegen und wo ich mich geirrt hatte.

– Vor allem hätte ich an Ihrer Stelle der Psyche Ihres JD mehr Bedeutung geschenkt.

– Er war nicht der Protagonist. Nicht dieses Romans. Protagonist war der Bulle, der ihn verfolgt. JD war der Antagonist. Oder das Gespenst, im Sinne Hamlets …

– Erinnern Sie sich daran, als wir uns das erste Mal gesehen haben? Da habe ich zu Ihnen gesagt: Ihrem Roman fehlt etwas. Jay Dark fehlt!

– Das müssen Sie mir genauer erklären … Mein JD ist aber nicht Ihr Jay Dark, kriegen Sie das mal klar.

– Schauen wir mal … Als Jay Dark in Rom landete, wusste er nichts über Italien, abgesehen davon, dass er die Sprache kannte. Er war ein absoluter Anfänger, ein Tourist, aber nicht vulgär und auch kein Trottel. Nun, Sie hätten zum Beispiel erzählen können, wie bezaubert und beeindruckt er war, als er zum ersten Mal auf die Piazza Navona trat … Sie konnten es nicht erzählen. Oder besser, Sie wollten es nicht erzählen. Aber ein aufmerksamer Leser spürt, dass etwas fehlt. – Fahren wir fort. Sie erfinden ein Treffen von JD und einem Geheimagenten, wie hieß er doch gleich?

– Federico Arena.

– Nun, dieser Arena führt Jay in rechte Kreise ein, in Militärkreise, die glühende NATO-Anhänger sind, und stellt ihm mächtige Freimaurer vor. Und Arena – korrigieren Sie mich, wenn ich mich irre – erklärt JD, was „Clearinghäuser" sind, nämlich jene neutralen Orte, wo sich Exponenten verschiedener Welten treffen, die nach außen hin unvereinbar und unversöhnlich scheinen. Die geheimsten Zimmer der Macht. Arena besorgt ihm auch die Kontakte, um Heroin zu verbreiten, während seine palästinensischen Freunde ihm die Türen zur Linken öffnen, die er ohne Mühen unterwandert, er gewinnt sogar das Vertrauen der Terroristenführer …

– Flint, ich gratuliere Ihnen zu Ihrem Talent zum Resümee. Ich hätte meinen Roman nicht besser zusammenfassen können, stellte ich bitter fest.

Flint warf mir einen spöttischen Blick zu.

– Ja, aber in Ihrer Geschichte wird nicht erklärt, warum er im Knast gelandet ist und versucht hat, mit euren Behörden zusammenzuarbeiten …

– Ich bitte Sie, das versteht sich doch von selbst. JD hat sich verhaften lassen, weil man es ihm befohlen hat. Man brauchte einen Provokateur im Gefängnis.

Flint schüttelte den Kopf, wie ein gutwilliger Professor, der von einem dummen Schüler enttäuscht ist.

Flint bestellt noch mehr Rum. Der Rastafari aus dem Molise machte mir ein Zeichen, als wollte er sagen: Er übertreibt. Ich zuckte mit den Schultern. Als wollte ich sagen: Ich kann nichts dagegen tun.

Der Rum wurde serviert.

– Garreth Senn, fuhr Flint fort, – gab ihm zwar den Befehl, sich schnappen zu lassen, weil man ihn im Knast brauchte … Doch Jay schickte ihn zum Teufel.

Ich muss zugeben, das war eine Überraschung. Ich hatte gedacht, Jay hätte aufgegeben, nachdem das Spiel vorbei und Pam tot war. Ich dachte, er hätte keine Fluchtversuche mehr unternommen. Er sei ein gewissenhafter, überzeugter Spion geworden.

Flint lachte.

– Genau. Doch vergessen Sie nicht, er war ein Agent des Chaos. Können Sie sich etwas Chaotischeres als das Begehren vorstellen?

– Sagen Sie mir nicht, dass eine Frau im Spiel war!

– Doch.

Jay hatte sich verliebt … nun, sagen wir, er hatte etwas entwickelt, was seiner persönlichen Vorstellung von Liebe sehr nahe kam …

– Sie hieß Leslie. Leslie Didonato. Sie arbeitete für die Firma. Sie war ein verrücktes Huhn. Eine wunderschöne Frau, Italoamerikanerin, mit kalabrischem Blut. Lange, dunkle Haare, schwarze Augen, leidenschaftlich. Aber völlig verrückt. Das Pech war, dass Jay sie Garreth Senn weggeschnappt hatte.

– Das schlucke ich nicht, Flint. Das klingt erfunden, zu romanhaft.

– Doch, genauso ist es gelaufen.

Senn war nach Rom gekommen, betrunken. Es hatte eine Rauferei gegeben. Jay war nicht mehr der ahnungslose Junge von früher, und Senn wurde langsam alt. Jay hätte ihn sogar umbringen können, denn er befand sich auf der richtigen Seite der Smith & Wesson und sein ewiger Rivale kniete vor ihm und hatte einen gebrochenen Arm.

Doch er sollte für seine barmherzige Geste bitter bezahlen. Leslie verkaufte ihn an die italienische Polizei. Schlimmer hätte man Jay nicht verraten können.

– Als sie sich zwischen Jay und der Firma entscheiden musste, entschied sie sich für die Firma. Und zwar weil sie, genauso wie Garreth, wie Stagg, wie alle anderen, an etwas glaubte. Jay gehorchte nur sich selbst, wie Sie inzwischen wohl auch verstanden haben. Und natürlich dem Chaos.

Im Knast wirkten zwei unterschiedliche Kräfte auf ihn. Wie immer litt die amerikanische Regierung unter ewigen Spaltungen. Die einen wollten den Terrorismus eindämmen und die anderen wollten ihn befeuern. Jay stand eher auf der Seite der Ersteren. Er besänftigte die Falken mithilfe seiner Kontakte zu inhaftierten Terroristen, doch er lieferte auch den Tauben wertvolle Informationen. Es war gewiss nicht seine Schuld, wenn sie nicht darauf reagierten.

– All das, warf ich ein, – hat nichts mit dem Chaos zu tun. Wenn es so ist, wie Sie sagen, wollte er es Senn und seiner Ex-Geliebten heimzahlen. Er spielte gegen sie.

– Teilweise ja. Doch er hatte Kirks Lektion verinnerlicht. Sie erinnern sich doch, oder? Was für ein Spaß ist es, das Chaos nur im feindlichen Lager zu verbreiten? Freunden einen Streich zu spielen kann sehr, sehr lustig sein … und außerdem hatte er nichts mit dem Tod dieses Polizisten zu tun.

– Durante?

– Ja, Durante, wie er in Ihrem Roman heißt. Ein Polizist wurde allerdings tatsächlich umgebracht … doch selbst wenn er irgendetwas über Dark herausgefunden hätte … und es gab ja auch tatsächlich Gerüchte, viel überzeugendere als die, über die Sie geschrieben haben … und selbst wenn er aufgeflogen wäre … hätte er seine Haut gerettet. Nein. dieser Mord war die dumme, grausame Reaktion der Männer, die glaubten. Senn, Arena … Hin und wieder ist man ein besserer Mensch, wenn man nicht glaubt. Also: Werden Sie den Roman neu schreiben?

– Es ist schon spät, Anwalt.

– Ich verstehe. Doch zuerst möchte ich Ihnen noch einen Ort zeigen …

– Erkennen Sie das Haus wieder?

Ich hatte es schon in dem Augenblick erkannt, als wir, ein paar Schritte vom Pantheon entfernt, durch das Tor des alten Palazzo traten. In der Dachwohnung dieses Palazzo, auf der Terrasse voller Blumentöpfe und altem Gerümpel, hatte ich in *Blue Moon* die Begegnung zwischen JD und dem aufrichtigen Polizisten Paco Durante stattfinden lassen. Der Besitzer des Apartments war in meinem Roman ein Kinoregisseur, ein gewisser Trebbi. In meinem Roman unterstand Trebbi einem hohen Tier des italienischen Geheimdienstes. Seine Wohnung war ein typischer Clearingraum für Linke.

Den echten Regisseur, der mich zu meiner Romanfigur inspiriert hatte, hatte ich Ende der Siebzigerjahre kennengelernt. Aufgrund von Umständen, an die ich mich nicht mehr erinnere, gehörte ich zu den regelmäßigen Gästen seiner Abendveranstaltungen. Ein lebhafter, sehr sympathischer Mann, ein großartiger Gastgeber. Er versuchte alles zu ficken, was bei drei nicht auf dem Baum war, Hauptsache, es war weiblich. Da er nicht besonders gut aussah, hatte sein Erfolg etwas von einem Wunder. Er war vor ein paar Jahren gestorben, danach hatten ich und ein paar gemeinsame Freunde einander getroffen, um seiner zu gedenken. Wir erinnerten uns daran, dass er in seiner ganzen Karriere nur zwei wenig erfolgreiche Filme gedreht hatte, viele seiner Projekte waren nicht realisiert worden, und jemand stellte die

Frage, wie zum Teufel er sich so ein luxuriöses Apartment und einen solchen Lebensstil leisten konnte. Ein paar vermuteten, er sei im damals sehr florierenden Pornogeschäft aktiv gewesen, und einige äußerten den Verdacht, er sei ein Spion gewesen. Höchstwahrscheinlich war der Regisseur bloß einer der vielen mehr oder weniger talentierten Künstler, denen es gelang, im römischen Dschungel zu überleben. Und wenn er *Blue Moon* gelesen hätte, hätte er wohl gelacht. Doch ich als Autor brauchte einen glaubhaften Spion. Und so nahm ich ihn zum Vorbild.

Flint sagte, das sei sehr weitsichtig gewesen.

Die Wohnung war leer. Die Luft in den Räumen war abgestanden. Auf der von Staub und Ruß bedeckten Terrasse welkten die Pflanzen in den Blumentöpfen. Als ich Flint fragte, wie er sich Zutritt verschafft hatte, klimperte er mit einem Schlüsselbund und sagte grinsend zu mir, „vielleicht" habe JD ihm diesen gegeben. Dann zog er einen Flachmann heraus und bot mir einen Schluck an.

Whisky natürlich.

– Verdammt, Flint, Sie haben schon genug getrunken!

– Sie machen sich zu viele Gedanken. Sie müssen wissen, ich habe lange in der Filmindustrie gearbeitet. In den Achtzigern habe ich Verträge für Schauspieler und Regisseure verfasst. In den guten alten Zeiten begann man im Morgengrauen zu saufen und hörte um Mitternacht auf. Des Tages darauf. Hin und wieder unterbrach man die Verhandlungen und spielte eine Runde Poker. Manche Stars verschwanden für einen Quickie und kamen nach einer halben Stunde mit Lippenstift auf der Krawatte und gepuderter Nase zurück. Die Unterschriften am Ende der Verträge waren unweigerlich schief. Im Lauf der Zeit habe ich mit Schrecken beobachtet, dass ein absurdes Gesundheitsbewusstsein um sich gegriffen hat. Whisky ist durch Karottensäfte, Ingwer- und Ananassäfte, Ayurvedasuppen und Selleriestängel ersetzt worden. Los, trinken Sie und geben Sie mir die Flasche zurück, ich habe einen trockenen Rachen vom vielen Staub. Und antworten Sie: Was haben Sie in jenen Jahren gemacht?

– Ich war ein junger Mann, sagte ich seufzend und gab ihm den Flachmann zurück, – ich versuchte zu schreiben, ich arbeitete für das Radio und Zeitungen, ich schrieb meine Dissertation.

– Für linke Radiosender und linke Zeitungen.

– Selbstverständlich. Es gab auch keine große Auswahl.

– Ach, machen Sie nicht auf unschuldig. Sie waren überzeugt. Sie glaubten daran.

– Und wenn es so wäre?

– Erinnern Sie sich, als Sie zum ersten Mal bei Trebbi eingeladen waren?

– Nein, ich erinnere mich nicht. Vielleicht der Freund eines Freundes, der jemanden kannte, der wiederum jemand kannte, oder ein Mädchen, hinter dem ich her war. Oder vielleicht war ich auch nur zufällig eingeladen worden, wie es in Rom Tag für Tag passiert.

– Nein, sage Flint trocken, – nicht zufällig. Andere haben für diesen Zufall gesorgt.

Ich musste lachen. Das war wirklich ein guter Witz. Ich war also von geheimen Kräften dazu gebracht worden, bei dem Regisseur ein und aus zu gehen, und diese Kräfte manipulierten auch den angeblich fortschrittlichen Intellektuellen, weil ich, eine absolut unbedeutende Person, Interesse erweckt hatte … Aber wer sollte Interesse an einem armen Studenten haben, der der Welt nur seine großen Hoffnungen und die geballte Hormonladung eines Zwanzigjährigen zu bieten hatte?

– Unterschätzen Sie sich nicht. In den Clearingräumen, die es, nebenbei gesagt, auch hier in Rom noch immer gibt, ist Platz für alle. Man kann ja nie wissen. Der bartlose junge Mann von heute kann morgen schon ein gefeierter Schriftsteller sein. Wie es in Ihrem Fall auch war. Immerhin unterhalten wir uns jetzt darüber. Vielleicht ist nicht einmal das ein Zufall!

– Flint, was auch immer das Ergebnis unserer … Zusammenarbeit ist, ich glaube nicht, dass es auf der Welt eine geheime Macht gibt, die Angst vor einer alten und vergessenen Geschichte hat … Wissen

Sie, was ich glaube? Ich glaube, Sie sind kein Verschwörer, sondern ein Paranoiker.

– Und wenn ich Ihnen sagte, dass Sie sich ausgerechnet in diesem Zimmer von Angesicht zu Angesicht mit Jay Dark befunden haben?

Ich rechnete schnell nach und atmete erleichtert auf. Nein, das konnte nicht der Fall sein.

– Das kommt zeitlich nicht hin.

– Das ist ein unbedeutendes Detail. Mit etwas Fantasie ist jeder Zufall möglich.

– Für einen Paranoiker vielleicht.

– Aber hatten Sie in diesen Jahren nicht eine Freundin? Und haben Sie nicht einmal einen merkwürdigen Amerikaner getroffen, der um sie herumschwarwenzelte?

Plötzlich erinnerte ich mich. Es musste 1980/81 gewesen sein. Ich bereitete mich darauf vor, den Militärdienst anzutreten. Ich war mit einer hübschen Schwarzhaarigen zusammen, die mich verrückt machte. Unsere Beziehung war in der Krise. Eines Abends lernten wir bei Trebbi einen ungefähr vierzigjährigen Amerikaner kennen, einen brillanten Typ. Er sagte, er sei ein Produzent aus Hollywood. Er sprach gut Italienisch. Ein paar Tage später gestand sie mir, ein paarmal mit ihm ausgegangen zu sein. Dann war er verschwunden. Unsere Beziehung ging bald darauf in die Brüche.

– Aber nein, das ist nicht möglich, wandte ich ein. – Jay Dark war bereits aus dem Gefängnis ausgebrochen und versteckte sich …

– Vielleicht versteckte er sich ausgerechnet unter den Linken …

– Flint, woher zum Teufel wissen Sie all das?

– Ich habe es Ihnen schon gesagt. Ich war dabei.

Mich fröstelte. Flint sah mich lächelnd an.

– Ich reise bald ab, sagte er schließlich seufzend. – Ich erwarte Sie morgen Abend wegen einer endgültigen Antwort. Ich schicke Ihnen eine SMS mit der genauen Adresse.

So stand ich plötzlich in einem luxuriösen Apartment im vieren Stock, in diesem wunderbaren anachronistischen Viertel, das in den Zwanzigerjahren von Gino Coppedè gebaut worden war. Ich hatte immer den Wunsch gehegt, eine Wohnung auf der Piazza Mincio zu besitzen. Doch das Leben hatte es anders mit mir gemeint. Das Leben und natürlich mein Einkommen.

Flint empfing mich mit einem warmen Lächeln und einem Martini und führte mich in einen großen sechseckigen Salon. Ein langer Arbeitstisch mit einer Computerstation, auch einem Drucker, und ziemlich schlichten Stühlen. Chia, Clemente, Palladino und Fontana an den Wänden. Eine Bronzestatue von Giacometti stand auf einem massiven Holzpodest, im Licht einer Lampe. Ein großer Plasma-Flatscreen. Eine klassische Chaiselongue, zwei Sofas und vier Fauteuils.

Wir nahmen nebeneinander Platz.

– Wissen Sie, wem diese Wohnung in den Siebzigerjahren gehörte?

– Keine Ahnung.

– Federico Arena. Entschuldigen Sie, ich meine, der Person, die es tatsächlich gegeben hat und die, wie ich annehme, als Vorbild für Ihren italienischen Geheimagenten gedient hat. Wie Sie sich erinnern, war er offiziell Architekt. Und auch ein Kunstkenner, wie diese kleine Sammlung bestätigt. Nach seinem Tod ist die Wohnung mehrmals verkauft worden. Der letzte Käufer war ein guter Freund von mir. Schmeckt Ihnen der Martini?

– Ausgezeichnet. Man weiß ja, Martini und Schriftsteller … eine lange Geschichte, angefangen bei Hemingway … Verdammt, was machen Sie da, Anwalt?

– Ich? Nichts, mein lieber Freund. Warum fragen Sie?

– Ihr Kopf … Wo zum Teufel ist Ihr Kopf hingeraten? Was soll das für ein Scherz sein?

Ich schwöre, während wir uns in aller Ruhe unterhielten, hatte sich Flints Kopf plötzlich vom Rumpf getrennt, und jetzt saß sein Rumpf ohne Gesicht vor mir, und seine Stimme, Flints Stimme, kam von woanders, von irgendeinem unbestimmten Punkt in der Zeit und im Raum, der um mich herumwirbelte.

Ich versuchte aufzustehen, doch meine Muskeln gehorchten mir nicht. Also klammerte ich mich an die Armlehnen des Fauteuils und sagte leise zu mir selbst: „Du träumst, das ist nur ein Traum." Ich schloss die Augen. Und als ich sie wieder öffnete, lag ich in einem blühenden Feld. Blumenkränze in blendenden Farben wuchsen plötzlich rund um meinen Fauteuil, ich sah zwei große schwarzgekleidete Muttergottesfiguren mit lächelnden Gesichtern und ausgestreckten Armen auf mich zukommen, und sie forderten mich auf, mich in einer Art mystischer Kommunion mit ihnen zu vereinigen.

– Was zum Teufel ist los, Flint?, brabbelte ich mit letzter Willenskraft.

– Sei leidenschaftlich. Bring dich in Übereinstimmung. Tritt aus dir heraus, flüsterte Flint.

Ich flog. Ich spürte den kühlen Frühsommerwind, der mir die Wangen streichelte. Unter mir zogen eintönig die Schieferdächer und die spitzen Kirchtürme einer Stadt vorbei. Ich stürzte in Richtung eines schwarzen, aufgewühlten Ozeans und schrie vor Angst. Die leichte Berührung einer kühlen Hand ließ den Ozean verschwinden, und an seine Stelle trat ein Tal, in dem Hunde aller möglichen Rassen und Farben frei und glücklich herumliefen.

Ich lief zu ihnen. Bei jedem Schritt wurde ich schneller. Die Hunde verschwanden, das Tal verschwand. Ich fand mich in einem weißen Nebel wieder. Ein junger, großgewachsener Mann mit spöttischem Blick umarmte mich. Er ähnelte auf beeindruckende Weise Jay Dark. Er sagte so etwas Ähnliches wie „Willkommen, Bruder" zu mir, aber als auch ich ihn umarmen wollte, verschwand er. Jetzt war ich wieder im Wohnzimmer der Wohnung im Quartiere Coppedè. Zu meinen Füßen zischten Schlangen, und ich hatte Todesangst.

Die beiden Muttergottesfiguren nahmen mich an der Hand. Ich folgte ihnen gefügig.

Als ich aufwachte, war ich nackt. In einem Spiegel mit Goldrahmen sah ich das Bild eines älteren Schriftstellers mit Ringen unter den

Augen, der sich so gut wie möglich mit einem Leintuch aus schwarzer Seide verhüllte. Ich stand auf. Mein Schädel drohte zu platzen. Ich hatte Durst. Meine Kleider lagen in einem Haufen zu Füßen des Bettes. Ich zog mich an. Ich suchte ein Bad. Ich löschte meinen Durst und machte Katzenwäsche. Jetzt sah ich nicht mehr ganz so schrecklich aus. Doch ich hatte eine fürchterliche Wut.

– Flint! Was zum Teufel haben Sie in den Martini getan? Flint!

Das Apartment war leer. Der Computer war an und summte unheimlich. Neben der Tastatur lagen ein USB-Stick und ein Kärtchen.

Für Sie. Viel Spaß beim Anschauen.

Ich steckte den Stick ein und öffnete die Videodatei. Flint tauchte auf. In genau dem Wohnzimmer, wo auch ich gerade war. Er stand im Vordergrund, im Hintergrund sah man undeutlich einen Haufen, aus dem unterdrücktes Stöhnen und Schreie drangen.

Flint räusperte sich und begann zu sprechen.

– Seit grauer Vorzeit sind die Menschen auf der Suche nach Transzendenz. Um sie zu erreichen, benutzen sie die unterschiedlichsten Methoden, von der Meditation zum Fasten, von der mystischen Askese bis zum Glauben an große Religionen, oder sie vollziehen extreme Kulte. Oder sie nehmen bewusstseinsverändernde Substanzen zu sich. Oder alles gleichzeitig. Wissen Sie, was einmal ein großer Denker, Ihr Landsmann, Elémire Zolla, sagte? Er schrieb: „Die eigentliche Geschichte des Menschen ist gekennzeichnet von der Reihenfolge der Drogen." Nun, Sie werden doch nicht glauben, ich würde Ihnen erlauben, die eigentliche Geschichte Jay Darks zu schreiben, ohne dass Sie einmal LSD ausprobiert hätten? Verdammt, was für ein Schriftsteller soll das sein, der die Dinge nicht höchstpersönlich ausprobiert? Ich habe Sie in diesen Monaten aufmerksam beobachtet. Sie sind so verschlossen, so in Ihrem inneren Mikrokosmos verschanzt, und gleichzeitig verzehrt Sie eine Angst, eine Angst, die Sie nicht einmal benennen können. Ich würde sagen, Jay Dark verspürte dieselbe Angst. In gewisser

Weise seid ihr euch ähnlich. Doch er hat am Ende Frieden mit seinem Wesen geschlossen. Doch Sie? Nun, ich lasse Sie über meine bescheidenen Beobachtungen nachdenken. Ich habe Ihnen alle Informationen geliefert, die ich besitze. Jetzt müssen Sie sich entscheiden. Ich weiß nicht, ob wir uns wiedersehen. Ich hoffe, Sie nehmen mir meinen kleinen Streich nicht übel. Ach, seien Sie unbesorgt: Es gibt nur eine Kopie dieses Videos. Die, die Sie sich gerade ansehen.

An den folgenden Tagen versuchte ich zu rekonstruieren, was passiert war. Flint hatte mich unter Drogen gesetzt, und auf Droge hatte ich taktile und auditive Visionen und Halluzinationen gehabt. War ich der undeutliche Haufen hinter Flint, wie ich mich in einer Orgie mit zwei angeblichen Jungfrauen vereinte, oder war das etwas anderes? Ich erinnerte mich an gar nichts. Abgesehen von den Anfangsvisionen. Dann nur noch Dunkelheit. Sosehr ich auch in meinem Gedächtnis kramte: nichts. Ich hatte wohl ein schönes Neuronenmassaker überlebt. Ich studierte die Zeugenaussagen berühmter Drogenkonsumenten in der Vergangenheit. Die Erfahrungen von Michaux, Jünger, Craig Wasson und Konsorten ließen darauf schließen, dass die von Drogen verursachten Halluzinationen äußerst subjektiv sind. Das heißt, dass die Substanz in deinem Unbewussten kramt und das Bildmaterial, das sie dort findet, entzündet, ausarbeitet und verändert wiedergibt. Das erklärt, warum ein Drogenkonsument im Mittelalter von Engeln und Dämonen erzählt und ein Schizoider des 20. Jahrhunderts von Metallen und elektrischen Impulsen. Doch die Darstellungen schöpfen auch aus einem kollektiven Unbewussten, zu dem der einzelne Mensch Zugang hat. Deshalb kommen im Drogenrausch immer wieder natürliche Elemente vor, vor allem berichten alle davon, dass sich die Wahrnehmung von Raum und Zeit verändert, darin besteht der Kern der Erfahrung. In diesem „Heraustreten" aus sich sahen die Mystiker den Kontakt zum Göttlichen.

Nun, ich hatte es überlebt. Ich hatte es ausprobiert und ich hatte überlebt. Die schreckliche Erfahrung hatte mich nicht zerstört. Ich muss zugeben, ich verspürte eine neue, beunruhigende Klarheit. Ich würde es nicht mehr tun, doch es war auch nicht so schrecklich gewesen. In den ersten sechzig Jahren meines Lebens hatte ich mich mit religiösem Eifer vom Highsein ferngehalten. Die Vorstellung des vollständigen Kontrollverlusts war mir unerträglich. Und außerdem gab es legale Möglichkeiten – ein gutes Glas Wein –, ohne dass man die Mafia oder die Arschlöcher von *Fuck-the-Rat* fütterte. Das waren Feinde, und die musste man bekämpfen.

Flint hatte mich dazu gezwungen, die Sache aus einem anderen Blickwinkel zu betrachten.

Wenn man aus dem Elfenbeinturm der Philosophie auf die Straße tritt, wird das unaufhörliche Streben des Menschen nach Transzendenz zum „Drogenrausch". Aber das ist allzu bequem. Und es erklärt nicht, warum uns dieser Wunsch nie verlässt und nie verlassen wird. Flint hatte mir eine Lektion in Antiaufklärung verpasst. Und ich war bereit, sie zur Kenntnis zu nehmen. Zolla – den ich verschlungen hatte – behauptete, der Drogenrausch sei ein Privileg weniger auserwählter Geister, wenn er zur Massenpraxis wird, bricht die Gesellschaft zusammen. Ein typisch elitärer Standpunkt.

War das der richtige Standpunkt?

Auf jeden Fall war Flint nichts anderes als ein Mittelsmann Jay Darks.

Die Botschaft war eindeutig, und ich hatte sie zur Kenntnis genommen: Setz dich mit dem Jay Dark in dir auseinander. Dem Abenteuer. Dem Amoralischen. Dem Bösen. Dem Agenten des Chaos.

Jay Dark zwang mich, mich mit meiner dunklen Seite auseinanderzusetzen.

Jay Dark zwang mich, mich mit dem Chaos auseinanderzusetzen.

Natürlich fühlte ich mich gleichzeitig angezogen und abgestoßen.

Ich schrieb seit dreißig Jahren und in meinen Geschichten wimmelte es von Bösen. Auf sie hatte ich alle Widersprüche und alle Perversionen projiziert, die in mir schlummerten und die ich dank des Schreibens kontrollieren konnte. Dank des Schreibens konnte ich mir die Liege des Psychoanalytikers ersparen, ich hatte mich hinter dem

Anschein von Normalität verschanzt, ich hatte die Macht des Demiurgen genossen, der spöttisch und distanziert mit seinen Kreaturen spielt. Doch obwohl meine Figuren pervers waren, hatte ich ihnen eine gewisse Sensibilität zugesprochen. Meine Sensibilität.

Aufgrund von Jay Dark oder dank Jay Dark flehten die beiden Hälften, sich vereinigen zu dürfen. Und wollten mich direkt belangen.

Bestimmt ging es nicht darum festzulegen, was ich an der Stelle Jay Darks gemacht oder nicht gemacht hätte. Die Wahrheit war, je länger ich ihn kannte, desto mehr verstand ich ihn. Ich verstand seine Taten und seine Motive, und ich neigte auf gefährliche Weise dazu, sie zu rechtfertigen.

Ich hatte Flint angelogen. Ich hasste Jay Dark nicht. Es ging auch nicht darum, aus dem Blickwinkel der „Bösen" eine Geschichte neu zu bewerten, die ich immer aus dem Blickwinkel der „Guten" gesehen hatte: die jungen Träumer auf der einen, das mörderische System auf der anderen Seite. Nein, das wäre zu einfach gewesen. Flint hatte recht, wenn er sagte, ohne die Komplizenschaft der angeblichen Opfer hätte das System keinen Erfolg gehabt. Jay Dark war ein Böser, aber gleichzeitig war er ein Opfer. Wie wir alle. Noch immer.

Im Grunde ging es um das Chaos.

Und wenn es um das Chaos geht, ist Jay auch ein Sieger.

Diese magischen Jahre hatten unsere Lebensart grundsätzlich verändert. Jay Dark und viele andere wie er hatten perverse Alpträume und wunderbare Träume zugleich gesät.

Nicht zuletzt dank ihm waren wir Sieger und Triumphatoren, Träumer und Mörder unserer selbst.

Jay Dark war auch mein Bruder.

Jay Dark war auch ich.

Ich sah Flint nie wieder.

Im Netz waren alle Daten, die seine angebliche Tätigkeit als Rechtsanwalt betrafen, gelöscht. Der kalifornische Anwaltsverein bestätigte mir, dass es nie einen Anwalt Alwyn Flint gegeben hatte.

Ein paar Monate später erhielt ich eine Mail. Trotz aller Bemühungen konnte ich die Adresse des Absenders nicht herausfinden.

Ich druckte den Text jedenfalls aus.

Ich weiß, dass mein Freund Flint lange über mich gesprochen hat. Ich kann bestätigen, dass das, was er erzählt hat, zum Großteil der Wahrheit entspricht. 1984 wurde ich offiziell für tot erklärt. Ich habe das Privileg genossen – natürlich ohne gesehen zu werden –, an meinem eigenen Begräbnis teilzunehmen. Ich habe die Trauerrede gehört, die Brandon Hadley heulend und mit zitternder Stimme gehalten hat. Ich habe mich nicht einmal der Kremation entzogen. Im Sarg – das sage ich, um Sie zu beruhigen – lag der Leichnam eines Wildschweins, das von einem zerstreuten Autofahrer überfahren worden war. Für den Fall, dass Sie wirklich den Roman schreiben, den Flint erwähnt, schlage ich einige mögliche Lösungen für das Ende vor:

Ich habe mich zurückgezogen und natürlich unter falschem Namen meine Pension auf einer Ranch genossen. Wenn Sie die Sache etwas literarischer machen wollten, könnten Sie mein schönes Altenteil auf Idyllwild ansiedeln, der Ranch, die früher einmal der Brotherhood of Eternal Love gehörte;

ich habe heimlich nach wie vor an Regierungsprogrammen im Rahmen des internationalen Drogenhandels teilgenommen;

ich habe bei Privatagenturen als Sicherheitsbeauftragter gearbeitet;

ich habe das alles gleichzeitig gemacht;

ich habe für und gegen Pablo Escobar und die Drogenkartelle (abwechselnd und gleichzeitig) gearbeitet.

Ich habe die Identität von Alwyn Flint angenommen. In diesem Fall würde ich Ihnen raten, meine wenigen alten Fotos mit einem Aging-Programm zu bearbeiten und sie mit den Fotos von Flint zu vergleichen (sofern Sie welche haben). Doch Sie sollten die Fotos einem plastischen Chirurgen zur Begutachtung vorlegen.

Ich überlasse Ihnen die Entscheidung.

Ich lasse Sie auch in dem Glauben, dass ich 1984 tatsächlich an einem Infarkt gestorben bin und dass Ihnen ein Geist schreibt.

Mit den besten Grüßen
Jay Dark

Anmerkungen

Die Verse auf S. 103 sind dem Gedicht *To Whom It May Concern* (*Tell Me Lies About Vietnam*) von Adrian Mitchell entnommen, aus: *Poeticus*. URL: https://www.poeticous.com/adrian-mitchell/to-whom-it-may-concern-tell-me-lies-about-vietnam [19.08.2019]. Erstmals veröffentlicht in Adrian Mitchell: *Out Loud*. Cape Goliard Press, London 1968.

Das Gedicht £ S D (*Love, Sex, Death Pounds, Shillings, Pence Lysergic Acid*) von Alexander Trocchi auf S. 103 ff. stammt aus dem Buch von Alexander Trocchi: *Man of Leisure*. Calder and Boyars, London 1972.

Das Gedicht *Dreams* von Langston Hughes auf S. 118 (Deutsch von Karin Fleischanderl) stammt aus: *Poets*. URL: https://poets.org/poem/dreams [19.08.2019]. Erstmals veröffentlicht in *The Collected Poems of Langston Hughes*. Alfred A. Knopf, New York 1994.

Die Verse auf S. 133 stammen aus dem Gedicht *They Locked Up A Man* von Leonard Cohen (Deutsch von Karin Fleischanderl), aus: *Wikipedia*. URL: https://en.wikipedia.org/wiki/Songs_of_Love_and_Hate [19.08.2019].

Die Verse auf S. 136 sind dem Lied *San Francisco (Be Sure to Wear Flowers in Your Hair)* entnommen. Text und Musik von John Phillips. Veröffentlicht auf URL: https://www.lyricfind.com/.

Die Zitate auf S. 146–149 stammen aus dem Buch von Jerry Rubin: *DO IT!: Scenarios of the Revolution*. Simon & Schuster, New York 1970 (Deutsch von Karin Fleischanderl).

Der Dialog auf S. 175 ff. ist der Atmosphäre nachempfunden, wie Andy Warhol und Pat Hackett sie in *POPism. The Warhol '60s*, Harcourt Brace Jovanovich, 1980, beschreiben.

Die Verse auf S. 201 stammen aus dem Lied *Subterranean Homesick Blues*. Text und Musik von Bob Dylan (Deutsch von Karin Fleischanderl). Veröffentlicht auf URL: https://www.lyricfind.com/.

Die Verse auf S. 205 f. sind dem Lied *Drug Store Truck Drivin' Man* entnommen. Text und Musik von Joan Baez. Veröffentlicht auf URL: http://www.bobdylan.com/songs/subterranean-homesick-blues/ [19.08.2019].

Das Zitat auf S. 261 stammt aus dem Buch von Elémire Zolla: *Il dio dell'ebbrezza. Antologia dei moderni dionisiaci*, Einaudi, Turin 1998 (Deutsch von Karin Fleischanderl).

Inhalt

Die Drucklegung erfolgte mit freundlicher Unterstützung durch die
Abteilung für deutsche Kultur in der Südtiroler Landesregierung.

AUTONOME PROVINZ BOZEN SÜDTIROL — PROVINCIA AUTONOMA DI BOLZANO ALTO ADIGE

Deutsche Kultur

Die Originalausgabe ist 2018 unter dem Titel *L'agente del caos* bei Giulio Einaudi editore, Turin, erschienen.

© 2018 by Giulio Einaudi editore, Turin

Der Verlag und Giancarlo De Cataldo danken Tobias Gohlis für wichtige Hinweise bei der Redaktion der deutschen Ausgabe.

Umschlaggrafik von Dall'O & Freunde unter Verwendung einer Illustration von Fotolia / hanna000000

© der deutschsprachigen Ausgabe
FOLIO Verlag Bozen 2019
Alle Rechte vorbehalten

Grafische Gestaltung: Dall'O & Freunde
Druckvorbereitung: Typoplus, Frangart
Printed in Europe

ISBN 978-3-85256-768-6
www.folioverlag.com

E-Book ISBN 978-3-99037-091-9